Gaetano Cappelli

Die beste Lage

Gaetano Cappelli

Die beste Lage

Roman

Aus dem Italienischen
von Sylvia Höfer

C. Bertelsmann

Die Originalausgabe erschien 2007 unter dem Titel
»Storia controversa dell'inarrestabile fortuna del vino Aglianico
nel mondo« bei Marsilio, Venedig.

MIX
Papier aus verantwortungsvollen Quellen
FSC® C014889
FSC
www.fsc.org

Verlagsgruppe Random House FSC-DEU-0100
Das für dieses Buch verwendete FSC®-zertifizierte Papier
EOS liefert Salzer Papier, St. Pölten, Austria.

1. Auflage

Umschlag: R·M·E Roland Eschlbeck/Rosemarie Kreuzer
Satz: Uhl + Massopust, Aalen
Druck und Bindung: Friedrich Pustet, Regensburg
Printed in Germany
ISBN 978-3-570-10089-2

www.cbertelsmann.de

Was einmal da gewesen ist – lebt fort,
nur nicht in der wirklichen Natur.

NOVALIS

I talk to the wind
My words are all carried away
I talk to the wind
The wind does not hear
The wind cannot hear

KING CRIMSON

Meiner Schwester Teresa
im neuen Frühling ihres Lebens
gewidmet

Teil I

Eine fröhliche kleine Familie

Wenn man ihn so zwischen den Hügeln auf der Landstraße glänzen sah, schien der rote, mit Kindern – lauter kleinen Mädchen – vollgeladene Fiat Giardinetta Teil jener Szenen mit glücklichen Familien zu sein, die Werbefachleute, wenn nur irgend möglich, in ihre Spots einbauen. Allerdings fehlte die Mamma im Auto, und Riccardo Fusco, der Reklame-Papà, stellte erst dann sein Getrommel auf dem Lenkrad ein, als er merkte, dass Ofelia, die älteste seiner vier Töchter, ihn besorgt anstarrte. Er schenkte ihr ein beruhigendes Lächeln, das ihm eher zu einem Grinsen geriet, und fing wieder an, mit den Fäusten auf das Steuer einzuhämmern, jetzt aber so, als folgte er dem Rhythmus des albernen Liedchens, das aus dem Radio dudelte. Die Kinder mussten da rausgehalten werden. Sie hatten ein Recht auf ihren Frieden. »Aber war das überhaupt noch möglich?«, fragte er sich just in dem Augenblick, als oben, zwischen den Hügeln, das Dorf mit seinem schönen Kampanile in Sicht kam und er sich trotz der düsteren Gedanken, die ihm durch den Kopf schwirrten, an seinen dort beheimateten Freund erinnerte, und wie jedes Mal, wenn er hier unten vorbeifuhr, fiel ihm ein, dass er jetzt eigentlich abbiegen und bei ihm vorbeischauen könnte.

Das passierte mindestens zweimal im Jahr, nämlich am 18. Mai und am 10. Juli, den Geburtstagen der Barra-Kinder. Die Barras gehörten zu jenen Paaren, mit denen er und seine Frau öfter zusammenkamen. Heute, am 10. Juli, fuhr er wie jedes Mal geradeaus weiter – soweit die Kurven ihm das erlaubten – zum Landhaus seiner Freunde. Am wolkenlosen blauen Himmel war keine Spur von den im Wetterbericht angekündigten Gewittern zu sehen, die ihm einen guten Vorwand geliefert hätten, die Töchter bei den anderen Kindern auf dem Fest zu lassen und allein in die Stadt zurückzukehren, statt – wie er es sonst immer getan hatte – im Garten mit den Frauen der Freundesgruppe zwischen Drinks und Plaudereien das Barbecue vorzubereiten und zu warten, bis die dazugehörigen Männer zum Abendessen eintrudelten.

Trotzdem saß er eine halbe Stunde später wieder im Wagen und fuhr zurück.

Vor dem ungläubigen Publikum, den Frauen seiner Freunde, hatte er etwas von irgendeiner Frist dahergenuschelt. Von etwas Unaufschiebbarem … *Ausgerechnet* er!

Der König der Abwesenden

Riccardo Fusco hatte eine Forschungsstelle an der Universität inne, und zweifellos kann so etwas auch ein gewisses Engagement erfordern, nicht aber in seinem Fall. Bereits seit Jahren hielt er sich jegliche Verpflichtung vom Hals und hatte denselben Freundinnen gegenüber, die ihm jetzt, während er seine Entschuldigungen herunterhaspelte, mit mitleidiger, wenn nicht gar geringschätziger Miene zuhörten, oft mit seinem Status eines glücklichen und absoluten Nichtstuers geprahlt.

»Außerdem verdiene ich mehr als eure Männer« – die in Wahrheit alle mehr Geld hatten als er –, »zumindest, wenn man das, was ich einnehme, auf die Arbeitsminute und nicht auf die Arbeitsstunde umrechnet. Ist doch klar – oder?«, erklärte er dann amüsiert.

Riccardo Fusco war überhaupt einer, der sich gern amüsierte.

In jedem Freundeskreis, der etwas auf sich hält, gibt es einen, der die Abendessen, die Reisen und die Feste organisiert, und in seiner Clique war eben er derjenige. Kurzum, er sorgte fürs Amüsement. Auf diese Weise hatte er seit dem Tag, an dem er sich in den Typ des perfekten Abwesenden, sozusagen in den König der Abwesenden verwandelt hatte, immer etwas zu tun.

Es war bei seiner dritten Bewerbung um die Stelle eines außerordentlichen Professors passiert, die er eingereicht hatte, obwohl man ihn trotz seiner monumentalen Studie *Die Gänse auf dem Markt. Anthropologische Prägung unter besonderer Berücksichtigung des dörflichen Kontextes* bereits zweimal hatte scheitern lassen.

Und dabei hatte er in einem bestimmten Moment geglaubt, mit diesem Werk seinem Leben eine Wendung geben zu können, und das, obwohl er selbst der Erste war, der sich wunderte, dass ihm gleich drei Verleger von den zehn, denen er das achthundert Seiten umfassende Manuskript gesandt hatte, antworteten. Zwei schickten ihm tatsächlich sehr positive Briefe, auf die er aber nicht einging. Der dritte, ein gewisser Accardi, rief ihn in seiner Begeisterung sogar an. Ja, aufgrund des Urteils dieses Accardi – sicher, man müsse ordentlich kürzen und die Fachsprache ändern, die durch den Berg statistischer Daten weiter kompliziert werde, aber es handle sich um ein interessantes Buch, das über den akademischen Bereich hinaus Resonanz finden könnte – sah sich Fusco bereits als einen dieser Spitzenintellektuellen, die auf allen Fernsehkanälen präsent sind.

Was es heißt, im Fernsehzeitalter berühmt zu werden

Wie viele Menschen haben vor der Verbreitung des Fernsehens Träume von Größe gehegt? Sicher, solche Leute hat es immer gegeben, aber es handelte sich um eine winzige Minderheit … Mit dem Film jedoch begann die Idee, sich unzähligen Menschen zur Schau zu stellen und von ihnen wiedererkannt zu werden, um sich zu greifen, aber der eigentliche Massenstarkult entstand erst mit dem Fernsehen. Und ebenfalls zum Massenphänomen wurde dann auch die Frustration, die sich einstellt, wenn es einem nicht gelingt, dieses Ideal zu verwirklichen.

»Möchtest du wissen, wie viel Geld ich verdiene?«

»Nein, sag mir lieber, wie man berühmt wird.«

Dieser nette kleine Dialog fand zwischen Damien Hirst, dem wahrscheinlich höchstbezahlten und berühmtesten Künstler der Welt, und seinem Sohn statt. »Schon mit neun Jahren«, kommentierte Hirst, »hatte mein Sohn begriffen, dass der Drang, berühmt zu werden, stärker ist als der nach Geld …«

Berühmtheit ist das, was den Menschen der Unsterblichkeit am nächsten bringt.

Das Scheitern

Riccardo hatte sich also wieder an die Arbeit gemacht und, Accardis Weisungen befolgend, ein ganzes Jahr damit verbracht, seinen Text zu revidieren, aber als er *Die Gänse auf dem Markt* endlich an den Verleger zurückschickte, hatte dieser Selbstmord begangen – natürlich unabhängig von den *Gänsen*. Tatsache ist, dass sie dann niemand mehr haben wollte und Riccardo das Werk auf eigene Kosten drucken lassen musste. Ebendieses fertige Buch lag nun am Morgen seines dritten Berufungsverfahrens auf dem Tisch der Kommissionsmitglieder, wo es allerdings niemand auch nur eines Blickes würdigte.

Der Vorsitzende der Berufungskommission, ein betagter Baron, also ein Meister in der Kunst des Delegierens und Protegierens und steif wie ein Stockfisch, heftete seinen Blick vielmehr starr auf Riccardo. Vor Jahren einmal hatte er Fusco zu seinem Assistenten machen wollen, aber dieser hatte mit seiner üblichen Intuition eine Stelle bei einem jüngeren Professor bevorzugt, der jedoch bald darauf nach Amerika gegangen war. Jetzt also fixierte der Stockfisch ihn mit säuerlichem Lächeln und dachte schadenfroh an das zurück, was er ihm, als er ihm zuvor in der Eingangshalle begegnet war, vorhergesagt hatte: »Herr Doktor Fusco! Sie haben immer noch nicht begriffen, dass bei Wettrennen dieser Art die Jockeys gewinnen, nicht die Pferde. Und Sie haben einfach nie einen guten Jockey gehabt. Geben Sie auf.«

Und er hatte aufgegeben, aber natürlich erst, nachdem er dem Baron gewünscht hatte, er möge unter einem Lastwagen landen. Dann hatte er sich arrangiert, wie man so schön sagt. Er hatte die Bücher zugeklappt, seine Studenten im Regen stehen lassen, mit seinen Feldforschungen in der Basilikata aufgehört und sich ganz den Freuden der Familie – bestehend aus Eleonora, seiner Gattin, und ihren gemeinsamen vier Töchtern Ofelia, Desdemona, Salomè und Cressida – und des gesellschaftlichen Lebens hingegeben.

Das gesellschaftliche Leben in der Provinz

Es waren Jahre gewesen, die vielleicht nicht glücklich, aber immerhin sorglos dahingeplätschert waren, mit Festen im Klub, Tanzvorführungen der Töchterchen, Ferien in den Bergen und am Meer und einigen denkwürdigen Fernreisen – wie zum Beispiel jener nach Amerika, in deren Verlauf das Techtelmechtel zwischen Ada und Marcello aufgeflogen war –, mit Bridgeturnieren der Damen und Tennisturnieren der Herren, Wohltätigkeitsveranstaltungen und Begegnungen mit fast ausschließlich zweitrangigen Schriftstellern, im Winter dann den samstäglichen Abendessen in der Stadt und zu Beginn der Badesaison den Wochenenden am Strand – mit allem also, was zum Leben in einem ruhigen Provinzstädtchen wie Potenza, wo große Teile unserer Geschichte spielen, dazugehören mag. Dem sind noch die unvermeidlichen Schläge hinzuzählen, die das Schicksal für alle, auch für die Glücklichsten, bereithält: Dirty, der Hund der Kinder, war plötzlich wie vom Erdboden verschluckt gewesen, und Großvater Adalberto, Eleonoras Vater, hatte der Tod ereilt, als er, den Arien seiner geliebten *Traviata* lauschend, gerade im Garten seines Landhauses herumharkte.

Dann aber geschah etwas, was Riccardo veranlasste, an jenem Nachmittag allein in die Stadt zurückzukehren und die Frauen seiner Freunde auf dem Land zurückzulassen – dieselben Frauen, in deren Gesellschaft er sich kurz zuvor noch pudelwohl gefühlt hatte –, denn er konnte die x-te Demütigung durch ihre Anspielungen oder, schlimmer noch, ihre mitleidigen Blicke einfach nicht mehr ertragen.

Eleonora, seine Frau, war *endgültig* übergeschnappt.

Eleonora entscheidet sich für die Kunst

Die Sache hatte damit angefangen, dass der Bürgermeister – dieser gottverdammte Kerl – sie beauftragt hatte, die Leitung des Stadttheaters zu übernehmen, das in Potenza einen doppelten Grund hat, sich *Stabile* zu nennen, da es nicht nur über ein festes Ensemble verfügt, sondern auch einem einheimischen Musiker gewidmet ist, der ausgerechnet Stabile hieß, Francesco Stabile, und der, wäre er in einer anderen, mit mehr wahren und wirklichen Talenten gesegneten Stadt geboren, wohl nicht einmal als Namensgeber für eine Sackgasse in Frage gekommen wäre. Als Riccardo noch glaubte, als Wissenschaftler reüssieren zu können, hatte diese Tatsache seinen Geltungsdrang noch weiter angestachelt: »Du lieber Himmel, was werden sie erst nach meiner Wenigkeit benennen?«, pflegte er sich mit Hinweis auf die achthundert Seiten seiner *Gänse* zu brüsten.

Tatsächlich aber hatte Eleonoras Familie immer schon eine Leidenschaft für das Theater.

Adalberto Somma, Eleonoras Vater und das letzte Exemplar des klassischen selbstherrlichen Provinzanwalts mit gewaltigem Schnurrbart und einem Spitzbärtchen nach Art des Dichters d'Annunzio, ließ sich selbst von den mittelmäßigsten durchreisenden Theatertruppen in Verzückung versetzen und hegte eine ausgesprochene Vorliebe für die Hauptdarstellerinnen – obschon er sich, sobald sich der Vorhang gesenkt hatte, durchaus auch gern von einfachen Komparsinnen begleiten ließ. Und wenn er seine Tochter »Eleonora« genannt hatte, dann natürlich zu Ehren der göttlichen Duse. Leider war Eleonora seit Beginn ihres Studiums und dann dadurch, dass sie ihren Töchtern diese vier grauenhaften Namen aufzwang, in *jeder* Hinsicht in die Fußstapfen ihres Vaters getreten.

Nachdem sie mit einer hochgelobten Arbeit über das elisabethanische Drama ihr Studium abgeschlossen hatte, musste sie für einige Zeit auf den Kunstgeschichteunterricht am örtlichen humanistischen Gymnasium ausweichen, ohne jedoch je von ihrer wahren Leidenschaft zu lassen. Ihre Freizeit widmete sie zunächst der Regie bei einer

Laientruppe, die nicht nur drittklassig war, sondern auch noch experimentelle Ambitionen hegte, und engagierte sich dann, ihr angemessener, für das Theaterleben der Stadt. Für Riccardo war die Tatsache, dass er gelegentlich irgendwelchen Abenden hatte beiwohnen müssen, der einzige Schönheitsfehler einer Epoche, die nun, angesichts der Wendung, die die Ereignisse in der Folge genommen hatten, unwiederbringlich vorbei war, denn tatsächlich gab es für ihn nichts Langweiligeres als das Theater. Gerade das »Theatralische« daran, ja allein schon den Gedanken an einen Bühnenauftritt, verabscheute er so sehr, dass er, obwohl für weibliche Schönheit durchaus nicht unempfänglich, diese bei den Schauspielerinnen, deren Affektiertheit er unerträglich fand, nicht goutieren konnte – von seiner Reaktion auf männliche Akteure ganz zu schweigen.

Eleonora dagegen hatte Letztere immer interessant gefunden und später sogar *viel mehr* als nur interessant.

Seit sie die Leitung des Stadttheaters übernommen hatte, konnte man sie in der Tat öfter mit dem jeweiligen Ersten Liebhaber antreffen – oder auch mit dem Zweiten: Hauptsache, er war nicht älter als dreißig – als bei ihren Töchtern zu Hause, von wo sie frühmorgens verschwand, um erst spätabends zurückzukehren. Und so hatte sie ihren Gatten in die traurige, mitleiderregende Rolle eines Babysitters gedrängt.

Riccardo hatte versucht, sie zur Vernunft zu bringen, indem er ihr erklärte, was man keiner Mutter zu erklären braucht, nämlich wie wichtig ihre Präsenz für die Kinder sei, und sich sogar so weit erniedrigt, dass er ihr, um sie zu rühren, erzählte, dass die Kleinen unablässig nach ihr weinten – obwohl diese vier albernen Fratzen sich gar nichts mehr aus ihrer Abwesenheit machten. Der Einzige, der in der Scheiße saß, war er, Riccardo, und während er jetzt auf der Rückfahrt nach Potenza wieder darüber nachdachte, hatte er in einer Kurve Gas gegeben, statt abzubremsen, und wäre beinahe von der Straße abgekommen.

Eleonora dagegen blieb die Ruhe selbst.

»Es handelt sich bloß um eine Übergangszeit, mein Lieber«, gab sie ihm jedes Mal zur Antwort. »Ach, ein Theater zu leiten« – und wenn sie das sagte, lächelte sie, immer noch ungläubig über das Glück, das ihr widerfahren war –, »so etwas habe ich doch noch nie gemacht! Lass mir nur genug Zeit, bis ich mich zurechtfinde und verstehe, wie das funktioniert … Und außerdem ist für die Kinder doch meine Mutter da, oder?«

Ja, das stimmte, und auch das musste Riccardo Fusco ertragen, diese Frau, die von morgens bis abends im Haus herumschlurfte, ganz abgesehen vom Übrigen … Und das Übrige war, dass immer häufiger irgendeiner seiner Freunde, oft aber auch nur ein gewöhnlicher Bekannter, ihm lachend mitteilte: »Ach, gerade ist Eleonora mit einem Kerl vorbeigegangen … einem schrägen Typen, so einem mit Zöpfchen. War wohl ein Schauspieler.«

Natürlich. Ein Schauspieler! Zudem noch ein »junger« Schauspieler, einer von den vielen, auf die Eleonora dank ihrer Ausstrahlung und ihrer Bildung eine offenkundige Anziehungskraft ausübte. Obwohl sie langsam auf die fünfzig zuging, war sie immer noch eine tolle Frau, groß, stattlich, mit roter Mähne und Augen von einer verwirrenden Veilchenfarbe, eine überwältigende, im wahrsten Sinne des

Wortes »theatralische« Erscheinung. Und ihre Wirkung auf Jüngere war es, was Riccardo nicht mehr aushalten konnte. »Wo bist du heute Morgen gewesen? .... Und warum musst du dich immer mit deinen kleinen Schauspielern sehen lassen?«, platzte es aus ihm heraus, sobald sie in Hörweite war.

Und darauf sie: »Ach so? Und wie war das, als du Arm in Arm mit deinen Studentinnen herumspaziert bist?«

Womit sie ins Schwarze traf, und so gelang es ihr am Ende, ihn zu besänftigen. »Liebling, schau, ich habe ihn zur Agentur begleiten müssen«, flüsterte sie. »Du weißt, wir sind unterbesetzt. Aber der Bürgermeister hat mir versprochen, dass ich bald einen Assistenten bekomme, und sag bloß nicht, dass du eifersüchtig bist! Er ist doch noch ein Junge... Ich könnte glatt seine Mutter sein.« Und das sagte sie mit leuchtenden Augen. »Jetzt komm schon und umarme mich... Es ist nur eine Frage der Zeit, ein bisschen Geduld, und alles renkt sich wieder ein, du wirst schon sehen.«

Und er hatte ihr Zeit gelassen und sich in Geduld geübt, zumal eine jener Kolumnen für gebrochene Herzen, deren unermüdlicher Leser er war, seit Eleonora verrücktspielte, ihn daran erinnert hatte, dass solche Launen für die meisten Frauen, die auf die Wechseljahre zusteuern, ganz typisch sind.

Tatsächlich – wenn er die Frauen seiner Freunde der Reihe nach unter die Lupe nahm, konnte er mühelos bei jeder von ihnen die mehr oder minder versteckten Anzeichen des Syndroms erkennen. Angefangen bei denen, die sich zum Fitnesskult oder zum südamerikanischen Tanz oder zur systematischen Veränderung von Gesicht und Körper mittels plastischer Chirurgie bekehrt hatten, bis hin zu jenen, die Yoga oder transzendentale Meditation bevorzugten oder Kochkurse belegten oder Sommelierkurse besuchten oder sich einem Ehrenamt, der Katechese oder dem Fairen Handel widmeten. Um keine Missverständnisse aufkommen zu lassen: Das waren fast alles Aktivitäten, die an sich harmlos oder gar verdienstvoll waren, aber der fanatische Ernst, mit dem sie in Angriff genommen wurden, verriet das ihnen zugrunde liegende Unbehagen.

Keine von ihnen versuchte jedoch, die mit dem Altern verbundenen Ängste dadurch zu mildern, dass sie die Gesellschaft von jungen aufgehenden Sternen am Theaterhimmel vorzog, während es auf der Welt doch vor Männern wimmelt, die um die fünfzig herum versuchen, ihr Grauen vor dem körperlichen Verfall und dem drohenden Tod zu bannen, indem sie mehr oder minder schönen Frauen im blühenden Alter hinterherrennen – so wenigstens rechtfertigen es die Psychologen, trotz der Tatsache, dass die Männer, mit Verlaub, von Natur aus Schweine sind.

Das wusste Riccardo nicht nur dank der unterhaltsamen, manchmal leidenschaftlichen Erzählungen seiner männlichen Altersgenossen – es gibt immer einen, der für eine dieser jungen Geliebten am Ende seine Familie verlässt –, sondern auch aus persönlicher Erfahrung.

Hochgewachsen, brünett, noch im Vollbesitz seines Haupthaars und ohne den geringsten Bauchansatz – wobei man allerdings einräumen muss, dass ihm seine Hagerkeit in letzter Zeit ein ungesundes Aussehen verlieh –, hatte es Riccardo in seiner Eigenschaft als Inhaber einer Forschungsstelle an der Universität nicht an Gelegenheiten gefehlt, dieses Thema in Zusammenarbeit mit einigen der verdienstvollsten und willigsten seiner Studentinnen zu vertiefen. Aber während ihm diese Eskapaden letztlich kaum Befriedigung verschafft, ja, ihm sogar eher Ärger eingebracht hatten – so hatte er die zum Glück nur verbale Aggression des Verlobten einer dieser Damen über sich ergehen lassen müssen, und eine andere hatte während seiner Vorlesungen monatelang nur geflennt – und er, total zerknirscht, jedes Mal in den Schoß der Ehe zurückgekehrt war, versetzte ihm seine Frau nun diesen Tiefschlag, den er anfänglich noch als eine Art Strafe interpretiert hatte.

In Wirklichkeit hatte Eleonora nie etwas bemerkt, weil ihr diese Rivalinnen, an deren Namen Riccardo sich schon nach ein paar Jahren kaum noch erinnern konnte, nie etwas weggenommen hatten. Mit einer einzigen Ausnahme.

Chatryn Wallitriny. Und um die Wahrheit gleich vorwegzunehmen: Bei ihr hatte es sich weder um eine Studentin noch um ein blühendes junges Ding gehandelt.

Amerikanerin war sie, genauer gesagt, New Yorkerin, und in die Basilikata gekommen, um Edward C. Banfields Theorien über den »amoralischen Familismus« zu verifizieren. Riccardo hatte sie an die Orte begleitet, wo der Ethnologe fünfzig Jahre zuvor seine Theorie entwickelt hatte, und zwischen den beiden war eine Leidenschaft entbrannt.

Sosehr Riccardo auch darüber fluchte, dass das Schicksal ausgerechnet ihm eine Ehefrau wie Eleonora beschert hatte, so versuchte er – zumal seine Eifersucht im Augenblick keinen konkreten Anhaltspunkt fand – doch, sich mit dem Gedanken zu trösten, dass er es auch schlechter hätte treffen können. Wie zum Beispiel Carlo, der während der berühmten Amerikareise seine Frau in der Toilette eines Motels dabei ertappt hatte, wie sie seinem Busenfreund Marcello gerade einen blies. Und so hielt er sich bewusst an den Rat der klugen Kolumnistinnen, die den besorgten Ehemännern einhellig empfahlen: »Aussitzen! Es handelt sich nur um eine Übergangsphase« – in der Hoffnung, dass diese verdammte Phase wirklich früher oder später enden würde, wie es irgendwann einmal auch den Anschein gehabt hatte.

Ein neues Drama

Schon zwei Jahre zuvor hatte es nämlich so ausgesehen, als hätte Eleonora vom Theater und den Provinzschauspielern die Nase voll und würde auf Dauer nach Hause zurückkehren. Leider merkte Riccardo schon bald, dass sie ihre Zeit lieber am Schreibtisch als mit den Kindern verbrachte. Es ging um ein Drama – ursprünglich fürs Theater gedacht –, das sich in kürzester Zeit zu einem »Drama« in jeder Hinsicht entwickelte und mit seinem durchschlagenden Erfolg ihrer Ehe den endgültigen Gnadenstoß versetzen sollte.

Eine Geschichte von Liebe und Briganten, wie der Titel des Schauspiels lautete, bei dem Eleonora darüber hinaus für Regie und Produktion verantwortlich zeichnete, war eine romantische antisavoyardische Neuinterpretation der Geschichte des süditalienischen Brigantenwesens als einer berechtigten Rebellion gegen die Übergriffe des Stärkeren. Außer den Spielereien mit Licht und Wasser, den Spezialeffekten, den Reiterauftritten, den großen Massenszenen, den Musikeinlagen und den hinreißenden Choreografien, die aus dem Stück ein perfektes Spektakel machten, verdankte es seinen sensationellen Erfolg vor allem der Grazie der jungen Schauspieler und Schauspielerinnen – hauptsächlich aber der Schauspieler –, die Eleonora in einem genialen Marketing-Coup aufgrund ihrer Ähnlichkeit mit Film- und Fernsehstars ausgewählt hatte, um insbesondere das Interesse des weiblichen Publikums zu erregen, das dank seiner speziellen Mundpropaganda letzten Endes über den Erfolg einer jeden künstlerischen Produktion entscheidet, während Männer ja meist der bestens bekannten Masse unsensibler Primitivlinge zuzurechnen sind.

Dieser Erfolg zog ein so schwindelerregendes Merchandising nach sich, dass sich die Gegend in kürzester Zeit mit Verkaufsstellen für brigantenrelevanten Ramsch jeder Art überzog – Briganten-Tabakpfeifen, Briganten-Capes, Briganten-Hemden, Briganten-Hüte, Briganten-Dolche, Briganten-Feldflaschen, Briganten-Satteltaschen, Briganten-Terrakottafigürchen, Briganten-Teller, Briganten-Geschirr, ja sogar Briganten-T-Shirts. Inzwischen war es auch fast unmöglich, sich einem Zeitungskiosk zu nähern oder eine Buchhandlung zu betreten, ohne sofort von einer weiteren Woge von Büchern und Lebenserinnerungen und Comics und Romanen über Briganten – wenn nicht gar *von* Briganten und Brigantinnen oder wohl eher von solchen Leuten, die sich berufen fühlten, in deren Rolle zu schlüpfen – überschwemmt zu werden.

Während er so dahinfuhr, beobachtete Fusco den Schrägflug eines Falken, eines Vertreters jener Vogelart, die seit den Zeiten Friedrichs II. den Himmel Lukaniens in unheimlichen Mengen bevölkerte – vielleicht hatte der Staufer aus diesem Grund ebenhier, in der Basilikata, auf der Burg Lagopesole, seine berühmte Abhandlung *Ars venandi cum avibus* verfasst –, und nachdem er die Flügelspannweite des Vogels abgeschätzt hatte, kam Riccardo zu dem Schluss, dass er in wenigen Minuten die Waldlichtung überflogen haben würde, in die sich seit einer Woche, wie seit zwei Jahren allsommerlich, Kolonnen von Reisebussen ergossen, welche Touristenfamilien aus ganz Italien ausspuckten. Die Männer putzten sich, kaum angekommen, freudestrahlend mit schäbigen Hüten und Gilets nach Art des Carmine Crocco und seiner Schlächterbande heraus, während ihre Ehefrauen, Töchter, Schwiegermütter oder Verlobten es kaum erwarten konnten, nach dem Spektakel die Darsteller der »Briganten-Bande« kennenzulernen – wie sich, unnötig zu erwähnen, die Truppe nannte, die das Stück aufführte –, und darunter vor allem einen. Den Schönsten, den Faszinierendsten, denjenigen, der auf ein viel treueres Publikum zählen konnte als viele der mächtig aufgebauschten Medienphänomene, und das war der wunderbare, der betörende Klon von Clooney – George Clooney –, der sich in die Herzen Tausender Frauen gespielt hatte und, wie sich Riccardo Fusco inzwischen sicher war, vor allem ins Herz seiner Frau, denn die beiden bildeten praktisch ein unzertrennliches Paar.

Der Klon von Clooney

Vor und nach der Vorstellung sah man sie zusammen beim Abendessen im »Romantischen Briganten-Nest« oder in der »Phantastischen Briganten-Höhle« oder im »Gemütlichen Briganten-Hof« oder in einem der vielen anderen kleinen Lokale, die im Wald wie Pilze aus dem Boden geschossen waren und in den Werbeprospekten ohne einen Hauch von Ironie so beschrieben wurden, als könnte ein Briganten-Nest tatsächlich romantisch und eine Höhle wirklich fantastisch sein – obwohl es heutzutage sehr wenig gibt, was sich nicht als »fantastisch« erweist –, aber dass einer ihrer Höfe gemütlich gewesen sein könnte … Diese Halunken hatten doch nichts anderes getan, als einen Gutshof nach dem anderen in Trümmer zu legen!

Am Anfang hatte Riccardo jedenfalls einen erneuten Versuch unternommen, Eleonora zum Umdenken zu bewegen und ihr zu erklären – Muss man denn so etwas wirklich erklären? – wie unangebracht – *Unangebracht?* Erwürgen müsste man sie! – ihr Benehmen war. Aber dieses Mal war sie ihm schlicht über den Mund gefahren.

Donato Loruscio (so hieß der »Andere«, dieser Bauern-Clooney) sei ihr Hauptdarsteller – mit dieser Aussprache! – und sie seine Regisseurin. *Basta.* Über die rein berufliche Beziehung hinaus sei nichts zwischen ihnen. Keine weitere Debatte. Sie könne es nicht mehr ertragen, dass er sich mit seinen albernen Eifersüchteleien in ihre Arbeit einmische. »Denn im Gegensatz zu dir arbeite ich, und ich liebe meine Arbeit … Außerdem scheint mir, dass du dir überhaupt erst dank des Geldes, das ich verdiene, die Reisen, die Autos und all die schönen Dinge leisten kannst, die du für dich und die Mädchen anzuschaffen beliebst.«

Der Hausmann

Was unglücklicherweise stimmte, denn Riccardo hatte, wie wir wissen, jegliches Interesse an seiner Arbeit verloren und kassierte inzwischen nur noch ein Gehalt, das mit Ach und Krach ein paar Wochen zum Einkaufen reichte – wobei er diese Einkäufe auch noch selbst tätigen durfte! – und mit dem nicht einmal die Hälfte der Rechnungen, die ihrem Lebensstandard entsprechend hoch ausfielen, bezahlt werden konnte.

Kurzum, es blieb ihm nichts anderes übrig, als zur Kenntnis zu nehmen, dass sein Leben sich nach einem vielversprechenden Anfang, bei dem er sich in der Illusion gewiegt hatte, ein berühmter Intellektueller werden zu können, zu einem einzigen, unabwendbaren Fiasko entwickelt hatte. Eleonora dagegen hatte alle ihre Träume – ja, mehr als das, was sie sich je erträumt hatte – verwirklicht, ihn in jeder Hinsicht überflügelt und schließlich die Rolle des dominanten Partners, inklusive des dazugehörigen jungen Liebhabers vermutlich, übernommen und so aus ihm den schwächeren Teil des Paares gemacht. Und jetzt behandelte sie ihn dementsprechend.

Von einem bestimmten Moment an war sie immer später nach Hause gekommen, sodass Riccardo nun nicht einmal mehr auf sie wartete und einfach ins Bett ging. Wenn die Wirkung der Pillen, die er nahm, um einschlafen zu können, nachließ und er mitten in der Nacht aufwachte und sie neben sich atmen hörte, schlich er vorsichtig, um sie nicht zu wecken, ins Bad und untersuchte den Zustand ihrer Dessous.

Bis jetzt hatte er keinen verdächtigen Fleck gefunden, aber die raffinierten Bodys aus schwarzer und purpurner oder puderfarbener und pistaziengrüner Spitze – »theatralisch« wie alles an seiner Frau – geilten ihn trotzdem oder vielleicht gerade deswegen so auf, dass er sie am Ende selbst befleckte und sich in der Hitze des Onanierens Eleonora nuttenhafter vorstellte, als es das Ergebnis seiner jämmerlichen Inspektionen eigentlich zugelassen hätte.

So kehrte er niedergeschlagen ins Bett zurück, lag bis zum Morgen wach und steigerte sich aus der Postmasturbationsdepression in eine der Schlaflosigkeit geschuldete Wut hinein. Keuchend wälzte er sich im Bett hin und her und verfluchte seine Frau. Sie wollte Krieg? Bitte sehr, den konnte sie haben! Er kannte viele weibliche Wesen, die nur auf seinen Anruf warteten. Und wenn er frischeres Fleisch wollte, brauchte er nur zur Universität hinunterzugehen und irgendeine Studentin aufzureißen. Mit diesem Gedanken im Hinterkopf fand er endlich in den Schlaf zurück – eine halbe Stunde bevor sich das Haus wieder belebte. Dann schreckte er hoch und wäre am liebsten tot gewesen.

Eleonora war schon auf den Beinen. Aus dem Wohnzimmer drangen die Stimmen der Kinder und der Schwiegermutter. Von Riccardos kämpferischen Vorsätzen der Nacht war keine Spur mehr übrig. Er war so erschöpft, dass er sich mühsam ins Bad schleppte und sich einschloss, bis er seine Frau so quietschfidel wie nie rufen hörte: Ciao, Kinder! Ciao, Mamma! Ciao, Riccardo! Ciao, du Nutte, knurrte er, ohne dass es jemand hätte hören können: die Kinder! Der Kinder wegen *musste* er sich zusammenreißen. Und dann waren da ja auch noch sein Vater und seine Mutter. Konnte er ihnen, nachdem schon ihr anderes Kind ihren Mann verlassen hatte – und das in dieser Stadt, wo Scheidungen eine missbilligte Seltenheit waren –, einen weiteren schmerzlichen Kummer zufügen, jetzt, in den wenigen Jahren, die ihnen noch blieben? Außerdem hatte seine Mutter ihn ja unmissverständlich gewarnt.

Sie hatte Eleonora nie leiden können und ihm das, was sie wirklich von ihr hielt, bei der ersten sich bietenden Gelegenheit gesagt, nämlich als die beiden sich nach vierjähriger Verlobungszeit getrennt hatten.

»Manche Leute lässt man besser ziehen«, hatte sie geflüstert und ihm über die Wange gestrichen. »Sie passt nicht zu dir. Zu viele Flausen im Kopf. Sie hält sich für eine Künstlerin? Dann lass sie doch Künstlerin werden! Außerdem habe ich gesehen, wie sie deine Freunde anschaut … Das gefällt mir nicht.«

Riccardo hatte Eleonora trotzdem sechs Monate später geheiratet, aber seine Mutter hatte recht gehabt. Jetzt war es ihm klar, obwohl das Eingeständnis, dass seine Ehe ebenfalls am Ende war, bedeutet hätte, ausgerechnet der Mutter gegenüber, die immer schon geglaubt hatte, ihm sagen zu müssen, was er zu tun und zu lassen habe, ein weiteres Scheitern zuzugeben. Und das glaubte Riccardo Fusco nicht ertragen zu können. Im Endeffekt konnte er sich nämlich ein Leben ohne Eleonora nicht anders vorstellen als traurig, einsam und verlassen in irgendeiner elenden Einzimmerwohnung mit Kochnische, die geliebten Töchter bei der Ehefrau wissend und vielleicht bei dem anderen, diesem Clooney für die Armen. Dieses Tableau genügte, um ihm das Blut in den Adern gefrieren zu lassen.

Im Frühjahr werde ich als Hirsch wiedergeboren –
nicht nur im Frühjahr

Aber konnte er in diesem Stil weitermachen, wenn es allein schon eine Demütigung war, sich in der Öffentlichkeit zu präsentieren? Er zog es vor, sich abzukapseln und von jeder menschlichen Gesellschaft fernzuhalten, weil er aus jedem Blick, wie an jenem Nachmittag aus dem der Frauen seiner Freunde, Spott und Mitleid herauslas, wobei ihn das Mitleid aufgrund seiner besonderen Situation vielleicht noch mehr verletzte – der Situation, sagen wir es frei heraus, des gehörnten Ehemanns. Aus diesem Grund hatte er unter einem völlig fadenscheinigen Vorwand die Villa der Barras verlassen und auf das verzichtet, was immer eine ebenso unvermeidliche wie herbeigesehnte Zusammenkunft gewesen war.

Zu behaupten, Riccardo Fusco sei an jenem Julinachmittag einfach deprimiert gewesen, hieße, die zerstörerische Kraft, die seinem Schicksal innewohnte, gewaltig zu unterschätzen. Sagen wir also zutreffender, dass er sich wie ein Stück Scheiße vorkam, und schon haben wir eine viel genauere Vorstellung von der Katastrophe, zu der sich sein Leben in jeder Hinsicht entwickelt hatte.

Und vielleicht nur, weil der Anblick eines noch Unglücklicheren ihn irgendwie trösten würde, beschloss er, endlich das zu tun, was er seit vielen Jahren, praktisch seit Beginn dieser Ausflüge aufs Land anlässlich der Geburtstage der Barra-Kinder, zu tun beabsichtigt hatte, ohne sich je dazu aufraffen zu können, und bog, in Reaktion auf die unfehlbare Anziehungskraft, die ein Scheitern auf ein anderes ausübt, unvermittelt ab – in Richtung des Dorfes, in dem Giacinto Cenere lebte.

Im Namen verbirgt sich das Schicksal

Giacinto Cenere – oder Giàcenere, wie er seine Bilder signierte, was einem nunmehr wie weise Voraussicht erscheinen mochte, während in den Achtzigerjahren dieser Name, der so viel wie »Schon Asche« bedeutet, als Gipfel des *dark* Snobismus gegolten hatte –, Giacinto Cenere also war der unglaublichste lebende Talentvergeuder, den Riccardo Fusco je kennengelernt hatte, sofern er überhaupt noch unter den Lebenden weilte.

Einst waren sie dicke Freunde gewesen, und Riccardo hatte immer noch eines seiner großflächigen Acrylbilder im größeren der beiden Wohnzimmer seines neuen, eleganten Domizils hängen – das, unnötig zu präzisieren, ebenfalls mit dem von Eleonora verdienten Geld erworben worden war. Giàcenere hatte es zwanzig Jahre zuvor gemalt, als Fotos von ihm und seinen Werken zuerst in Fachzeitschriften, dann in einigen Wochenblättern und schließlich sogar in Modemagazinen aufgetaucht waren. Er schien der aufgehende Stern am Himmel der italienischen Kunst zu sein. Doch dann war irgendetwas schiefgegangen.

Sicher, es kommt oft vor, dass auf einen Moment des Ruhms eine Periode des Vergessens folgt, die sich, in den unglücklichsten Fällen, über ein ganzes Leben erstrecken kann, aber selbst in diesen Fällen werfen die meisten Künstler die Flinte nicht ins Korn. Als inzwischen einzige Verteidiger ihres verkannten Genies werden sie reizbar, unzugänglich und neidisch, setzen ihre Mission dennoch unbeirrt fort und werfen so lange Perlen vor die Säue, bis sie sich wieder emporarbeiten. Nicht so Giàcenere. Eines Publikums beraubt, hielt er das Malen plötzlich für eine nicht nur aufreibende, sondern auch überflüssige Tätigkeit und beschloss, sich ganz anderen Beschäftigungen zu widmen – hauptsächlich, Drogen zu nehmen, durch die Gegend zu ziehen und den Weibern nachzusteigen.

So ging es noch ein paar Jahre und etwa ein halbes Dutzend immer weniger interessante Bilder weiter, und dann, wumm! – das Nichts, *Giàcenere* eben.

Als unglücklicher Besitzer eines dieser noch unglücklicheren Werke, die bald jeden Marktwert verloren hatten, hegte Riccardo Fusco, wie wir wissen, an jenem Nachmittag, an dem er sich auf die Suche nach dem Schöpfer dieses Bildes begab, mehr als nur einen Verdacht, dass Giàcenere vom Erdboden verschwunden sein könnte, denn niemand wusste, was aus ihm geworden war, und er stand, wie Riccardo unlängst herausgefunden hatte, nicht einmal mehr im Telefonbuch – vorausgesetzt, er war infolge seines ungeregelten Lebens nicht so tief ins Elend gesunken, dass er sich kein Telefon mehr leisten konnte. Als ihm zum letzten Mal etwas über Giàcenere zu Ohren gekommen war, hatte man ihn jedenfalls in Indien vermutet. Ja, konnte es wirklich Leute geben, die *immer noch* nach Indien reisten?

Subalterne Klassen und Welterfahrung

Während ihm diese Gedanken durch den Kopf gingen, fuhr Riccardo die nur aus Kurven bestehende Straße wieder hinauf, bis irgendwann die Piazza des Dorfes vor ihm lag, wenn er sich recht erinnerte – da gab es allerdings nicht viel zu erinnern, denn sie war, und ist, kaum größer als ein Tennisplatz. Riccardo parkte das Auto auf dem zweiten der fünf Stellplätze vor der Bar neben dem kleinen Postamt, ging rechts den kleinen Fußweg hinauf und blieb auf halber Höhe verunsichert vor einer Tür stehen. Nach so vielen Jahren war ihm tatsächlich entfallen, wo genau sich das Haus seines Freundes befand. Schon tauchte aber aus einem Hauseingang eine Art Megäre auf, in Trauerkleidung und mit Strickzeug in der Hand, wie es sich gehört. »Wen sucht Ihr?«, knurrte sie Riccardo an.

»Giàcinto Cenere, den Maler.«

»Aha, den Maestro«, antwortete sie. Erneut zwei Reihen teils fauler, teils fehlender Zähne in Bewegung setzend, fuhr sie fort: »Klopft nur, klopft. Aber der schläft.«

»Um diese Zeit?« Es war sechs Uhr nachmittags. Keiner, nicht einmal der Wüstling, als den Riccardo seinen alten Kumpel in Erinnerung hatte, hätte je die Siesta, hierzulande *penneca* genannt, so lange ausgedehnt.

»Tja«, antwortete die Frau mit einem Achselzucken, »der iss halt ein Künstler«, und bewies damit, dass sie die Welt viel besser kannte, als ihr bescheidenes Äußeres erahnen ließ. »Jedenfalls schläft er, oder er iss nicht da.« Sie verharrte im Hauseingang und wartete, nun ebenfalls unsicher, welche der beiden Hypothesen sich nach dem Geläute als richtig erweisen würde. Aber was heißt hier Geläute? So kräftig Fusco auch auf den Knopf drückte, es kam kein vernehmbarer Ton heraus. Bestenfalls hörte man ein schwaches Echo in der Ferne, so als hätte jemand den Raum zwischen der Glockenwand und dem Schwengel mit Watte ausgepolstert.

»Der iss wohl ausgegangen … Kommt später wieder, junger Herr«, kürzte die Megäre irgendwann die Sache ab, und die Tatsache, dass ihn diese alte Harpyie, bevor sie sich ihrerseits in ihre Gemächer zurückzog, auf viel weniger als seine fünfzig Jahre geschätzt und ihn mit »junger Herr« angesprochen hatte, verlieh ihm – unglaublich, aber wahr – einen solchen Auftrieb, dass er sich auf einmal tatsächlich »jung« und energiegeladen genug fühlte, um sich ein neues Leben aufbauen zu können – und genau das würde er auch tun, sagte er sich, während er übermütig den Hang hinunterspazierte und sich schwor, dass Eleonora die Sache bald bereuen werde. Allerdings hielt die Wirkung dieser aberwitzigen Zuversichtsspritze nur so lange an, bis er wieder auf der Piazza war – *was* sollte er sich aufbauen?, und wie?, und mit wem? Und schon ergriff ihn wieder eine solche Niedergeschlagenheit, dass er drauf und dran war, ins Auto zu steigen und nach Hause zurückzufahren, in die Stadt, obwohl ihn schon die Vorstellung, in diesem leeren, düsteren, stillen Haus allein zu sein, bedrückte. Da wäre es doch besser, zum Kindergeburtstag zurückzukehren. Aber wie hätte er einen so plötzlichen Meinungsumschwung begründen sollen?

Unsicher, wie er war, betrat er die Bar und überließ die Lösung des Problems, wie er es immer öfter zu tun pflegte, dem Alkohol.

Die Gänse auf dem Markt

Als er wieder heraustrat, einen Campari Gin in der Hand und zwei weitere intus, die, an der Theke hinuntergekippt, jetzt angenehm in seinem Bauch umherschwappten, musste er zugeben, dass man bisweilen dazu neigt, Situationen zu dramatisieren, die sich am Ende von selbst lösen, und das würde letztlich auch auf seinen eigenen unglückseligen Fall zutreffen. Während also eine kleine Hoffnungswelle sein lädiertes Ego zu massieren begann und ihm alles in einem weicheren und interessanteren Licht erschien, ließ er sich an einem der beiden Tischchen vor dem Lokal nieder, entschlossen, die angenehme Langsamkeit zu genießen, die der Alkohol dem Weltgeschehen verleiht, und einfach den vorüberziehenden Teil der Menschheit zu beobachten.

Und die Menschheit war in diesem Augenblick: ein korpulenter junger Mann in einem viel zu engen schwarzen, abgewetzten Jackett und einem grauen Guruhemd, mit einem dichten Popenbart und einer Brille mit breiter schwarzer Fassung à la Allen Ginsberg – sagen wir ruhig, dass der ganze Typ ein Abklatsch von Ginsberg war; dann zwei Mädchen in schwarzen Jeans, mit Nietengürtel, spitzen Stiefeletten und Haaren in zwei Nuancen der Farbe Lila; ein langer Lulatsch mit schulterlanger Mähne, bestickter Weste und indischen Ledersandalen, in denen er sich von dem schmalen Sträßchen auf der anderen Seite des kleinen Platzes her näherte, wo ein Jaguar aus den Sechzigerjahren parkte. Einen Moment lang – und zweifellos war es der Moment, in dem Fusco von den Häuschen rundum und vom Rest der Passanten, zumeist bebrillten, hustenden Rentnern, abstrahierte – wähnte er sich an einer Ecke der Carnaby Street oder zumindest in einem jener kleinen griechischen oder spanischen Nester, in denen sich der Hippiepöbel herumtreibt. Was ihm keineswegs seltsam vorkam, denn hiermit sah er nur zum x-ten Mal seine anthropologischen Erkenntnisse bestätigt.

Wie er, ausgehend von den Untersuchungen zur *Prägung*, die Konrad Lorenz an den Graugänsen durchgeführt hatte, in *Die Gänse auf dem Markt* in aller Ausführlichkeit nachgewiesen hatte, gab es in der Basilikata tatsächlich ganze Dörfer, deren Lebensweise von »natürlichen« Meinungsführern wie pensionierten Managern, einfachen Remigranten oder Auswärtsstudierenden in eine bestimmte Richtung gelenkt wurde, und zwar weil dort, wo die von außen kommenden Stimuli irrelevant sind – und wo könnten sie irrelevanter sein als in einem entlegenen lukanischen Nest? –, oftmals eine »einprägsame Botschaft« genügt, um die soziokulturelle Geschichte eines ganzen Kaffs in die eine oder andere Richtung zu treiben.

Zwei Gänse auf dem Markt

Dafür ein negatives Beispiel.

Auf der ionischen Seite der Region gab es, und gibt es immer noch, ein Dorf, das sich im Laufe der Jahre in ein von Gewaltbereitschaft geprägtes Nest von Drogenabhängigen verwandelt hat, nachdem der »Rudelführer« aus Bologna, wo er am berühmten DAMS Kunst studierte, skrupellos Heroin und die Gewohnheit, mit selbigem zu dealen, in seine Heimat importiert hatte.

Und ein positives Beispiel.

Wenn die Küste von Maratea heute, wie jemand schrieb, »einer-der-zehn-na-ja-dreißig-schönsten-Orte-der-Welt« ist, geht das zum großen Teil auf das Konto des Grafen und Industriellen Stefano Rivetti di Val Cervo, der, nachdem er dort eine Fabrik gegründet hatte, in den Sechzigerjahren daranging, mit den damals angesagtesten Architekten Häuser und Plätze zu sanieren und Hunderte von Koniferen und Tausende von karmesinroten, violetten und orangefarbenen Bougainvilleen zu pflanzen, und damit einer besonderen ästhetischen Sensibilität Bahn brach, die, im Gegensatz zu seiner inzwischen pleitegegangenen Fabrik, bis heute fortlebt. Wie sonst sollte man sich die Existenz dieser prächtigen Perle – »der Perle am Tyrrhenischen Meer« – mit all ihren bezaubernden Häusern und Häuschen erklären, von denen auch die schlichtesten sorgsam gepflegt werden und das an einer Küste, die sich im absoluten Niedergang befindet, und zudem noch zwischen zwei nicht gerade reizvollen Ortschaften wie Praia und Sapri eingeklemmt ist?

Alles andere als ein Einheitsbrei also! Trotz der nivellierenden Kraft, die dem Fernsehen im Allgemeinen zugeschrieben wird, teilt sich die Menschheit nach wie vor in Stämme auf. Dies war, kurz zusammengefasst, Riccardo Fuscos bahnbrechende Erkenntnis, die auf die schlichte Feststellung hinauslief: *Die Welt ist schön, weil sie so vielfältig ist.*

Bei diesem Gedanken prustete der kühne Erneuerer los.

Sechs Jahre seines Lebens hatte er aufgewandt, mehrere hundert Stunden lang Interviews transkribiert, Hunderte von Statistiken zusammengestellt und achthundert Seiten vollgeschrieben, nur um einen solchen Schwachsinn zu produzieren! Andererseits war eines nicht zu bestreiten: Wenn sich das liebenswerte Dorf, in dem er sich in diesem Augenblick befand, zum Tummelplatz der Ausgeflippten, Exzentriker, Traumtänzer und Spinner entwickelt hatte – und das, obwohl das Zeitalter der Blumenkinder längst der Vergangenheit angehörte –, war das, auch in diesem Fall, einer einzigen Person zu verdanken, und zwar niemand anderem als Giàcenere.

Als Fusco ihn vor mittlerweile drei Jahren das letzte Mal getroffen hatte, war Giàcenere immer noch in die gleichen Seiden- und Samtstoffe gehüllt wie damals in den Siebzigerjahren, als er sein Leben zwischen seinem Heimatdorf, Ibiza und Kathmandu geteilt hatte. Das war eine Ewigkeit her, obwohl nach allem, was Riccardo aus Zeitung und Fernsehen wusste, zu befürchten stand, dass dieser Stil schon wieder dem letzten Schrei entsprach. Andererseits müssen sich die Designer ja auch ständig etwas ausdenken, um ihre Kreationen unter die Leute zu bringen, und wenn man da ein bisschen Rückschau betreibt, ist das die einzige Erfindung, die bleibt. Eine Untersuchung über die Periodizität solcher Zyklen wäre interessant, schoss es Riccardo durch den Kopf, aber es blieb bei einem flüchtigen Gedanken, denn er hatte nicht die geringste Lust, sich wieder an die Arbeit zu machen. »Alles kommt wieder, und *basta*«, sagte er sich nach einer halben Stunde Aufenthalt auf der Piazza und war seinerseits bereit, einen letzten Versuch zu unternehmen und zu Ceneres Haus hinaufzusteigen.

Dieses Mal hatte er Glück. Kaum hatte er geklopft, als von drinnen Hektik und silberhelles Gelächter an sein Ohr drangen.

Das Gelächter stammte von zwei australischen Bohnenstangen, wie unser Ethnologe ein paar Minuten später feststellen durfte, nachdem sich die Tür des Hauses Cenere endlich geöffnet hatte und den Blick auf das grinsende Gesicht des Eigentümers und die beiden Nymphen zu seinen Seiten freigab.

»Oho, wen sieht man denn da? Ich dachte schon, du wärst tot«, begrüßte ihn Giàcenere.

›Tot sein solltest eher du‹, dachte Fusco für sich, auch wenn er schon nach einer blitzschnellen Musterung das Gefühl hatte, dass Giacinto Cenere so klasse in Form war wie noch nie. Er trug immer noch die langen Haare von früher, doch statt des Rauschebarts hatte er jetzt einen Schnurrbart und ein Spitzbärtchen nach Art der drei Musketiere, und ein raschelndes, safrangelbes Seidenhemd verlieh ihm zusätzliche Eleganz. Im strahlenden Glanz der beiden Schönheiten hätte allerdings jeder Mann so auf Riccardo gewirkt.

»Eigentlich wollten wir gerade ausgehen … Aber komm rein, ich freu mich ja so, dich wiederzusehen! … Mann, wie viele Jahre ist das jetzt her …«. Und während Giacinto das sagte, wandte er sich den lachenden Sylphiden zu und redete auf Englisch weiter. Nachdem er sie ihm vorgestellt hatte, erklärte er den beiden, dass Riccardo ein alter Freund sei, ein Wissenschaftler … ein bedeutender Intellektueller, setzte er mit einem Nachdruck hinzu, durch den der Spott hindurchblitzte.

Unterdessen hatten sie das Haus bis zum Wohnzimmer durchquert, das noch genau so war, wie Riccardo es in Erinnerung hatte: violette und orangefarbene Wände, vollgehängt mit afghanischen Teppichen, Thankas und Ceneres Riesengemälden mit ihren esoterischen Motiven. Dieser Raum führte auf die alte Loggia mit Blick über das Tal. Das Holzdach der Loggia ruhte auf zwei Säulen, auf denen es vor tibetischen Gottheiten nur so wimmelte.

Die fernen Hügel wirkten unter der untergehenden Sonne so transparent wie die Schleier, die um die Körper der australischen Nixen drapiert waren. Verwirrt blickte Riccardo ihnen nach, als sie das Zimmer verließen, weil sein Freund, der sich auf eines der kleinen Sofas mit den abgesägten Beinen hatte fallen lassen, sie angewiesen hatte, Tee zu machen. »Mannomann!«, stieß Riccardo aus. »Wo hast du denn *die* aufgegabelt?«

Giàcenere lachte und schaltete, statt ihm zu antworten, seine esoterische Stereoanlage ein – in diesem Haus war alles esoterisch! –, ein handgefertigtes Produkt aus England. Wenige Augenblicke später füllte sich der Raum mit fließenden, dämmrigen und fernen Klängen, so fern wie ihre Jugend: *Live/Dead* von den Grateful Dead. Wie oft hatten sie es nicht in diesem Zimmer gehört!

Aber irgendetwas fehlte.

Gras aus eigenem Anbau

Unvermittelt drehte sich Giàcenere um und rupfte hinter dem Sofa aus einem Bündel Gras, das er mehr schlecht als recht dort versteckt hatte, ein paar Blätter heraus – er war wirklich der Typ, der sich mit fünfzig noch Joints drehte!

Und schon sagte er: »Es ist noch ziemlich frisch, aber man braucht es bloß ein bisschen zu rösten.« Dann nahm er ein Stück Stanniolpapier, krümelte ein wenig von dem Zeug hinein, ging ein paarmal mit der Flamme eines Feuerzeugs darunter hin und her und erklärte dann: »... ich habe es gestern Abend geerntet. Seit Jahren habe ich nichts mehr gesät, aber die Natur ist *wuuunderbar* und setzt einfach ihren Lauf fort. Es gibt wohl einen Zentner davon, Gras aus meinem Garten. Du erinnerst dich doch, Riccà?«, fügte er nach dem ersten Zug hinzu, auch wenn Riccardo es allein schon am Geruch wiedererkannt hätte. Einen solchen Gestank vergisst man nicht, diese Mischung aus verbranntem Stroh, Pisse und Petroleum. Aber es *wirkte*. Verdammt, und wie es wirkte! Das Knistern der Samen erinnerte an ein Feuerwerk, und das ausgewaschene Blau der Berge verwandelte sich plötzlich in eine Art Meer aus weicher Seide. Aus der Küche wehte unterdessen eine Lachsalve herüber. Giàcenere reckte das Kinn in die Richtung und lachte seinerseits los.

»Sympathisch, was?«

»Sympathisch? Eine Wucht sind sie, würde ich sagen ... Und sie treiben es zu zweit mit dir? Dabei hatte ich geglaubt, du würdest am Hungertuch nagen!«, erwiderte Riccardo. Aber kaum hatte er es gesagt, kam es ihm schon übertrieben vor.

»Da liegst du gar nicht so daneben, Riccà. Zuletzt sind die Dinge überhaupt nicht gut gelaufen. Oh, ich spreche von den letzten zwanzig Jahren«, antwortete Giàcenere und prustete erneut los, weil das Gras, wie üblich, seine an sich schon gute Laune noch weiter hob. Auch daran erinnerte sich Riccardo, wie viel sie nämlich zusammen gelacht hatten, während Giàcenere nun einen weiteren ausgiebigen Zug nahm, nacheinander ein paar Samenkörnchen explodierten, ein Stückchen weit durch die Luft flogen und wie Raketen, die ins Meer fallen, statt ihr Ziel zu treffen, auf dem zerschlissenen Teppich landeten.

»Vor ein paar Jahren war ich mir sogar sicher, dass ich wirklich am Ende war«, hob das Ex-Wunderkind der italienischen Malerszene wieder an. »Ich weiß nicht einmal mehr, wie es mich nach Bangalore verschlagen hat, nach Karnataka. Jedenfalls lerne ich dort diesen Engländer kennen. Er hat ein nettes Sümmchen beisammen und möchte es investieren, wenn ich eine Idee habe. Sagt er. Ideen, das weißt du, sind das Einzige, woran es mir nie gefehlt hat. Kurzum, wir eröffnen ein Antiquitätengeschäft. Hochwertiges Zeug, nicht der übliche *intische* Klimbim. Klar, man muss ein Auge dafür haben, und daran hat es mir, in aller Bescheidenheit, nie gefehlt. Du musst natürlich die Leute kennen, die dir die richtigen Sachen besorgen, üble Typen … es handelt sich fast ausschließlich um geklaute Sachen, und die Leute, die sie klauen, kenne ich aufgrund meiner Geschäfte bestens … du weißt doch, meine *Geschäfte*, oder?« Lachend reichte er ihm den Joint zurück, den Riccardo jetzt ausschlug, weil er schon spürte, wie ihm das Zeug zu Kopfe stieg.

»Was? Du rauchst nicht mehr?«, fragte ihn der andere besorgt.

»Giacè, ich rauche schon seit zwanzig Jahren nicht mehr.«

»Soso«, sagte der Angesprochene und schob leicht verwundert das Kinn vor. »Na ja«, entschuldigte er sich, »nachher habe ich vielleicht noch Koks, aber im Moment habe ich Lust auf mein Gras … Gra-as aus ei-ge-nem Anbau«, trällerte er wie ein Schwachsinniger, bevor er einen weiteren Zug nahm. »Ich hab einfach Lust auf den Geschmack von damals«, setzte er hinzu, »du verstehst schon,

Riccà … Also, wo waren wir stehengeblieben? Ach ja, also, der Laden in Bangalore. Sicher, man hat sich erst mal einen Namen machen müssen, aber den haben wir uns gemacht, das schwör ich dir. Unser Kundenkreis bestand zunehmend aus wahren Kennern, zumal die Stadt zuletzt von steinreichen Amis geradezu überschwemmt wurde.

Man hätte bloß noch ein bisschen Geduld gebraucht, doch da brennt im schönsten Augenblick dieses Arschloch von meinem Geschäftspartner mit dem Geld aus der Kasse durch und hinterlässt mir nichts als Schulden … ein ganzes Meer von Schulden, und frage nicht, bei welcher Art von Schurken! Der übelste von ihnen hatte mir schon einen Besuch abgestattet, ein Malaysier, sauer wie eine Zitrone, narbenübersäte Visage und spitz zugefeilte Bronzezähne. Mit denen hat er mich angefletscht und mir mitgeteilt, dass er, sollte ich ihn nicht innerhalb einer Woche auszahlen, meine Leber verspeisen würde. Und das war bloß einer von vielen! Riccà, ich hatte nicht mal so viel, dass ich mir ein Ticket hätte kaufen und abhauen können, was mir damals die einzige Lösung zu sein schien. So sitze ich also wehrlos hinter meinem Schreibtisch, ohne einen Schimmer, was ich tun soll, als plötzlich die Geisterabwehrglöckchen bimmeln und die Tür aufgeht. In panischer Angst vor irgendeinem Meuchelmörder, der mich abstechen will, drehe ich mich in Richtung Eingang, und wen sehe ich da als heiligen Retter erscheinen? … Graziantonio! Jawohl, Graziantonio Dell'Arco höchstpersönlich, ausgerechnet den! Du erinnerst sich doch noch an ihn, oder?«

Ja, wie könnte man einen wie Graziantonio Dell'Arco wohl je vergessen?

Jedes Provinzstädtchen, das etwas auf sich hält, hat wenigstens einen, der aus ihm geflüchtet ist und der, wenn er im Fernsehen auftritt, alle diejenigen, die in diesem Nest geblieben sind, mit einer Mischung aus Stolz und Spott zu ihren Kindern sagen lässt: Schau, der da ist von hier! Du bist stolz, weil dieser Typ, der sich zwischen berühmten Managern, gefürchteten Machtmenschen, Schauspielerinnen, bildschönen Models, charismatischen Künstlern und Intellektuellen so sichtlich wohlfühlt, als hätte er sich in seinem Leben nie in einem anderen Milieu bewegt, ein Bekannter von dir ist, und selbst wenn du höchstens einmal ein paar Worte mit ihm gewechselt hast, erzählst du deinen Sprösslingen, dass ihr dicke Freunde wart, ja, dass er es war, der an deinen Lippen hing, und dass er deswegen der geworden ist, der er heute ist. Wobei er als Junge, ehrlich gesagt – und hier kommt nun der Spott ins Spiel –, ein richtiger Blödmann war, einer, von dem du dir nie hättest vorstellen können, dass er dorthin gelangen würde, wo er heute ist, und dass du nicht der Einzige warst, der so dachte, denn alle haben sich über ihn lustig gemacht, und die Mädels haben ihn regelrecht verachtet – dieselben, die sich jetzt *deinen* Kindern gegenüber damit brüsten, dass er ihnen einmal den Hof gemacht hat, während sie, seine Ex-Freundinnen – und wenn sie das sagen, schauen sie ihre Göttergatten mit einer Miene irgendwo zwischen Stolz und Bedauern an –, den Papà vorgezogen haben, den die Kinder nun wiederum beobachten, ihren Papà in seinem üblichen abgetragenen, ausgeleierten Pulli über dem sich vorwölbenden Bauch, wie er da mit seinen schäbigen Pantoffeln vor dem Fernseher hockt, wo soeben in seiner ganzen blendenden Topform der verschmähte Verehrer erschienen ist, umgeben von Berühmtheiten aller Art, und wenn sie ausreichend zynisch sind – und in der Regel sind Kinder das –, denken sie: Du dumme Kuh!, und malen sich offensichtlich aus, wie ihr Leben hätte aussehen können, wenn ihre Erzeugerinnen statt diesen furzenden Fettsack, den sie tatsächlich geheiratet haben, den Typen gewählt hätten, der in dem Provinzstädtchen gestartet war und dann eine Bilderbuchlandung hingelegt hat. Und dieser Typ war im Fall der Kleinstadt Potenza eben Graziantonio Dell'Arco, den genau aus diesem Grund auch Riccardo nicht vergessen hatte.

Wie hätte er ihn vergessen können?

Tatsächlich sagte er jetzt: »Graziantonio Dell'Arco? Du meinst den Doofi? Nein, hör auf!«

»Doch, genau, der Doofi höchstpersönlich!«

»Und was macht so einer wie der in Indien?«

»Statt Indien musst du Bangalore, Karnataka, sagen, oder auch das neue Silicon Valley. Sonst verstehst du den Zusammenhang nicht. Die größten und billigsten Fachleute für Informatik sind dort, und die werden sogar von Amerika aus umworben. Das hast du nicht gewusst? Ich auch nicht … Stell dir vor, er war seit Monaten da, und ich hatte es nicht einmal mitgekriegt. Aber wir sind eben Künstler, Riccà, Intellektuelle. Für uns wird Indien immer die Wiege der Gurus, der Kundalini-Meditation, der Sitars und der Joints sein … Graziantonio, nein, der hat für bestimmte Sachen einfach einen Riecher! Nicht umsonst schwimmt er im Geld. Und da stürzt er sich also wie ein Falke auf Karnataka, und nachdem er im neuen Silicon Valley seine Geschäfte abgeschlossen hat, dreht er seine Shoppingrunden und landet ausgerechnet in meinem Laden, und zwar mit einem Paar Bohnenstangen wie den beiden, die ich mit mir herumführe … *Also, wird's bald*?«, rief er lachend ins andere Zimmer hinüber. »Ist der Tee jetzt fertig oder nicht?« Dann wandte er sich scheinheilig an seinen Freund: »Ab und zu muss man eben die Stimme ein bisschen erheben … Also, zurück zu Graziantonio. Kaum sieht er mich, bleibt er stehen. Ich denke, jetzt tut der so, als würde er mich nicht kennen, und macht auf dem Absatz kehrt. So verhalten sich typischerweise Leute, die Erfolg haben. Außerdem gibt es zwischen uns ja nicht gerade positive Schwingungen.«

›Positive Schwingungen?‹, dachte Riccardo Fusco. Dieser Typ redet *immer noch* von positiven Schwingungen!

»Ich weiß nicht, ob du dich erinnerst, aber ich bin es schließlich gewesen, der ihm diesen Spitznamen verpasst hat, obwohl Doofi doch eigentlich ganz nett ist, oder? Und ich habe immer vermutet, dass er das auch weiß. Jedenfalls grinst mich der Doofi nach einem Moment der Unsicherheit von einem Ohr zum anderen an, ja, er umarmt mich sogar! Und wie geht's dir, und seit wann, und wer hätte das gedacht, ausgerechnet hier, und du hast dich überhaupt nicht verändert. Er dagegen hat sich *wirklich* verändert … Er scheint regelrecht zu strahlen, hat eine glatte Haut und kein einziges graues Haar. Bestimmt gefärbt, aber der Mensch, der ihm das macht, versteht sein Handwerk. Keine Spur von diesem fiesen Kupferschimmer. Dann schaut er sich um, und: Was für schöne Sachen du hast, man sieht das Auge des Künstlers. Kurzum, er hat den ganzen Laden aufgekauft, obwohl ich, eingedenk unserer alten Freundschaft, den dreifachen Preis von ihm verlangt habe.

Spontan denke ich, er wird sich im Glanze der Damen sonnen, die er da mit sich herumschleppt, aber in Wirklichkeit hatte er das überhaupt nicht nötig. Sie hingen ihm buchstäblich an den Lippen. An den Lippen von dem Doofi, kannst du dir das vorstellen?! Das Leben ist wirklich komisch. Na ja, jedenfalls lädt er mich dann zum Abendessen in sein Hotel ein, das beste der Stadt *natürlich*. Ich gehe hin, alles wie aus Tausendundeiner Nacht, so ein Luxus, so eine Pracht, du weißt schon, oder? So was gibt's nur im Orient. Immer noch misstrauisch, sage ich mir, der hat dich extra eingeladen, um dich zu demütigen. Doch er stellt mich seinen Leuten vor, der große Künstler hier, der große Maler dort … Aus dem, was er seinen Freunden erzählt, schließe ich, dass er nichts von meinem Debakel weiß und zu meinem Glück von Kunst immer noch einen Dreck versteht. Kurzum, irgendwann beauftragt er mich doch glatt, seine Villa am Comer See mit Fresken auszumalen. Er besitzt Villen in der ganzen Welt, und ja, wenn die Sache nicht unter meiner Würde sei, würde er mich gerne fragen, weil er meine Möbel wunderschön gefunden habe, ob ich ihm nicht die andere Villa einrichten könne, die, die er gerade in der Chianti-Gegend gekauft habe.

Riccà, von diesem Moment an hat sich mein Leben verändert. Ich habe zu einem neuen Höhenflug angesetzt. Denk dir, jetzt bin ich gerade dabei, nach zwanzig Jahren meine erste Einzelausstellung vorzubereiten, in Mailand, und wenn sie gut läuft, und dank seiner Freundschaften *wird* sie gut laufen, wandert sie weiter nach New York, und in der Zwischenzeit bin ich sein persönlicher Innenarchitekt geworden … eher so etwas wie ein Bühnenbildner, wenn man bedenkt, in welchen Größenordnungen er plant. Ich bin Teil seines Expertenstabs, wie er uns nennt. Tatsächlich ist das eine Art ›Hof der Wunder‹, mit dem er herumtourt. Du kannst dir gar nicht vorstellen, was für einen Spaß das macht, Riccà«, endete er mit einem letzten glückseligen Zug.

Fusco dagegen hatte das Gefühl, noch tiefer in der Scheiße zu stecken.

Zu Cenere war er schließlich nur gegangen, um sich durch den Anblick eines noch vollkommeneren Scheiterns aufzubauen, und nun saß er vor diesem Ausbund an Lebensfreude, der sich in diesem Moment wie ein Pascha auf dem Diwan zurücklehnte, in Erwartung der liebevollen Dienste der beiden Feen, die mit Tassen und einer dampfenden Kanne – bei dieser Hitze! – auf das Spielfeld zurückkehrten.

Erster Auftritt des Aglianico

Noch immer am Rande der Verzweiflung, fing Riccardo die zweideutigen Blicke des Malers auf, der unter dem Vorwand, dass sie ihm die Sicht versperrten, die beiden biegsamen Körper erst einmal abgrapschen und von sich wegschieben musste. »Jetzt habe ich noch einen weiteren Auftrag bekommen: Ich soll ein passendes Bild für seinen Wein finden. Du weißt ja, Wein zu produzieren, ist die neueste Marotte der Reichen. Wenn du *wirklich* reich bist, musst du unbedingt ein eigenes Weingut haben, und Dell'Arco wird, Mode hin oder her, bestimmt einen Haufen Geld damit machen. Was der anfasst, wird zu Gold. Er hat die Weinberge von halb Barile aufgekauft, *Aglianico.* Du erinnerst dich doch noch an die Zeit, als keiner ihn wollte und es für jeden Schickimicki ein absolutes Muss war, Pinot grigio oder gar Mateus zu trinken. Banausen! Tja, inzwischen gilt er als einer der vier oder fünf interessantesten Weine … Das weißt du doch, oder?«

Was Riccardo über den Aglianico wusste

Riccardo wusste über den Aglianico, was ein mehr oder minder denkender Kopf über eines der Spitzenprodukte seiner Heimatregion wissen konnte. Und das war das, was er bei den samstäglichen Abendessen mit seinen Freunden, als er noch daran teilnahm, im Laufe der Diskussionen über den Aglianico, eines ihrer liturgischen Elemente, aufgeschnappt hatte. Des Weiteren beruhte sein Wissen auf gelegentlichen Informationen in der Presse, wonach es sich beim Aglianico um eine tausend Jahre alte, etwas geheimnisumwitterte Weinrebe handelt. Einem Reiseführer zufolge vermischen sich in seiner Geschichte schon seit dem siebten Jahrhundert, als er von griechischen Kolonisten importiert worden war, Wahrheit und Legende. So soll zum Beispiel Hannibal die Wunden seiner Soldaten mit Aglianico behandelt haben; wegen seines herben

Geschmacks soll er der Lieblingswein von Papst Paul III. Farnese gewesen sein, der mit dem Konzil von Trient die Reform der Kirche einleitete, und Ferdinand von Bourbon soll sich bei seinem letzten Abendmahl vor Verlassen seines Königreichs mit zwölf Flaschen Aglianico betrunken haben.

Einer anderen Legende zufolge, die erst in jüngerer Zeit über den Aglianico kursierte, kamen Leute aus dem Norden und luden ganze Tankwagen damit voll, um Barolo daraus zu machen. Für eine Legende hatte Riccardo das allerdings nur so lange gehalten, bis eines Tages in einer der einschlägigen Kolumnen, aus denen er seine oberflächliche Bildung in Sachen Wein bezog – verfasst zudem von einem Kritiker aus Piemont –, zu lesen war, dass vor allem im Falle schlechter Jahrgänge tatsächlich Leute aus Piemont zum Monte Vulture fuhren, um eine Ladung Aglianico mitzunehmen, mit der sie ihre eigene dürftige Ernte aufbesserten. Nicht umsonst gab es immer noch Leute, die den Aglianico beharrlich als den Barolo des Südens bezeichneten – und tatsächlich ähneln sich die beiden Weine in mehr als nur einer Hinsicht. In denselben Kolumnen hatte Riccardo auch von der zunehmenden Anerkennung des lukanischen Weins durch jene Önologen erfahren, die mehr *à la page* waren und auf die sich Giàcenere offensichtlich bezog.

Deshalb konnte er ihm jetzt antworten: »Natürlich weiß ich das … Hier jedenfalls ist seit der Zeit gleich nach dem Mateus – Wie idiotisch wir doch waren! – der Aglianico immer unser liebster Wein gewesen … Abgesehen von einer Prise gesundem Chauvinismus stimmt es ja auch, dass er zu den Weinen gehört, die so weich und vollmundig sind, dass man, wenn man einmal damit angefangen hat, kaum wieder davon lassen kann. Andere Weine kommen dir dann alle gepanscht, verschnitten und irgendwie ausdruckslos vor.«

»Wem sagst du das! Stell dir vor, seit ich aus Indien zurück bin, trinke ich nichts anderes mehr! Okay, bei dieser Hitze genehmige ich mir vielleicht auch mal einen kleinen Champagner« – und das aus dem Munde eines Typen, der bei *dieser* Hitze artig an einem grauenhaften Bancha-Tee nippte! –, »von dem Graziantonio übrigens ausgezeichnete Sorten hat. ... Also, zurück zu Graziantonio. Ich habe dir doch von dem Auftrag erzählt, den er mir erteilt hat. Es geht um ein Bild für das Etikett. Hier habe ich noch mein ikonografisches Repertoire« – er drehte das Kinn in Richtung des Bücherregals, das aus dem anderen Zimmer herausragte –, »nur deswegen hast du mich überhaupt hier angetroffen. Und ich glaube, ich habe auch schon das Richtige aufgestöbert, und zwar in einer alten Abhandlung über Alchemie, ich zeig's dir nachher. Jetzt bräuchte ich bloß noch den Namen... Warum hilfst du mir nicht einfach? Bei all dem Zeug, das du weißt, könntest du sicher etwas *Bedeutsames* finden, irgendetwas Mythisches, Mysteriöses, Antikes aus der uralten und geheimnisvollen Region Lukanien, etwas zwischen normannischen Rittern, Briganten, Zauberern und Werwölfen, *yeoouvhh*, irgend so einen Scheiß...« Dann starrte Giacinto ihn plötzlich an, als sähe er ihn jetzt zum ersten Mal und hätte im gleichen Moment eine zündende Idee. »O Mann, hättest du nicht Lust«, brüllte er jetzt fast, »ein paar Tage mit uns mitzukommen« – und er nickte in Richtung der beiden Feen –, »ans Meer, zum Doo … zu Graziantonio, meine ich. Diesen Spitznamen muss ich vergessen, sonst reite ich mich noch in sonst was hinein … Komm doch mit! Dann denken wir uns gemeinsam etwas aus. Oder noch besser, ich rufe ihn gleich an, den Graziantonio … Oder hast du vielleicht etwas anderes vor?«

Ein Hoffnungsschimmer

›Leider ja, ich muss mich aufhängen‹, war Riccardo Fusco versucht zu antworten. Was blieb ihm sonst schon übrig? Stattdessen platzte es voller Begeisterung aus ihm heraus: »Nein, nein, ich habe Zeit, sehr viel Zeit sogar.«

Das war die ersehnte Gelegenheit, diesem Gefängnis zu entfliehen, zu dem sich sein Leben entwickelt hatte, und eine ähnliche Chance würde sich ihm nie wieder bieten. Das einzige Problem waren die Kinder, aber die kamen seit Jahren ohne ihre Mutter zurecht, dann würden sie es auch ohne ihren Vater schaffen. Eine Zeit lang wenigstens. So lange, bis er eine Entscheidung treffen würde. Eine endgültige. Er schaute die Sylphiden an, die sich unterdessen zu beiden Seiten des Sofas niedergelassen hatten, die Füße unter die Pobacken geschoben und zu einer jener plastischen Posen hindrapiert, wie sie die Models in den Modezeitschriften einnehmen, und diejenige, die Sheila hieß – was für ein Name! –, warf ihm einen verheißungsvollen Blick zu. Jetzt würde er es diesem Miststück, mit dem er verheiratet war, aber zeigen! Und prompt schob er hinterher: »Eleonora ist mit den Töchtern und ihrer Mutter am Meer… Ein paar Tage mit euch genehmige ich mir gern.«

»Lauter Töchter? Und wie viele hast du? *Vier!* Aber dann bist du *wirklich* verrückt, und alle mit der einen großen Liebe… Gib's zu, dass dir das ganz schön auf den Keks geht, hm?« Giàcenere grinste ihn forschend an, erntete aber bloß ein Achselzucken. »Okay, okay, ich will es gar nicht wissen… Schauen wir mal, was der große Häuptling Dell'Arco sagt. Ich bin mir allerdings sicher, dass es keine Probleme geben wird« – was bestätigt wurde durch die freudestrahlende Miene, die er aufsetzte, sobald er dem lukanischen Tycoon über sein ultramodernes Smartphone mitgeteilt hatte, wer da gerade vor ihm saß.

»Aber ja doch! Genau der. Riccardo Fusco… Ja, ja, immer noch derselbe, volles Haar und keine Spur von einem Bauch. *Forever young*, auch er… Ich dachte, dass er uns bei unserem Wein helfen könnte… Aber ich wollte sicher sein, dass dir das recht ist… Dann geht das also in Ordnung… Okay, okay, ich sag's ihm… *Er brennt darauf, dich wiederzusehen…«* – richtete er seinem Freund aus, nachdem er den Apparat leicht weggedreht hatte. »Doch, Riccardo kann es auch kaum erwarten… Ja, ja, mit dem Auto… Ich hab den Jaguar genommen, den grünen… Keine Sorge, wir rücken einfach ein bisschen zusammen«, sagte Giàcenere und ließ den Blick von Riccardo zu den beiden Najaden wandern. Riccardo dagegen starrte in die Augen von Sheila-was-für-ein-Name!, die zurückstarrte, während sich hinter der Fensterscheibe der Himmel so rosig färbte, wie ihm nach vielen Jahren plötzlich seine Zukunft wieder erschien.

Unterdessen lag unter demselben rosafarbenen Himmel, aber achthundert Kilometer entfernt, Graziantonio Dell'Arco in weichen weißen Hosen und einem amaranthfarbenen Hemd auf einem der schneeweißen Sofas seiner *Tiger of Versailles*, einer fünfunddreißig Meter langen, nachtblauen Pershing, und dachte über seinen Tag nach.

Heute, Donnerstag, den 10. Juli, hatte er viel erledigt: zur Isola di Cavallo gebraust, dreißig Minuten von Anlegestelle zu Anlegestelle mit durchschnittlich 38 Knoten, dort Bad mit seinem kleinen Hofstaat, zu dem das gerade angesagteste Model, die Inderin Lakshmi Dharma Narayan, gehörte; gegen 19 Uhr Party mit Modeschau auf der *Ocean*, der Yacht des russischen Juweliers Gregory Zemlinsky, veranstaltet zu Ehren von dessen Tochter, der frisch gebackenen Modedesignerin Alexandra, einer Schönheit mit markanten Wangenknochen und Raubtierblick, und des japanischen Couturiers Tazo. Zum Dinner in eineinhalb Stunden wurde er dann auf der *Shandaar*, der Megayacht des arabischen Magnaten Omar Khaled Aziz, erwartet.

Wenn es glückliche Menschen gibt – und es gibt sie –, wer hätte dann glücklicher sein können als Graziantonio Dell'Arco? Vor allem, wenn man bedenkt, dass er zu jenen gehört hatte, denen das Schicksal die Erfüllung jeglicher Wünsche zu verweigern schien.

Schon wegen seines Namens.

Denn was kann sich schon jemand vom Leben erhoffen, der »Graziantonio« heißt?

Sicher, der Nachname Dell'Arco hätte die Scharte auswetzen können, wenn man ihn denn gehört hätte und er nicht diesem Graziantonio gefolgt wäre, das so unwiederstehlich nach Witz klang, dass sich die Wohlerzogenen das Lachen verkniffen, die Übrigen aber lauthals lachten und auch mit den entsprechenden Kommentaren nicht hinterm Berg hielten: »*Wie bitte?* Graziantonio – was zum Teufel soll denn das für ein Name sein!?«, »An deiner Stelle würde ich mir einen anderen zulegen«, »Also, ihr im Süden seid wirklich zu allem fähig!« So war es in der Anfangszeit gewesen, gleich nach seiner Übersiedlung nach Mailand.

Ganz zu schweigen davon, wie viel er zwischen den Schulmauern des Südens – wo man tatsächlich zu allem fähig ist – hatte einstecken müssen, denn jedes Mal, wenn *Dell'Arco Graziantonio* aufgerufen wurde, folgte die jeweils neueste Verballhornung der »Antiken Hymne an die Drei Grazien«, die nun nicht mehr an die drei Töchter des Zeus und der Eurynome gerichtet war, sondern an *Grazia, Graziantonio und GRAZIA-LECK-MICH*, womit das zwischen den Bänken zusammengedrängte Schülerpack jeden bedachte, der das erlesene Epitheton »Grazia« trug, und womit es auch ihn lieber anredete als mit seinem vollständigen Namen, obwohl Graziantonio Dell'Arco – vierschrötig, stiernackig, breithüftig und mit buschigen Augenbrauen, die unter der niedrigen Stirn in einen undurchdringlichen Wald borstiger Haare hineinwuchsen – alles andere als feminine Züge aufwies, sondern bestenfalls an einen Yeti erinnerte, und das auch noch in einer Zwergenausgabe.

Auch die Mode war ihm, als er aufs Gymnasium übergewechselt war, nicht gerade entgegengekommen. Bart, lange Haare und Jeans mit Schlag passten hervorragend zu hageren Typen wie dem seinerzeitigen Wortführer Gian Ettore Orsenigro oder zu sportlichen Linken wie Ugo Rinaldi oder zu hochgewachsenen Typen mit romantischer Attitüde wie Riccardo Fusco oder zu eleganten Schlaksen wie Giacinto Cenere, aber für einen ungeschlachten Kerl wie ihn, der zudem noch einen flachen Hintern hatte, waren sie eine Katastrophe.

Die innere Stimme

Gewiss, schon damals vernahm Graziantonio in seinem Inneren hin und wieder eine Stimme. Eine Stimme, die rief – aber »rief« ist zu stark, sagen wir lieber, sie *flüsterte* –: ›Warum läufst du denn herum wie ein Hungerleider?‹ Oha, was für eine Wortwahl! Wenn ein Orsenigro oder ein Rinaldi das gehört hätten, dann wäre es ihm aber übel ergangen! Dabei hätte er in Jackett und Krawatte, wie die Schüler der englischen Colleges, wirklich viel besser ausgesehen, aber derart herumzulaufen, hätte eines Mutes bedurft, den er fürs Erste nicht aufbrachte. Besser also mit der Herde mitzutrotten, die ihn trotzdem wenig schätzte, wenn sie ihn nicht gar offen verachtete.

Wir können getrost sagen, dass Dell'Arcos Hauptbeschäftigung im ersten Abschnitt seines Lebens darin bestand, die Anerkennung der anderen zu suchen, und dass diese Bemühungen alle seine Entscheidungen bestimmten, von der Art zu denken bis zu seiner Garderobe, ja sogar bis zur Wahl des Studienfachs, denn am Ende schrieb er sich für Philosophie ein und bestätigte damit den Verdacht seines Vaters Michelantonio, der ihn immer schon für einen ausgemachten Idioten gehalten hatte. Ein Verdacht, der umso beängstigender war, wenn man bedachte, dass Graziantonio der einzige Spross seiner Lenden war – seine Frau war das, was man im Süden mit überflüssiger Gemeinheit als »Dörrfeige« bezeichnete – und folglich ein ebenso trauriges wie unabwendbares Ende des hochgeschätzten Geschlechts der Dell'Arco herbeiführen würde.

Ein Geschlecht, damit wir uns recht verstehen, echter Hurensöhne – und zwar, wie wir sehen werden, nicht nur im übertragenen Sinn –, unter denen Michelantonio sich ganz besonders ausgezeichnet hatte, denn ihm war es gelungen, selbst die widrigsten Wendungen des Schicksals zu seinem Vorteil umzubiegen, wie etwa damals, als ausgerechnet auf seinem Grund und Boden, einem der größten Landgüter der Gegend, Methangas entdeckt worden war. Ein Umstand, der – man bräuchte es eigentlich nicht besonders hervorzuheben – überall auf der Welt die Entstehung gewaltiger Reichtümer und Dynastien bedeutet hätte, über die man großartige Romane hätte schreiben und grandiose Filme hätte drehen können. Nicht aber in Italien, dem antiromanhaften Land schlechthin.

Der Texaner aus Ferrandina begegnet dem berühmten Kamel

Nicht so in Italien, diesem »Scheißland«, wie es Jahrzehnte davor ebenjener Michelantonio Dell'Arco viel prosaischer im Inneren eines Eisenbahnabteils ausgedrückt hatte, ohne verhindern zu können, dass er jedes dritte Mal, wenn er diese Invektive natürlich leise, aber doch nicht leise genug, ausstieß, den Abscheu seiner Reisegenossen erregte, unter ihnen auch die Ehefrau eines Abgeordneten der Democrazia Cristiana auf Dienstreise. Er befand sich auf der Heimreise von Rom, wo er bei einem Freund aus Kriegszeiten, inzwischen Inhaber einer gut eingeführten Anwaltskanzlei, gewesen war, um fern von indiskreten Ohren und zudem auch noch gratis Rat einzuholen, welche Dokumente er benötigte, um schnellstmöglich mit der Ausbeutung seiner Lagerstätten beginnen zu können.

Nicht also in Italien, diesem »Scheißland«, wo sich der Staat – und der befreundete Rechtsexperte hatte ihm lange den Rücken zugekehrt, ehe er den Mut fand, ihm dies zu eröffnen – sämtliche Ausbeutungsrechte selbst anmaßt, den rechtmäßigen Grundeigentümer enteignet und mit einer jämmerlichen Entschädigung – tatsächlich nur einem Spottgeld – abspeist, ohne Rücksicht auf den tatsächlichen Marktwert der Ländereien, der, wie im Fall Michelantonios, viel höher sein konnte. Der arbeitsame Latifundienbesitzer, der sich selbst noch weniger gönnte als das Wenige, das er seinen Tagelöhnern zukommen ließ, hatte praktisch alles, was er besaß, investiert, um einen modernen landwirtschaftlichen Musterbetrieb aufzubauen.

Eine Ironie, die noch an Schärfe gewinnt, wenn man bedenkt – aber das konnte der unglückliche Großgrundbesitzer vorläufig noch gar nicht wissen –, dass Italien, dieses »Scheißland«, kaum ein paar Jahre nach Kriegsende von einer besiegten Nation zur fünften Weltmacht aufsteigen sollte, unter anderem eben dank der Ursache seines Unglücks, nämlich der industriellen Nutzung des Methangases, das zuerst in der Poebene und dann in der Basilikata entdeckt worden war, und zwar von einem gewissen Enrico Mattei, den manche aus wenig verwunderlichen Gründen zu einem Heiligen machen wollten. Aber selbst wenn Michelantonio das alles gewusst hätte, hätte es sich nicht weiter auf seinen seelischen Zustand ausgewirkt, denn schlimmer als jetzt konnte es ihm gar nicht gehen.

Seit dem Tag der großen Entdeckung – und wer könnte je diesen 20. Januar des Jahres 1959 vergessen, als das Gas endlich aus dem Bohrloch Ferrandina 1 entwichen war, sich »wie eine sommerliche Fata Morgana durch die allerdings kalte Luft des anbrechenden Morgens bewegte und die stolze, sechs Meter hohe Fackel heller leuchtete als die am Himmel glänzenden Sterne«, wie ein lokaler Chronist schwülstig geschrieben und damit Massen von Schaulustigen, selbst aus Matera, angelockt hatte –, seit jenem unvergesslichen Tag also, oder besser gesagt, seit jener denkwürdigen Nacht, sah sich Michelantonio bereits wie eine der Figuren aus dem Film *Giganten*, den er sich kurz zuvor in Matera angeschaut hatte, mit großem Cowboyhut auf dem Kopf und Zigarre im Mund am Steuer eines Cadillac Eldorado sitzend – nun ja, in dieser Situation wäre es wirklich dämlich gewesen, noch mit seinem schwarzen

Fiat 600 herumzukurven –, wie er auf der staubigen Ebene von Ferrandina die in die Höhe schießenden Fontänen seiner Quellen inspizierte.

Stattdessen würde man ihn nun all seiner Besitzungen berauben … Bei jedem Ruckeln des Zuges blutete ihm das Herz wie ein Gefäß, das keines weiteren Tropfens bedurfte, um überzulaufen. Man hätte meinen können, dass irgendjemand – und sein Blick folgte der Hochsteckfrisur vom Typ Banane der ihm gegenübersitzenden Gattin des christdemokratischen Abgeordneten und ging dann ein Stück über die kühne, tollenähnliche Spitze dieses Haargebirges hinaus –, man hätte meinen können, dachte Michelantonio, dass dieser Jemand ihm wirklich böse sein musste, denn man wollte ihm seine Ländereien jetzt schon zum zweiten Mal wegnehmen.

Beim ersten Mal hatten die Bauern sie besetzt, und auch damals war Michelantonio keinerlei göttlicher Beistand zuteil geworden. Deshalb hatte er versucht, sich der Besetzer im Alleingang zu entledigen, indem er sein Gewehr schulterte und auch ein paar Schüsse abgab, aber am Ende hatte er diesen Hungerleidern sogar ein schönes Stück abtreten müssen – und sie hätten ihm noch mehr abgezwackt, hätte er nicht zu einem Trick gegriffen und das Latifundium parzelliert und verkauft, wobei die Kaufverträge, wie der Zufall so spielt, allesamt die Unterschrift von Kriegsvermissten trugen.

Von wegen Agrarreform! *Diebstahl* war es! So weit war man gekommen, dass man schon das Besitzrecht antastete. Was konnte man andererseits erwarten, dachte er, wenn den Leuten – und er blickte wieder weit über die christdemokratische Banane hinaus – eingeredet wurde, dass Reichsein so viel heißt wie Sündigen und dass *eher ein Kamel durch ein Nadelöhr geht, als ein Reicher ins Himmelreich*? Warum, verdammt noch mal, sollte man auch ein Kamel durch ein Nadelöhr zwängen? Tatsächlich sprach das Evangelium von einem »Tau«, das sich durch einen Übersetzungsfehler in das bizarre Tier verwandelt hatte – aber wer wusste das schon? Beduinenquatsch, dachte Michelantonio, und in der Kirche verzapfen sie ihn alle Tage, und diese Dummköpfe – die Bauern, die Armen, also eigentlich alle seine Mitbürger – glauben das auch noch, trotz des Blödsinns mit dem Kamel, und sie hassen dich und schauen dich böse an, sehr böse sogar, so, wie in dem Moment, als er die Piazza überquert hatte, mit seinem verächtlichen Lächeln und der langen Zigarre im Mund – dem ersten Accessoire eines texanischen Milliardärs, das er sich in der Erwartung, den Cowboyhut und den Cadillac Eldorado bald dazukaufen zu können, zugelegt hatte –, nachdem er erfahren hatte, dass nach monatelanger Suche einzig und allein auf seinem Land das einträgliche Gas entdeckt worden war. Ein großes, ein riesiges, ein unerschöpfliches Vorkommen, geschätzt auf zehn Milliarden Kubikmeter auf einer Fläche von gut tausend Hektar, und nicht einer – nicht ein einziger! – dieser tausend Hektar lag jenseits der Grenzen seines Besitzes.

Und sicherlich hatte Michelantonio, der allein mehr Land besaß als alle anderen Dorfbewohner zusammen, auch viel mehr Möglichkeiten. Aber erklär das mal diesen Elenden, die, wenn sie ihn musterten, nichts dachten als: »Hat man etwas anderes erwartet?«, »Wer hat, dem wird gegeben«, »Der übliche Glückspilz«, »Immer dieselben«, während er an ihnen vorbeiging und sich vor Freude fast auf die bläulichen Rauchwolken, die er wie eine Lokomotive ausstieß, erhoben hätte, aber dennoch musste dieser ganze Neid, dieser Ärger, dieser Groll, eine Wirkung gehabt haben, denn nun stand er unmittelbar vor dem Verlust des kostbarsten Gutes, das er besaß, seines eigentlichen Lebenszwecks – und das war sein *Eigentum*.

Um diese Katastrophe abzuwenden, hatte er nichts unversucht gelassen und die Ministerien abgeklappert, nach links und nach rechts Geld angeboten, sich Beamten vor die Füße geworfen und sogar mit Selbstmord gedroht. Dieses Mal jedoch ging es um die ureigensten Interessen des Staates, und die waren zu übermächtig, da-war-nichts-zu-machen… Aber er würde lieber sterben als resignieren. Er musste sich unbedingt etwas ausdenken, eine Möglichkeit, da irgendwie rauszukommen, einen Plan austüfteln. Aber sosehr er sich auch bemühte, ihm fiel einfach nichts ein. Nichts. Das Glück hatte ihn wohl tatsächlich verlassen, sagte er sich in der Toilette, wo er nach einem falschen Alarm hingerannt war in der Hoffnung, sich endlich von dem Scheißepfropf befreien zu können, der ihm, seit man ihm vor nunmehr einer Woche die schreckliche Mitteilung gemacht hatte, die Gedärme verstopfte.

Und damit nicht genug.

Während dieser sieben Tage war ihm praktisch alles passiert, was nur passieren konnte. Beim Aussteigen aus der Straßenbahn hatte er sich den Fuß verknackst, der inzwischen zur Größe einer Melone angeschwollen war, und hatte zudem bemerkt, dass man ihn in derselben Tram um seine Brieftasche erleichtert hatte. Hinzu kam, was ihm am meisten Sorgen bereitete: Er fühlte eine Eisplatte auf den Lungen, und Kälteschauer schüttelten seinen Körper in einer Weise, dass er, als er während seiner Bemühungen auf der Kloschüssel in den Spiegel schaute, die bleiche Maske eines Toten zu erblicken vermeinte. Aber was heißt hier eigentlich Neid? Der *böse Blick* war das! … Und genau in dem Moment, als ihm diese Worte – der *böse Blick*! – durch den Kopf dröhnten, befreite er sich mit einem ungeheuerlichen Furz von dem schrecklichen Scheißepfropf, der bereits die Größe eines Straußeneis angenommen hatte, und endlich durchzuckte ihn die rettende Idee, weil er sich wie das nicht artgerecht behandelte Kamel fühlte, das plötzlich durchs Nadelöhr passte und in das Himmelreich eingehen konnte, was natürlich in dem einen wie im anderen Fall einen gewaltsamen Durchbruch voraussetzte. Nachdem er ihn also gerade aus tiefster Seele verflucht hatte, dankte er jetzt – als guter Christ – Gott für diese Erleuchtung. Nun blieb ihm nur noch zu hoffen, dass er seinen Plan in die Tat umsetzen konnte, bevor seine Enteignung bekannt gegeben wurde.

Eine ungünstige Prognose

Sobald er in Ferrandina war, nahm er zwei Wochen lang praktisch nichts zu sich und verkroch sich in seinen nahe bei der Mutterkirche gelegenen Palazzo, den er nur wenige Male unrasiert und mit immer schlurfenderem Gang verließ, sodass er nicht einmal abwarten musste, bis seine beiden Dienstmädchen – unter dem Namen »die Buckligen« bekannt – das eigentlich geheim zu haltende Gerücht verbreiteten, dass ihr despotischer Padrone von einer schweren Krankheit befallen war. Niemand wunderte sich also – oder bedauerte es gar –, als er eines Sonntagmorgens nach der Messe vor den Augen des versammelten Dorfes zusammen mit seiner gestressten Gemahlin in das einzig verfügbare Mietfahrzeug gehievt und ins Krankenhaus von Bari transportiert wurde, wo er dann, nach kaum einer Woche mit einer von den buckligen Dienstmädchen ebenfalls unverzüglich in Umlauf gesetzten »ungünstigen Prognose« entlassen wurde – »Was soll das denn heißen?«, »Der stirbt«, wie die gebildeteren Gäste der Regina Bar, der älteren und besser besuchten der beiden Bars im Dorf, erläuterten. »Na ja, hin und wieder nimmt die göttliche Gerechtigkeit ihren Lauf«, lautete an jenem Abend die einhellige Meinung.

»Oder vielleicht hat da oben jemand ein Machtwort gesprochen«, orakelte Gufíus oder Gerolamo Cuspiddo, der Totengräber, der neben der Theke balancierte, eingezwängt in seinen üblichen Samtanzug, der einmal senffarben gewesen war und im Lauf der Jahre über Bananen-, Zitronen- und Strohgelb die gegenwärtige undefinierbare Farbe angenommen hatte, die nur vergleichbar war mit jener der Leichentücher, in die die sterblichen Überreste der Dorfbewohner eingewickelt waren, wenn er sie fünfzig Jahre nach deren Bestattung ausgrub, um sie in das für sie vorgesehene Beinhaus umzubetten.

»Und das heißt?«, »Was soll das?«, »Und?«, fragten die Stammgäste, die den Blick nicht von den Spielkarten hoben, ihre gedanklichen Fragezeichen jedoch allesamt mit einem kräftigen Auswurf unterstrichen.

Gufíus legte eine mehr als theatralische Pause ein – ja, aufgrund ihrer Dauer hätte man sie geradezu als eine dem Avantgardetheater würdige Pause bezeichnen können –, die es ihm erlaubte, einen tiefen Zug von seiner zwischen den Fingern klemmenden Alfa zu nehmen, einen Rauchkegel gegen das schnurrbärtige Porträt des Ex-Inhabers der Bar Regina, den er höchstpersönlich einige Jahre zuvor auf untadelige Weise in die Erde gebettet hatte, zu blasen, ein abschließendes Glas Wein hinunterzukippen, sich mit den Ellbogen auf die Theke zu stützen – er war so klein, dass er sich zu diesem Behufe auf die Zehenspitzen stellen musste –, die Hände wie einen Trichter um den Mund zu legen und schließlich einen einzigen Satz auszusprechen, der dank dieses Kunstgriffs aus einer Maske der griechischen Tragödie zu kommen schien und im ganzen Saal widerhallte: »Ich hab jemand bei der Sabbernden gesehen.«

Darauf stand für einen Moment die Zeit still.

Die Hände erstarrten auf den Spielkarten. Der Atem wurde angehalten wie vor dem Ausblasen einer Kerze. Und schließlich brüllte der Chor der Anwesenden: »Der *böse Blick*!«, und sie sahen sogar von den Karten auf, während ein Luftwirbel die dichte Rauchwolke über ihren Köpfen auflöste, die Uhr des Kampanile zehn schlug und ein hungriger Hund schaurig durch die finsteren Gassen jaulte.

»Der *böse Blick*«, bestätigten Michelantonios Dienstmädchen am nächsten Morgen, nachdem sie die Sabbernde im Haus des Verhexten empfangen hatten.

Lia die Sabbernde wohnte am Dorfrand, in einer in den Tuff gehauenen Behausung, die kaum zu sehen war hinter der großen Weide, deren Zweige die Augenhöhlen der Fenster wie zerraufte Strähnen bedeckten und dem Bau das Aussehen eines heulenden Irren verliehen. Drinnen war es so finster, dass man glaubte, die Wände des einzigen Raums seien schwarz angemalt, doch sobald sich das Auge an die Dunkelheit gewöhnt hatte, erkannte man, dass sie mit allem bedeckt waren, was der Zauberin zur Herstellung ihrer Amulette oder »Anhänger«, wie sie selbst sie gern nannte, diente.

Das schauderhafte Mosaik bestand aus einer wurmstichigen Kollektion von Dachspfoten, Wild- oder Hausschweinhauern, Klauen vom »großen Waldtier« – womit der Wolf gemeint war, aber in dieser Gegend hütete man sich sehr wohl davor, diese teuflische Bestie auch nur beim Namen zu nennen –, rechten Vorderfüßen von Maulwürfen, Krallen alter Hähne, Zehen von noch *unbeschuhten* – sprich: unbeschlagenen – Eselshufen, Hörnchen schwarzer Zicklein, behaarten Bauchfellen vom Dachs, Fuchskrallen, kleinen Ringen mit Todespferdchen, auch Skarabäen genannt, sowie Bärenzähnen.

Es waren Beutestücke, die die Sabbernde nach sorgfältiger Abwägung der unterschiedlichen Erfordernisse auswählte und von der Wand nahm, um sie dann in Befolgung entsprechender Rituale zu »behandeln«. So bohrte sie etwa in den noch mit Zähnen bewehrten Unterkiefer eines Wildschweins oder Hundes an drei genau abgemessenen

Stellen Löcher und fädelte eine Schnur hindurch, damit er im Fall von Impotenz oder Unfruchtbarkeit von der betreffenden Person um den Hals getragen werden konnte, wobei es natürlich in deren Interesse lag, den Anhänger sorgsam unter den Kleidern versteckt zu halten, damit sich das Gerücht von dem peinlichen Leiden nicht verbreitete.

Rituale wurden unter Ausstreuung von Pulvern und während des Aufsagens von Zauberformeln durchgeführt, als da waren:

Maulwurf, Hahn und Kröte,
gegen den bösen Blick helft,
ihr Amulette und Hörnchen!

Oder:

Hornissenauge, Maulwurfsklaue, Mäusepfote,
Ihr drei, zaubert weg den bösen Blick!

Darunter wurden noch Verse aus dem Johannesevangelium gemischt. Schließlich wurden die Amulette dem leidgeprüften Besucher ausgehändigt, der fast ebenso ungeduldig wie auf die Befreiung vom bösen Blick darauf wartete, bei der erstbesten Gelegenheit an die frische Luft fliehen und dem grauenhaften Pestgestank dieser Höhle mit ihren schlecht balsamierten, wenn nicht gar verwesten Kadaverteilen zu entkommen. In den wirklich hoffnungslosen Fällen und das, seit der Fortschritt Einzug gehalten hatte, auch erst dann, wenn die Schulmedizin mit ihrem Latein am Ende zu sein schien, begab sich die Sabbernde persönlich ins Haus des Betroffenen, um ihren Dienst direkt am Bett des Kranken zu versehen.

Daran, dass Michelantonio ein hoffnungsloser Fall war, bestand kein Zweifel, denn der unglückliche Großgrundbesitzer hatte bereits Don Enrico empfangen, zusammen mit einem Ministranten, der mit allem für die Letzte Ölung Notwendigen ausgestattet war. »Er bringt ihm den Pass für drüben.« – »Vorher salbt er ihm noch die Pfoten.« So lauteten die zynischen Kommentare der üblichen Tagediebe, die sich nach Sonnenuntergang im Danubio blu aufhielten, der zweiten und dank des begehrten Phonola-Fernsehapparats moderneren Bar des Dorfs genau gegenüber vom Domizil des Moribunden. Angesichts der ihm entgegengebrachten Sympathie dachte niemand auch nur im Traum daran, den Kommentaren ein »Er ist in Gottes Hand« folgen zu lassen, jene Formel also, die man gewöhnlich zum Zeichen frommer Ergebung anfügte. Und es erregte auch überhaupt kein Aufsehen, als man kaum eine Stunde später am Ende des Sträßchens, das zur Piazza hinaufführte, die Zauberin Lia auftauchen sah. Von der Arthrose um neunzig Grad gebeugt, hing ihr der Rock wie eine Glocke auf die Füße hinab, während ihr auf der anderen Seite der Schal vom Kopf herabwallte, sodass sie, ganz in Schwarz, an eine Kakerlake erinnerte oder gar an den animierten Telefonhörer aus der Sendung *Carosello* – die man just am Abend zuvor im Danubio blu gesehen hatte, wo sich in der eigens eingerichteten Fernsehstube die Bauern drängten und nicht nur vor sich hin müffelten, sondern auch aus dem Staunen nicht mehr herauskamen angesichts dieses neuen Wunders des Fortschritts. Sie stieg nun, fast den Boden streifend, so flink nach oben, als würde ein lautloser, aber unerbittlicher Turbinenmotor sie den Hang hinaufschieben, bis über das Portal hinaus und noch weiter nach oben, die Freitreppe hoch, die man vom Hof aus sah, bis vor die Haustür, welche sich alsbald vor dem Gesicht eines der beiden buckligen Dienstmädchen öffnete.

Am Abend desselben Tages waren sie wieder zu zweit unterwegs, die Buckligen, und erzählten den Frauen, die aus der Abendmesse kamen und die Neuigkeit dann ihrerseits in jeden Winkel des Dorfes bis in die entlegensten Landhäuser verbreiten würden, dass die alte Hexe – sie war so alt, dass sich keiner mehr an ihr Alter erinnerte –, sobald sie eingetreten war, gleich vor dem großen Kamin im ersten Saal des Palazzo, der, nebenbei bemerkt, mindestens vierzig solcher Säle enthielt, stehen zu bleiben beliebte. Und als wäre es ihre, der Buckligen, Aufgabe, durften sie auf Anweisung von Donna Cesidia, die selbstverständlich nicht mit Hand anlegte, das, was vom Padrone noch übrig und fest in eine Decke gewickelt war und eher einer Mumie glich, auf einem Stuhl durch die lange Flucht von Gemächern tragen. – »Eine *mommia, ehm.*«

Lia ging um ihn herum und betrachtete ihn. Der rechte Winkel, den ihr Rücken nunmehr bildete, hatte ihre Statur allerdings derart verkürzt, dass sie, die Buckligen, die Hexe hatten hochheben müssen, als sie ihm unter die Lider schauen wollte, was ihnen eine so anstrengende Haltung abverlangte, dass sie die Alte schlagartig hatten fallen lassen.

Auf dem Boden gelandet, rutschte Lia, als wäre nichts gewesen, dreimal auf den Knien um den Kranken herum und hielt bei jeder Runde inne, um dreimal mit der Stirn gegen den Fußboden zu schlagen – der aufgrund der besonderen »Gitter«-Bauweise mit einem lauten hohlen Geräusch antwortete – und dabei in einer Weise »muore *viv*, muore *viv*, muore *viv*« zu psalmodieren, dass jeweils das zweite dieser Worte mit dem mächtigen Schlag der großen Trommel zusammenfiel, bevor sie erneut zu einer hektischen Umrundung ansetzte.

Bis sie plötzlich stoppte, sich mehrmals zusammenkrampfte und mit dem Gurgeln eines dicken verstopften Wasserrohrs Schleim hochwürgte, dabei gleichzeitig den einst so stolzen Großgrundbesitzer am linken Fuß packte und diesen, nachdem sie ihn langsam von der Socke befreit hatte, zur Gänze einspeichelte, wozu sie allerdings, angesichts des Zustands ihrer Bronchien, wohl hauptsächlich den zähen Sirup verwendete, der sich in ihrem stinkenden zahnlosen Mund angesammelt hatte.

Nicht zufällig wurde sie »die Sabbernde« genannt.

Michelantonio gab daraufhin einen schwachen Klagelaut von sich – »Als hätte er *kotzen* wollen, *ehm*«, berichteten die Buckligen weiter – und leistete keinerlei Widerstand, als die Sabbernde, mit ihrer Spezialsalbe unzufrieden, Fußsohle und Zehen zu massieren begann, nach einem bestens bewährten Ritual, das die zahlreichen Ethnologen, die seit Ende des neunzehnten Jahrhunderts wie Spürhunde die unwegsamen Ebenen der Basilikata abgesucht hatten, in Verzückung versetzt hätte, wäre es ihnen denn vergönnt gewesen, es zu katalogisieren. Allerdings findet sich eine Spur davon in *Lo sputo e la saliva nelle tradizioni popolari antiche e moderne*, einer im *Archivio per lo studio delle tra-*

dizioni popolari publizierten Reihe von Notizen der Autoren Crombie, Busk, Pajello und Pitrè, sowie in *The Saliva Superstition*, von Crombie allein, veröffentlicht in *The International Folklore Congress*, London 1892, wo dieser auch über einen im nahe gelegenen Miglionico praktizierten Brauch berichtet: Dort bespuckten Fremde, keinesfalls die eigenen Eltern, das Kind und sagten dazu: »Wie hässlich und ekelhaft ist dieses Kind!«, um den Neid der Leute fernzuhalten. Die Sabbernde jedoch hatte sich immer geweigert, sich mit den ihr schöntuenden Forschern zu treffen, nicht einmal gegen das angebotene Honorar, denn sie befürchtete, dass sie ihr die Geheimnisse hinter ihren Ritualen entreißen wollten, die in der Tat sehr kompliziert waren, wie das soeben beschriebene, noch immer im Gang befindliche beweist.

Nach der Phase der »Salbung« – auch sie gewissermaßen eine Letzte Ölung – machte sich die Sabbernde tatsächlich wieder daran, den Sterbenden auf den Knien zu umrunden, und zwar mit einer solchen Geschwindigkeit, dass es schien, als wollte ein Strudel die beiden direkt in die Hölle hinabziehen. »Der Herr möge uns von ihnen befreien!« Stattdessen brach die Alte irgendwann zusammen und blieb auf dem Boden liegen. Regungslos.

Zusammen mit Donna Cesidia warteten die Buckligen, dass irgendetwas passierte. Aber es passierte absolut nichts. Hin und wieder schien es, als schnarchte die Zauberin, und als die Padrona sich nach einer guten halben Stunde dazu durchgerungen hatte, sie zu schütteln, wurde ihnen klar, dass es keine Einbildung war: Lia die Sabbernde schnarchte tatsächlich. Sobald sie aus diesem wahrscheinlich »medianen« Schlaf erwachte, schrie sie wie besessen los: »*böser Blick, böser Blick, böser Blick!*«, und leierte dann plötzlich Folgendes herunter:

Pferdefuß
Maulswurfspfote
Tatze, Tatze, Hahnenkralle
Verschwind sofort,
du böser Blick!

Neuer Mond
Nimm Altes mit
Bring Neues her!

Hör gut zu!
Gib das Land den Bauern,
Und los bist du das Methangas!
Sechs Tage bleiben dir hier noch.
Raff dich auf,
Sonst rafft's dich hin.

Und am Ende dieser Weissagung mochte wirklich keiner der Anwesenden weder das Verdikt noch das schreckliche, eindeutige Heilmittel in Zweifel ziehen.

»Nicht einmal Michelantonio hat etwas gesagt?«, lautete der Kommentar der verängstigten Frauen, die den Buckligen mit höchster Aufmerksamkeit gelauscht hatten, wohlwissend, wie viel Wert der Latifundienbesitzer stets auf seine Ländereien gelegt hatte, zumal man jetzt auch noch das kostbare Methan entdeckt hatte.

»Was hätte er schon sagen sollen? Der Halunke ist bereits mehr im Jenseits als im Diesseits«, antworteten die treuen Dienstmädchen, und da Michelantonio nicht mehr über die Kraft verfüge, sich seinem tragischen Schicksal entgegenzustemmen, habe er sich darauf beschränkt, seiner Gattin zuzuhauchen: »Hol diesen Judas Ischarioth von Addario … Verkauf alles … für insgesamt …«

Nein, den genauen Betrag hatten sie leider nicht hören können. Der Unglücksmensch hatte ihr die Zahl direkt ins Ohr geflüstert.

»… alles in bar, spätestens innerhalb von sechs Tagen, wie die Sabbernde gesagt hat … Keine Lira weniger! … Lieber sterbe ich …« Dann schob er in einer letzten Aufwallung von Verdruss hinterher: »Vergiss das nicht: bis auf die letzte Lira! Sonst verfluche ich dich und diesen Idioten von meinem Sohn« – der, es sei daran erinnert, niemand anderer war als der kleine Graziantonio. Dann sank der nunmehr vollkommen erschöpfte Michelantonio in eine Art Endlosschlaf – oder lag er vielleicht schon im Koma?

Begegnung mit Judas nach der berühmteren im Garten Gethsemane

Der ausgedorrten Ehefrau blieb jedenfalls nichts anderes übrig, als das zu erfüllen, was möglicherweise der letzte Wille ihres fürchterlichen Gemahls war, und so rief sie noch am selben Abend Carmine Addario zu sich, den Bauernführer *in pectore* von Ferrandina, der ihr jetzt ungläubig zuhörte.

War es denn wirklich möglich, fragte er sich, dass ausgerechnet ein Schurke von einem Latifundienbesitzer wie Michelantonio Dell'Arco, der, statt den rebellierenden Bauern auch nur ein Fitzelchen seines Landes abzutreten, nicht gezögert hatte, auf sie zu schießen und dabei seine eigene Ermordung riskiert hatte, dass sich also so ein Typ ausgerechnet jetzt, da man auf diesem selben Grund und Boden »das durchsichtige Gold« gefunden hatte, wie der bereits erwähnte fantasiebegabte Chronist das Methangas genannt hatte, und ausgerechnet zu ihren Gunsten von ihm befreien wollte – und das nur, weil eine alte Hexe es ihm befohlen hatte?

Andererseits: In wie vielen Fällen verwandelt die Angst vor dem Tod Knallharte in Schwache, bekehrt Atheisten zum Glauben, lässt Mörder bereuen und macht, wie der heilige Augustinus schreibt, Sünder zu Heiligen? Und wenn Michelantonio in seiner Agonie – Carmine sah sein Profil wächsern aus dem anderen Zimmer herüberschimmern – ausgerechnet ihn an sein Krankenbett hatte rufen lassen, den Mann, den er am meisten hasste, und dies auch schon, als er, Carmine, noch nicht Vorsitzender des Tagelöhnerverbands gewesen war, dann konnte kein Zweifel bestehen, dass er es jetzt mit genau so einem Fall zu tun hatte.

Nach dem ersten Augenblick der Ungläubigkeit blieb ihm also nichts anderes übrig, als zur Kenntnis zu nehmen, dass das ihm vorgeschlagene Geschäft eine große Chance für seine Bauern war. Das einzige und ebenso große Problem war, dass Dell'Arcos Ländereien zwar aufgrund dessen, was man unter der Erde gefunden hatte, einen immensen Wert besaßen, der gewiss weit über der geforderten Summe lag, dass diese allerdings immer noch hoch war und außerdem auf Anordnung der Sabbernden und folglich des Eigentümers innerhalb von kaum sechs Tagen bezahlt werden musste.

Die einzige Möglichkeit, an das Geld heranzukommen, bestand darin, das kleine arbeitsame Heer dickköpfiger Bauern zu überreden, ihre Ersparnisse zusammenzulegen, die sie oft während eines aufopferungsvollen Lebens im Ausland angehäuft hatten. Das würde eine harte Nuss werden, eine sehr harte. Carmine Addario wusste das nur zu gut, denn er versuchte seit mehr als zwei Jahren, sie in einer Kooperative zusammenzuschließen, aber sie waren dermaßen stur und individualistisch und hingen so sehr an ihren im Zuge der Landreform erhaltenen Besitzungen – mit deren Erwerb sie sich auch Michelantonios krankhaften Besitzerstolz eingehandelt zu haben schienen –, dass die Angst, irgendjemand könne sie ihnen wegnehmen, sie blind machte für die Vorteile wie etwa das Wachstum von Produktion und Reichtum, das die genossenschaftliche Lösung jenen Regionen, welche sich für sie entschieden hatten – der roten Romagna *in primis* –, beschert hatte. Allerdings lag die Sache dieses Mal anders. Es ging darum, in einem Maße reich zu werden, das jede Vorstellung überstieg, und diese Aussicht würde – musste! – jegliches Misstrauen bezwingen. Sich jetzt nicht zu einigen, wäre, als hätte man im Lotto gewonnen und würde sich das Preisgeld nicht abholen, weil man die Fahrkarte für den Zug nach Rom nicht bezahlen will. Solche Züge fahren aber nur ein einziges Mal im Leben vorbei. Hochzufrieden mit dieser Metapher, prägte Addario sie sich ein, um sie möglichst bald bei seinen Bauerntrampeln anzubringen.

Ein kleines verdächtiges Lächeln

Dann versicherte der Gewerkschafter Donna Cesidia, dass er bestimmt bald positive Nachrichten zu überbringen habe, worauf er allerdings, als er sich von ihr verabschiedete und einen Blick ins andere Zimmer warf, ein kleines Lächeln über die ansonsten so düstere Maske des Beinaheleichnams huschen zu sehen vermeinte – aber vielleicht hatten sich auch nur die im Kamin züngelnden Flammen in dem Wachs widergespiegelt, aus dem diese Maske modelliert zu sein schien.

Noch immer erschöpft von der endlosen Versammlung, die er tags zuvor im Gewerkschaftsgebäude abgehalten hatte, dachte er mitten in der Nacht wieder daran zurück, als er steif im Bett des eiskalten Mauselochs lag, in dem er seit seiner Rückkehr aus dem Krieg alleine hauste. Damit keine Missverständnisse aufkommen: Er war natürlich in überhaupt keinen Krieg gezogen, sondern vielmehr nach Russland geflohen, um eben nicht in den Krieg ziehen zu müssen – und davor hatte er eigentlich auch nicht viel mehr getan, als auf die Jagd und gelegentlich auf Diebestouren zu gehen. Als Waisenkind ohne Familie und ohne die Absicht, jemals eine zu gründen, lebte er in den Tag hinein und kannte nur eine einzige große Leidenschaft: das Billard. Und dem Umstand, dass er Billard spielte, hatte er seine Bekanntschaft mit Ernesto Dell'Arco zu verdanken, der seinerseits vielen Leidenschaften frönte.

Den Namen Ernesto zu tragen, ist eine ernste Angelegenheit

Ernesto war Michelantonios Vetter und, obwohl sie wie Brüder aufgewachsen waren, in jeder Hinsicht das Gegenteil von ihm.

Schön, gebildet, freigebig und elegant, lebte Ernesto seit den Jahren, in denen er Kunst studiert hatte, in Neapel, wo er sich in der Folge bald als Maler einen Namen gemacht hatte. Bisweilen sah man ihn auf einem seiner funkelnagelneuen Motorräder in den Süden zurückkehren, angetrieben von Heimweh und Familiensinn – und dies, obwohl Michelantonio sein einziger noch lebender Verwandter war – sowie von dem Gedanken, in seinen Bildern das Licht jener Gegend einzufangen, das er »einzigartig« nannte, wie es jeder Maler vom Licht des Landstrichs, den er aus irgendeinem Grund besonders liebt, gern behauptet.

Die Frauen waren verrückt nach ihm. Aber auch für seine männlichen Altersgenossen war er eine Legende. Für sie stand Ernesto auf einer Stufe mit den Filmstars, weil er, wie man sich erzählte, auf Capri, wo er einen großen Teil der schönen Jahreszeit verbrachte, unter ebenjener Schar Auserwählter seine besten Freunde hatte. Die einzige Gelegenheit, sich ihm, wenn er sich nicht gerade in sein Atelier zurückzog oder aufs Land ging, um *en plein air* ein paar eigentümliche Ansichten zu malen, anzunähern und Freundschaft mit ihm zu schließen – worauf jedermann erpicht war –, bot das Billardspiel. Aber auch das war ein seltenes Privileg, denn um ihm die Stirn bieten zu können, musste man ein Spieler sein, wie es nur wenige im Lande gab. Und der Geschickteste unter diesen Wenigen war zweifellos Carmine Addario.

Ernesto fand ihn wegen seines Auftretens als naiver Draufgänger, durch das er es sich mit der übrigen Bevölkerung verdorben hatte, auf Anhieb sympathisch. Und so kam es, dass man sie, wenn der Maler aus Neapel oder irgendeiner Hauptstadt Europas zurückkehrte – das Reisen war eine weitere seiner Leidenschaften –, immer häufiger zusammen auf irgendeinem Feldweg sah, vertieft in lange Gespräche, in deren Verlauf Ernesto Dell'Arco, der klassische Typ des Süditalieners normannischer Abstammung und eine blendende Erscheinung mit seinen schönen sandfarbenen Anzügen, der aufrechten Haltung und den blonden, unter einem seiner eleganten Hüte hervorglänzenden Haaren, von den letzten Neuigkeiten des Lebens in jenen großen Städten berichtete und sich über das Staunen seines jungen Landsmanns amüsierte, der schon bald sein Lieblingsvertrauter wurde. Das ging so weit, dass es Ernesto eines Tages ganz natürlich erschien, ihm seine Mitgliedschaft in der Kommunistischen Partei zu offenbaren.

Ein Geheimnis, das im Dorf seltsamerweise keiner kannte, trotz der Schreie, die durch die Säle des Palazzo Dell'Arco gehallt waren, als Michelantonio darüber in Kenntnis gesetzt worden war – offensichtlich waren die beiden Buckligen zu jenem Zeitpunkt gerade mit den Leidenschaften ihrer jungen Jahre beschäftigt gewesen, denn bevor sie sich in gefürchtete Frömmlerinnen verwandelten, hatten sie eher als Frevlerinnen von sich reden gemacht und entweder herumgehurt oder gesoffen oder beiden Lastern gleichzeitig gefrönt.

So hatte nur Ernesto gehört, was Michelantonio ihm entgegenschrie: »Du bist wahnsinnig! Weißt du denn nicht, dass du, wenn die Faschisten dich erwischen, in der Verbannung landest? Wo hat man außerdem schon je einen kommunistischen Großgrundbesitzer gesehen? Du weißt doch, dass die Kommunisten dir die Ländereien wegnehmen! Und damit begnügen sie sich nicht! Auch das Leben nehmen sie dir, diese Banditen!« Und er dachte für sich, dass er, wenn die Dinge so stünden, wirklich gut daran täte, Ernesto alles zu entziehen. Da er sein Verwalter war, wäre das ein Leichtes für ihn gewesen. Doch wenn Michelantonio neben seinen tausend Fehlern eine Tugend besaß, dann war es wohl die Treue zu den Blutsbanden, sodass er sich auch nach dieser Eröffnung darauf beschränkte, die Einkünfte, wie üblich, um zehn, zwanzig Prozent zu seinen Gunsten aufzurunden – ohne ihn wäre sowieso alles den Bach runtergegangen –, und sich ansonsten schnell daran gewöhnte, in dieser Verirrung seines Vetters die x-te Spinnerei eines Künstlers zu sehen.

Tatsächlich war Ernesto genau in dem Sinne Kommunist wie ein großer Teil der Künstler, die er in jenen Jahren in Paris und auf seinen Reisen durch Europa kennengelernt hatte. Damit wir uns recht verstehen: Alle waren sie in die hehren Ideale verliebt, die diesem Glauben zugrunde liegen – wie hätte es auch anders sein können, da sie doch mit jener besonderen Sensibilität begabt waren, die sie zu auserwählten Geistern machte. Auch wenn es dann ausgerechnet diese Sensibilität war, die sie daran hinderte, den ganzen Rest zu ertragen, was für den lukanischen Maler umso mehr galt, als er bereits die wenigen Zellensitzungen, an denen er teilgenommen hatte – allein schon der Begriff »Zellensitzung« löste eine allergische Reaktion bei ihm aus –, wie jede andere politische Versammlung als unerträglich empfunden hatte.

Trotzdem schätzten ihn die Genossen wegen seiner Berühmtheit sehr, und als er den Einberufungsbefehl zum Abessinienfeldzug erhielt, beschloss er, der den Krieg mehr als alles andere hasste, ausgerechnet nach Russland zu fliehen, und zwar gewiss nicht, um zu überprüfen, wie es dort mit der Schaffung des neuen Menschen voranging, sondern aus einem ganz anderen, viel banaleren Grund: Es war das einzige Land in Europa, das er noch nicht gesehen hatte. Es bereitete ihm keine Mühe, von den Großkopfeten der Partei die Bescheinigung eines »treuen und verdienstvollen Kämpfers« ausgestellt zu bekommen, denn die war für die Einreise in jenes große, unendlich weite und großzügige Land unabdingbar.

Nun begab es sich, dass der Einberufungsbefehl auch bei Michelantonio und Carmine Addario eintraf. Natürlich schlug Ernesto, gutherzig, wie er war, sowohl seinem Vetter als auch seinem jungen Freund dieselbe Lösung vor.

Michelantonio sah ihn an, wie er ihn gewöhnlich ansah, nämlich wie einen Irren. »Du schlägst mir im Ernst vor, nach Russland zu fliehen? Weißt du denn nicht, was die Kommunisten aus Leuten wie uns machen?«

Über die Starrköpfigkeit seines Vetters untröstlich, beschränkte sich Ernesto darauf, ihn anzulächeln. Ach, hätte er doch bloß auf ihn gehört!

Carmine Addario dagegen, der nichts zu verlieren hatte als sein Leben – und das stellte er zu Recht über alles andere –, war sich sofort sicher, dass er es nicht in irgendeinem blöden Krieg verlieren wollte. Natürlich war es nicht leicht, aber am Ende gelang es Ernesto, sich von den leitenden Funktionären der Kommunistischen Partei auch für ihn die erwiesene Linientreue bescheinigen zu lassen, indem er die kleinen Probleme, die Carmine mit der Justiz gehabt hatte, zu Schikanen erklärte, die er eben aufgrund seines glühenden Antifaschismus erlitten habe.

Die Sonne der Zukunft

So begaben sich die beiden Freunde an einem milden Oktobertag gemeinsam auf die Flucht und landeten nach einer langen, abenteuerlichen Reise, die einen beträchtlichen Teil der Summe aufzehrte, die Ernesto hatte mitnehmen können, im Schoß der großen Mutter Russland, in der Hoffnung, dort die Sonne der Zukunft strahlen zu sehen.

Schnee und Kälte – sie fanden nichts anderes vor als Schnee und Kälte. Und kalt war auch der Empfang, der ihnen von den im Exil lebenden Führern der Kommunistischen Partei Italiens zuteil wurde, wohl auch deshalb, weil die Leute schon an ihrem ersten Abend in der italienischen Sektion des Internationalen Klubs der Emigranten begriffen, aus welchem Holz sie geschnitzt waren. Während alle anderen eifrig die vom Genossen Stalin durchgeführte Agrarreform feierten – die, nebenbei bemerkt, bereits einige Millionen Hungertote gekostet hatte –, spazierten die beiden nur umher, plauderten, pafften demonstrativ ihre Zigarren und ignorierten außerdem geflissentlich die ihnen anempfohlene Anmeldung zum Kurs an der Internationalen Schule des Leninismus.

So brauchten sich die beiden Exilanten kaum eine Woche nach ihrer Ankunft, als sie sich – wie die meisten der anderen Spaziergänger – mit finsterer Miene, frierend und hungrig in der Gegend der Tretjakow-Galerie herumtrieben, nur in die Augen zu sehen, um zu begreifen, was einzugestehen sie noch nicht den Mut gefunden hatten, dass sie nämlich eine Riesendummheit begangen hatten. Aber jetzt waren sie Deserteure, und eine Rückkehr nach Italien hätte bedeutet, sich dem Erschießungskommando auszuliefern – vorausgesetzt, es wäre überhaupt möglich, der großen Mutter Russland den Rücken zu kehren; auch daran waren ihnen allmählich Zweifel gekommen. Nachdem sie sich geweigert hatten, gegen einen Hungerlohn in der Kugellagerfabrik Kaganowitsch oder auf einer der tausend Baustellen zu malochen, wie es ihnen die Vorsitzenden des Internationalen Klubs der Emigranten empfohlen hatten, wo sie, inzwischen ohne einen einzigen Rubel, wieder aufgetaucht waren, um sich nach einer Arbeit und einer entsprechenden Unterbringung zu erkundigen, beschlossen sie endlich, den oft gehörten Rat – *Dann arrangiert euch gefälligst!* – zu befolgen, wozu sie nicht nur ihr besonderer Status als Schöngeist respektive Tagedieb drängte, sondern auch ihre Zugehörigkeit zum Stamm der Italiener, der, dem

Gemeinplatz zufolge, diese Übung mehr als alles andere zur Kunst erhoben hat.

Russischer Realismus

Und um diese Zeit herum war es, dass sich Ernesto an Michail Nikolajewitsch Trepulow erinnerte, einen symbolistischen Maler, der während der zehn Jahre seines Exils, die er auf Capri verbracht hatte, der Freund seiner Freunde geworden war und ihnen jetzt vielleicht weiterhelfen könnte.

An dem Tag, an dem sie sich mit diversen Vehikeln und dann noch ein gutes Stück zu Fuß, bis zu den Knien im Schnee versinkend, zu Trepulows einsam in der ländlichen Umgebung von Moskau gelegenen Datscha begaben, war es so kalt, dass die Krähen steif wie Stockfische vom Himmel fielen und das Eis den beiden Freunden die Nasenlöcher verstopfte und die Augen verklebte. Derart in seiner Sicht behindert, vermeinte Ernesto, als er das Atelier des Malers betreten hatte, er sehe statt der grandiosen traumähnlichen Gemälde – schwarze Inseln mit kühnen Bergzacken, umgeben von lodernder Glut, die sich aus dem von Nixen und Tritonen schuppig glänzenden Wasser erhoben; oder geheimnisvolle, zwischen dem dunklen Grün der Zypressen versteckte Ruinen, in denen sich missgestaltete Götter und atemberaubende Vestalinnen tummelten –, statt all dieser wunderbaren Bilder also, die er in den schönsten Villen der Insel des Tiberius bewundert hatte, vermeinte er nun plötzlich riesige, im orthodoxesten sowjetischen Realismus bemalte Leinwände zu erblicken: Porträts von Väterchen Stalin, allein oder umringt von heroischen Kämpfern für die Revolution oder von stolzen Bauern, die unter roten Fahnen Hymnen schmetterten.

Doch nachdem Ernesto sich mehrmals die Augen gerieben hatte, musste er sich mit der traurigen Realität abfinden. Diese Werke, die trotz allem ein höchst anschauliches Beispiel dafür lieferten, dass wahres Talent sich auch dann Bahn bricht, wenn es sich an solchen Themen austobt, waren ein weiterer entmutigender Beweis dafür, dass wirklich niemand dem Schicksal der Knechtung, das dieses stolze Volk im Würgegriff hielt, entgehen konnte.

Michail Nikolajewitsch Trepulow, ein langbärtiger, verlotterter Riese, der im Jutekittel vor ihnen saß, hatte nichts mehr von dem Dandy mit Panamahut und weißen Anzügen aus irischem Leinen, der von den Fotos, die seine Capreser Freunde zusammen mit seinen Bildern aufbewahrten, herunterlächelte und auf denen er in Begleitung schöner Frauen, herausgeputzter Gecken und junger Bohemiens im Schatten üppig blühender Pergolen oder auf luftigen Terrassen vor dem Hintergrund der Faraglioni-Felsnadeln zu sehen war. Dennoch beschloss Ernesto Dell'Arco, nachdem er so große Hoffnung auf ihn gesetzt hatte und weil sie jetzt schon einmal da waren, ihn um Hilfe anzugehen. Und so schilderte er ihm in seinem eleganten Französisch ihre Lage.

Trepulow saß auf einem Stuhl, stützte das Kinn auf einen knotigen Stock und kippte den Wodka, ohne ihnen davon angeboten zu haben, aus einem Fläschchen direkt in seinen Schlund. Mit versteinerter Miene lauschte er dem Italiener, der erklärte, ein Kollege und großer Bewunderer von ihm zu sein. Als er jedoch im Namen der gemeinsamen Verpflichtung gegenüber der Kunst gebeten wurde, sich für sie einzusetzen, da sie sich jetzt, nachdem sie als überzeugte Gegner des faschistischen Regimes beschlossen hatten, Italien den Rücken zu kehren und nach Russland zu fliehen, mittellos in einem fremden Land wiederfanden, verzog der alte Maestro plötzlich das ausdruckslose Gesicht zu einer schrecklichen Grimasse und krümmte sich zusammen, als hätte eines seiner lebensnotwendigen Organe soeben den Todesstoß erhalten.

Die beiden starrten ihn wie vom Donner gerührt an, überzeugt, dass ihn infolge des – zumal zu dieser morgendlichen Stunde – genossenen Wodkas der Schlag getroffen habe, und verabschiedeten sich innerlich bereits von dem Gedanken, dass er ihnen weiterhelfen könne, als sie ihn in ein lautes sardonisches Lachen ausbrechen hörten – jenes typisch russische Gelächter, mit dem uns in der Folgezeit der Tonfilm vertraut machen sollte.

Doch die Sprache, derer er sich bediente, sobald er sich wieder gefangen hatte, war alles andere als Russisch. »Ihr seid echte Vollidioten, *ma veramend*«, legte er im reinsten neapolitanischen Dialekt los. Nicht umsonst hatte er zehn Jahre auf Capri verbracht!

»Nein, ich kann's nicht fassen! Ihr wollt mir also weismachen, dass ihr aus Italien, diesem gottgesegneten Land, nach Russland geflohen seid? Entweder ihr seid verrückt oder dumm oder beides. Wisst ihr denn nicht, dass Mussolini bloß ein Schaumschläger ist im Vergleich zu diesem Stück Scheiße hier?« Und er deutete mit seinem knotigen

Stock auf das erstbeste Bildnis des Väterchens, dessen Blick sofort weniger gütig wirkte. »Wisst ihr denn nicht, dass dieser *strunzemmerda* uns alle umbringt? Ich bin sechzig, und meine Freunde sind alle tot, und ich, wie ihr seht…« – er zeigte mit einer Kreisbewegung seines Stocks auf seine gesammelten Werke –, »… ihr seht, dass ich das gemalt habe, um zu leben, wenn man das leben nennen will… Und jetzt haut schon ab!«, endete er abrupt und ging, wie es für Betrunkene so typisch ist, unvermittelt vom Lachen ins Weinen über. Ein verzweifeltes Weinen, das so herzerweichend war, dass Carmine Addario, statt seiner schroffen Aufforderung Folge zu leisten, auf ihn zuging, ihn in die Arme nahm und ebenfalls wie ein Schlosshund losheulte.

Und genau dieser Geste, die gewiss nicht vom Mitleid mit diesem Mann diktiert war, sondern von der Mutlosigkeit, die sich des Jungen in einem nie gekannten Maße bemächtigt hatte – obwohl das Leben ihm mehr als eine Gelegenheit dazu geboten hatte, aber sich im eigenen Haus elend zu fühlen, schmerzt viel weniger als in dem anderer Leute –, ebendieser Umarmung verdankte Michail Nikolajewitsch Trepulow die Erkenntnis, dass er sich in Gesellschaft von Freunden befand.

O sole mio

Später, in der angenehmen Wärme der Datscha, während draußen langsam der Schnee herabrieselte, alles einhüllte und die Tannen wie riesige, im Schneegestöber verirrte Gespenster erscheinen ließ, an einem tadellos gedeckten

Tisch, nach angelegentlichen Erkundigungen nach Capri und den Capresen – »Gibt es immer noch diesen Typ mit der Mütze, der auf der Piazzetta herumparadiert? … Und diese schicken Leute im Quisisana? … Und den Kiosk von Aurelio? … Mmm, wie fein sie war, diese Granita al limone, und erst die Abendluft da oben, beim Palast des Tiberius!« –, nachdem er sich wiederholt verflucht hatte, weil er in seine Heimat zurückgekehrt war – »Wäre ich doch bloß dort geblieben! Ich verfluche mich, weil ich so beknackt war, aber auch ich habe an diesen Scheißkerl und den Quatsch mit der Sonne der Zukunft geglaubt, dabei habt ihr sie doch schon, *›o sole mio! chiù bello, oi ne', ma n atu sole, o sole mio sta nfronte a te‹*« – und nachdem er zum x-ten Mal *dawaj popjom*, »los, besaufen wir uns!«, gebrüllt hatte, dem er mit Tränen in den Augen ob dieser glücklichen Zeiten, die niemals wiederkehren würden, eine grausame Neuinterpretation des neapolitanischen Melodienrepertoires folgen ließ, erst dann ging der russische Maler endlich auf den Anlass ihres Besuchs ein und sagte, nachdem er sich in die Hand geschnäuzt und sie am Saum des Tischtuchs abgewischt hatte: »Jetzt schauen wir mal, wie ich euch helfen kann. Du bist, wenn ich recht verstanden habe, Künstler«, wandte er sich nachdenklich an Ernesto. »Und du, *bello guaglione*«, fragte er den anderen lächelnd, »was machst du?«

Dem solchermaßen als schöner Jüngling Titulierten blieb die Spucke weg, und in der Hoffnung, dass Ernesto ihm beispringen würde, sah er diesen an, der achselzuckend antwortete: »Er ist ja noch so jung … Aber eines kann er perfekt: Billard spielen.«

Da hellte sich das Gesicht des russischen Meisters schlagartig auf. »Du hast Glück, junger Mann! Ich habe einen Freund, der bringt dich unter.«

Und so kam es, dass Carmine Addario Bursche von General Andrej Juljewitsch Semkowski wurde, einem Kommunisten der ersten Stunde, der fürs Erste auf wunderbare Weise dem Stalin'schen Gemetzel entgangen war, und einem großen Liebhaber des Billardspiels. Carmines einzige Aufgabe bestand praktisch darin, ihm als Spielpartner zu dienen, ein Auftrag, der einerseits den Fortschritten des Ferrandinesen in diesem edlen Sport ein Ende setzte – da Semkowski zwar ein mittelmäßiger Spieler war, aber doch auch ein russischer General, der nichts so sehr hasste wie zu verlieren –, ihm aber andererseits letztlich das Leben rettete.

Heimweh

Ernesto Dell'Arco dagegen blieb als Helfer im Atelier von Michail Nikolajewitsch, und es gelang ihm sogar, ein paar Monate lang einen Schimmer vom Licht seiner Heimat in die tristen sowjetischen Motive einzubringen, wenngleich es ihm schon bald unerträglich wurde, sich mit diesen Bildern abzuplagen, die allerdings Stalins Leidenschaft waren und der einzige Grund, weshalb Trepulow trotz seines kaum verhohlenen konterrevolutionären Defätismus noch nicht in Sibirien gelandet war. Doch was Ernesto, offen gestanden, wirklich daran hinderte, sich in einen der zahlreichen Künstler des Regimes zu verwandeln, war weniger sein ungezügeltes Temperament als vielmehr die Erfahrung, die er im Leben gemacht hatte, einem Leben, das frei gewesen war von jenen Beschwernissen, die in dem jungen, schicksalsergebenen Addario ganz andere Anpassungsfähigkeiten entwickelt hatten. Für Ernesto war alles besser, als den ständig betrunkenen Trepulow, seine fortgesetzten Weinkrämpfe und seine neapolitanischen Lieder zu ertragen – auch wenn es, wie er leider bald feststellen sollte, viel Schlimmeres gab als von einem sternhagelvollen Russen gesungene neapolitanische Lieder.

Er verließ also, sobald er sich eine kleine Summe zusammengespart hatte, das Haus des sowjetischen Kollegen, mit der Idee im Hinterkopf, sich schnellstmöglich und mit welchen Mitteln auch immer aus diesem Unglücksland zu trollen. Je mehr er darüber nachdachte, desto weniger konnte er verstehen, wie er ausgerechnet auf Russland hatte verfallen können, und während er darauf wartete, sein Vorhaben in die Tat umsetzen zu können, begann auch er zu trinken, und, wenn er trank, seinen Landsleuten von seinen Fluchtplänen zu erzählen, ungeachtet der unerbittlichen Stalin'schen Polizei, die alles kontrollierte und der alle, Trepulow zufolge selbst die italienischen Kommunisten, eifrig zu arbeiteten.

Darüber hinaus fing er an, seinem Vetter zu schreiben, dass er ihm Geld schicken solle. Vollkommen harmlose Briefe ohne irgendwelche politischen Fallstricke, die aber wegen des impliziten Eingeständnisses, dass der kommunistische Staat seine Bürger nicht ernähren konnte, genügt hätten, ihn auf der Grundlage des berüchtigten Artikels 58 wegen »antisowjetischer Umtriebe« zu bestrafen.

Diese Briefe wurden allerdings nie beantwortet, und zwar aus dem einfachen Grund, weil sie ihren Empfänger nie erreichten und lediglich dazu dienten, Ernesto noch tiefer ins Elend zu stürzen, denn er gelangte bald zu der Überzeugung, dass sein Vetter, den so sehr zu lieben er nie vermutet hätte, im fernen Afrika zu Tode gekommen sein müsse. Trotz seiner misslichen Lage verging kein Tag, an dem er nicht bitterlich um ihn weinte und sich vorstellte, wie sein Körper in irgendeiner erbarmungslosen Wüste von Geiern ausgeweidet oder im Zuge kannibalistischer Ordalien zerlegt wurde, während der ahnungslose Michelantonio es sich zur gleichen frühsommerlichen Zeit am Strand von Mondello gut gehen ließ, nachdem es ihm mit der klassischsten aller italienischen Methoden – indem er nämlich einem Obersten des Stabes ein nicht einmal besonders üppiges Schmiergeld gezahlt hatte – gelungen war, sich dem Reservekontingent in Palermo zuteilen zu lassen, wo er die Offiziersmesse leitete und seinen Tag mit dem Befehl beginnen konnte, ihm zum Frühstück ein ganzes gebratenes Huhn zu bringen – etwas, was er sich immer schon gewünscht, sich aber wegen seines notorischen Geizes bis dahin noch nie gegönnt hatte.

Unterdessen hatte Ernesto während seiner gefährlichen Gespräche mit den anderen im Exil lebenden Italienern vom Krieg in Spanien erfahren und mitbekommen, dass einige von ihnen den Antrag gestellt hatten, daran teilnehmen zu dürfen, denn für viele war es die letzte Hoffnung, Russland entfliehen und sich dem Großen Stalin'schen Terror, dessen krimineller Furor in der Zwischenzeit seinen Zenit erreicht hatte, entziehen zu können. Das würde er auch tun, natürlich ohne die Absicht, in irgendeinen Krieg zu ziehen – für den Kommunismus kämpfen, nachdem er gesehen hatte, worum es sich dabei handelte? Schon bei dem bloßen Gedanken musste man ja verrückt sein! Sobald er dieser Hölle entronnen wäre, würde er sich in eines der freien Länder absetzen, die es noch gab. Nach England oder vielleicht nach Frankreich. O ja, nach Paris oder in irgendein Fischerdorf in der Provence! Und schon ergötzte ihn der Gedanke an seine künftigen Tage, an die lichterfüllten Bilder, die er wieder malen würde, und die Abende in den Tavernen voller Wein, Weib und Gesang, wenn das, was er durchlitten hatte, nur noch eine ferne Erinnerung sein würde. Aber um die Ausreisegenehmigung zu erhalten, mussten sich die Kandidaten von den italienischen Kommunistenführern und insbesondere, wie man ihm gesagt hatte, von einem gewissen Ercoli die erforderliche leninistische Linientreue bestätigen lassen. Aber wer hätte, offen gestanden, Ernesto, den arglosen, naiven Ernesto, je einen Leninisten nennen können, nach all den falschen Schritten, die er getan hatte?

Der Beste

So fiel das Urteil nicht günstig aus, und von Ernesto verlor sich, wie von vielen anderen Italienern, über die ein ähnliches Verdikt ausgesprochen worden war, bald jegliche Spur. Carmine Addario brachte nur in Erfahrung, dass er unter der üblichen Anklage des Trotzkismus zu fünfzehn Jahren Zwangsarbeit im Gulag von Uchta-Petschora verurteilt worden war und dass sein hoffnungsvolles Leben dort nach kaum sechs Monaten jämmerlich geendet hatte.

Das war das quälendste der Geheimnisse, die Carmine Addario, wie er seinem General versprochen hatte, für sich behielt, als ihm – fast zehn Jahre nach Kriegsende – die Rückkehr nach Italien gestattet wurde, wo es bei den geglätteten Wogen der Friedenszeiten sowieso besser war, wenn zum Beispiel niemand erfuhr, dass der Genosse Ercoli alias Palmiro Togliatti, auch »der Beste« genannt, höchstwahrscheinlich für den Tod von viel mehr italienischen Kommunisten verantwortlich war als Mussolini.

Nicht einmal Michelantonio erzählte er etwas, der sich, obwohl er sich inzwischen die Ländereien seines Vetters angeeignet hatte, mit dessen Verlust nicht abfinden konnte und der Addario mehrfach beschworen hatte, ihm die Wahrheit zu sagen: »Ihr seid zusammen abgereist wie Brüder, und jetzt willst du mir weismachen, dass du nichts weißt … Das glaube ich dir nicht. Ein Kain bist du, ein Judas!«

Aber was hätte Addario schon tun sollen? Er war nicht mehr der Jüngste und konnte nichts und hatte nichts und musste irgendwie weiterleben. Deshalb hielt er den Mund und akzeptierte das mickrige Gewerkschaftergehalt, das ihm die Partei angeboten hatte, in der man ihn wegen seiner Erlebnisse als verfolgter Antifaschist wie einen Helden behandelte. In der Zwischenzeit würde er sich umschauen und auf eine bessere Gelegenheit warten. Hinzu kam, dass die Zeiten der Landbesetzungen vorbei waren und er nicht viel mehr zu tun hatte, als das Büro auf- und zuzuschließen und ein paar Versammlungen zu organisieren. Gewiss nichts von der Art der hitzigen Veranstaltung tags zuvor, die erst zu später Stunde zu Ende gegangen war und an die er jetzt erneut zurückdachte, als er im Bett seines eiskalten Hauses erwachte und eine Zigarette rauchte – unter einem Bild von Lenin, der wie ein Titan dastand und vor den Massen eine Rede hielt, und über einer Feldmaus, die irgendwo im Halbdämmer umhertrippelte.

Das Licht des Morgens erleuchtet den Geist

An der Versammlung hatten alle Bauern des Dorfes teilgenommen, jetzt, da plötzlich dieser Tumult um Michelantonio Dell'Arco ausgebrochen war, der, um sich vom bösen Blick zu befreien, am Ende seines Lebens seine Besitzungen verkaufen wollte, inklusive allem, was sie seit der Entdeckung des Methans wert waren, und zwar ausgerechnet an sie, die Bauern, denen er niemals auch nur ein Krümelchen seines Bodens überlassen hätte, und um das zu tun, hatte er sich ausgerechnet an Carmine Addario gewandt, die Person, die er wie niemanden sonst auf der Welt hasste, diesen Judas, wie er jedes Mal drohend geflüstert hatte, wenn er ihm auf den zugigen Dorfstraßen begegnet war. Als Addario nun zum x-ten Mal darüber nachsann und nachdem er eine halbe Nacht zur krakeelenden Menge darüber gesprochen hatte, kam ihm die Angelegenheit wieder genauso unglaubwürdig vor wie in dem Moment, da Donna Cesidia sie ihm vorgetragen hatte. War es wirklich möglich, dass jemand eine offenkundig unerschöpfliche Quelle des Reichtums loswerden wollte, nur um den

Befehl einer alten sabbernden Hexe auszuführen? Ausgerechnet einer wie Michelantonio! Und dann war da noch dieses Grinsen, das er beim Weggehen auf seinem Gesicht gesehen hatte … Nein, an dieser Sache war irgendetwas faul.

Die Chance eines Lebens

Nachdem Addario mit aller Kraft einen seiner schweren Stiefel aus sowjetischer Produktion auf die arme Maus geschleudert und diese mit einem fürchterlichen Quieken ihr Leben ausgehaucht hatte, sprang er mit dem gleichen Ungestüm aus dem Bett, entschlossen, der Angelegenheit auf den Grund zu gehen. Den ganzen Morgen verbrachte er in der als Telefonstation dienenden Werkstatt der Schneiderin, eingeschlossen in der Fernsprechkabine, die nach Singer-Nähmaschinenöl roch, bis es ihm endlich gelang, mit einem Genossen einer Ortsgruppe von Ravenna zu sprechen, was nicht weit weg lag von dem Gebiet, in dem Mattei die anderen Methanvorkommen entdeckt hatte, die bereits einen Großteil der Industrie in der Poebene mit Energie belieferten, und sofort begriff Carmine Addario, dass er den richtigen Riecher gehabt hatte und die nun schon jahrelang erwartete Chance, seine armselige Existenz abzuschütteln, endlich gekommen war. Noch am selben Vormittag meldete er sich bei Donna Cesidia, der Dörrfeige, und erklärte, Neuigkeiten zu haben, die er unbedingt ihrem Mann persönlich überbringen müsse.

»Aber Michelantonio ist seit zwei Tagen nicht mehr

recht zu sich gekommen«, sagte sie und schüttelte traurig den Kopf.

»Ihr werdet sehen, dass er sich schnell erholen wird, wenn er hört, was ich ihm zu berichten habe«, antwortete Addario selbstsicher.

Worauf ihn die Frau – immer noch die alte Dörrfeige, aber jetzt doch voller Hoffnung – durch die großen Räume führte und, am Katafalk ihres Gatten angelangt, in stiller Erwartung des Wunders harrte, das, unglaublich, aber wahr, auch eintrat.

Carmine Addario brauchte tatsächlich nur wenige Worte auszusprechen – »Das Geschäft kann getätigt werden. Auch wenn Italien, wie du nur zu gut weißt, nicht Texas ist« –, und schon belebte sich der Sterbende und erhob sich viel flotter, als Lazarus aus seinem Grab gestiegen war, von seinem Lager, um sich, nachdem er seine verdatterte Gemahlin fortgejagt hatte, dem widmen zu können, was, wie ihm von Anfang an klar gewesen war, der wirkliche Schwachpunkt seines Plans war, nämlich Carmine Addario. Der war einfach zu schlau, um die Sache anstandslos zu schlucken. Doch zu Michelantonios Glück war er auch und vor allem ein Judas.

Sicher, sein Schweigen zu erkaufen, kostete etwas mehr als dreißig Silberlinge, aber am Ende war die Summe doch nicht viel höher als der Anteil, den jeder Makler verlangt hätte, um den Verkauf einer Besitzung von diesen Ausmaßen zu tätigen – wäre da nicht die kleine Besonderheit gewesen, dass jene Ländereien inzwischen praktisch keinen Pfifferling mehr wert waren. Dennoch verlangte Michelantonio, bevor er Addario das Geld hinblätterte, die Wahrheit über Ernesto zu hören, und so erfuhr er zumindest, wie sein armer Vetter gestorben war und dass er leider recht behalten hatte mit der Warnung, die er vor mittlerweile dreißig Jahren ihm gegenüber ausgesprochen hatte

Karambolage

Als Addario am Nachmittag in den Saal zurückkehrte und den versammelten Tagelöhnern mitteilen konnte, dass er Michelantonio Dell'Arco den versprochenen Rabatt abgerungen hatte, wurde er wie ein Held gefeiert.

Die Idee mit dem Rabatt war eine weitere List gewesen, um diese Unglücklichen davon zu überzeugen, sich in das Unternehmen zu stürzen, denn jedes Familienoberhaupt musste sich verpflichten, binnen zwei, höchstens drei Tagen einen Betrag lockerzumachen, welcher der Gesamtheit dessen entsprach, wofür er selbst oder ein Verwandter sich ein ganzes Leben lang krummgelegt hatte, in fernen Ländern oder sogar in Amerika – ein Begriff, unter den nicht nur die Vereinigten Staaten subsumiert wurden, sondern auch Argentinien, Venezuela und Uruguay. Für diese armen Teufel war das alles eins, weil sie auch an ihrer Bildung gespart hatten und niemals eine Zeitung, geschweige denn ein Buch lasen, dafür aber, sofern sie nicht brutale Gangster geworden waren, von morgens bis abends schufteten, mit einer einzigen Mahlzeit am Tag, eingenommen in Gesellschaft der anderen Unglückswürmer, die sich in den finsteren, stinkenden Löchern zusammendrängten – Behausung und Seife waren die beiden anderen wichtigen

Dinge, mit denen sie knauserten –, oder auch allein, auf der Kante eines jener Klappbetten, auf denen sie schliefen oder einmal im Monat eine amerikanische Nutte fickten, in Gedanken jedoch immer bei ihren lieben Frauchen, die es ihnen nach ihrer Rückkehr gratis besorgen würden und denen sie außerdem den Großteil der Arbeit zuschieben könnten, wie die anderen Schinder, die im Dorf geblieben waren und denen es, wenn das überhaupt möglich war, noch dreckiger ging als ihnen, und die keine Lira beiseitelegen, dafür aber wenigstens in den Wäldern auf die Jagd gehen und sich am Abend mit ihren Freunden in der Weinschenke besaufen konnten.

Sie alle durchlebten diese Stunden mit dem klopfenden Herzen von Menschen, für die ein neues Leben anbricht. Für dieses Leben würden sie gemeinsam die Opfer bringen, die gebracht werden mussten. »Sich diese Gelegenheit entgehen zu lassen, wäre, als hätte man im Lotto gewonnen und würde sich sein Preisgeld nicht abholen, weil man die Fahrkarte für den Zug nach Rom nicht bezahlen will«, wiederholte Carmine Addario zum x-ten Mal in derselben Pose wie der zu den Massen sprechende Lenin auf dem Foto in seinem Zimmer, auch wenn er nicht auf eine Tribüne, sondern, bescheidener, auf einen Stuhl gestiegen war, und während sie ihm nun zum x-ten Mal applaudierten, füllten sich die Augen dieser Landarbeiter mit Tränen der Rührung. Sie bräuchten nicht auszuwandern. Schon bald würden sie hier, hier in ihrem Dorf, alles haben, was sie benötigten. Ja, viel mehr sogar, als sie benötigten.

So wurde das Geschäft, wie man so schön sagt, auf der Zielgeraden abgeschlossen. Kaum zwei Tage dauerte es, bis sie taten, wozu er sie in zwei langen Jahren nicht hatte überreden können: Sie bildeten die berühmte Kooperative – auf Addarios Vorschlag »Karambolage« genannt –, um dann unter diesem Firmennamen im Beisein eines Notars den Kaufvertrag über Dell'Arcos Besitzungen unterzeichnen zu können.

Die Träume sind Wünsche

Der Abschluss des Geschäfts wurde mit einem rauschenden, unvergesslichen Fest gefeiert. Die Bewohner von Ferrandina schienen jede Bodenhaftung verloren zu haben. Hektoliter von Wein und Bier, Anice Moccia, Amaro Lucano und Strega wurden im Danubio blu und im Regina ausgeschenkt, hoch am Himmel brach ein Feuerwerk los, und die Piazza verwandelte sich in eine einzige fröhliche Tanzfläche, auf die sich die aus dem ganzen Umkreis herbeiströmende Menge ergoss. Und keiner achtete auf die beiden Autos, die der Kolonne, die sich zum Dorf hinaufschob, entgegenkamen. Wären die Leute aufmerksamer gewesen, hätten sie gesehen, dass im ersten Wagen, einem schwarzen Fiat 600, neben Donna Cesidia, der Dörrfeige, und dem kleinen Graziantonio ein wiederauferstandener Michelantonio saß und sogar das Steuer übernommen hatte, und im anderen Wagen, einem alten Topolino, Carmine Addario, der allen als Judas Addarioth in Erinnerung bleiben sollte.

Fast graute schon der Morgen, als das Fest zu Ende ging und sich der Himmel über Ferrandina, der anfangs blitzblank gewesen war, mit Wolken überzog, die sich bei genauerem Hinsehen von allen anderen Wolken unterschieden – denn Träume sind tatsächlich durchsichtiger, vor allem aber farbiger als Wolken. Wie Seifenblasen drangen sie aus Schornsteinen und Fenstern, lösten sich dann mit einem *Bliff!* ab und erhoben sich schwerelos in die Lüfte.

Den ersten, den man schillernd durch die Luft schweben sah, war der Traum des Ex-Kolonisten Rosario Pellizzi, genannt Astragone. Er war schon immer ein Liebhaber exotischer Schönheiten gewesen und hatte sich sogar freiwillig nach Afrika gemeldet, weil er den – tatsächlich auch verwirklichten – Traum gehegt hatte, so somalisch wie möglich zu werden. Das, was er jetzt mit den Methan-Millionen realisieren würde und was, von der Morgenbrise emporgehoben, durch den Äther flog, war … ja, es schien so … nein, es *war* Abbe Lane! Es war kein Zweifel möglich. Sie trug dasselbe glitzernde Nixenkleid, das ein paar Tage zuvor in der verqualmten Stube des Danubio blu zu sehen gewesen war. Die Haare fielen ihr in Wellen über die Schultern und sandten, während sie sich zu einer sündhaften Musik in den Hüften wiegte, hellblaue Reflexe aus, bis sie plötzlich mit einem falschen Schritt in den Traum von Rosa Terrano, verheiratete Pellizzi, hineinstolperte, Ehefrau des besagten Astragone und ihrerseits Gineffra genannt. Ihr Traum war ungleich schwerer, denn er enthielt eine Villa, die so riesig war, dass sie einem Palast gleichkam, und wurde seinerseits eingeholt und touchiert von anderen Träumen, gefüllt mit amerikanischen Küchen, Phonola-Fernsehern, Autos der Sonderklasse, deren Markenzeichen meist weggefeilt waren, weil die Träumenden nicht einmal die Namen kannten, mit rotsamtenen Sesseln in der ersten Reihe direkt vor den faszinierenden Sängern des San-Remo-Festivals, mit Kühlschränken und Waschmaschinen der Marken Rex oder Indesit oder Zoppas, mit Modelleisenbahnen und billigem Schmuck – nicht einmal im Traum konnten sich die Träumerinnen teuren Schmuck vorstellen –, mit Puppen und Püppchen, Grundig-Staubsaugern, ganzen Trupps halb nackter Soubretten aus dem Varieté-Vorprogramm, mit fernen Verwandten, die aus fernen Ländern nach Italien zurückgeholt wurden, mit Tischen, die sich bogen unter allem, was das Herz begehrte, mit Gina Lollobrigidas oder Amedei Nazzaris anzüglichem Lächeln, mit Cowboypistolen und Winchestergewehren und Ponys und Welpen, mit Stangen amerikanischer, jedoch keinesfalls italienischer Zigaretten, von Lambrettas und Vespas, Traktoren und Singer-Nähmaschinen. Sie alle stiegen auf und ballten sich zu einer einzigen riesigen Kugel zusammen, die, inzwischen ziemlich furchterregend, rasch auf das Bohrloch »Ferrandina 1« zutrieb. Beim Aufprall zerplatzte sie wie ein gegen einen Dorn gestoßener Luftballon.

Der Boom in Ferrandina

Blitze gab es keine, weder vor noch nach diesem einzigen entsetzlichen Knall, von dem alle, als er sie aus den Betten warf – zu Recht – fürchteten, er habe etwas mit dem Methan zu tun, und für den sie dann – zu Unrecht – einen Donner verantwortlich machten. Regen fiel allerdings in rauen Mengen herab – ein Vorgeschmack auf die zu vergießenden Tränen? –, und er fiel auch noch am Vormittag, als in der Gemeinde ein aus Rom mit dem Auftrag entsandter Justizbeamter erschien, die Enteignung der Ländereien, auf denen das Methan gefunden worden war, bekannt zu geben.

In den folgenden Wochen beschlossen viele Ferrandinesen, ihr Dorf zu verlassen. Einige taten es, indem sie auf einen Baum kletterten und sich dann fallen ließen, jedoch nicht, ohne sich vorher sorgfältig einen Strick um den Hals geknotet zu haben. Die meisten – auch sie mit zugeschnürter Kehle – beschränkten sich jedoch darauf, einen Bus von dem gleichen ausgeblichenen Blau zu besteigen, wie sie noch heute mitunter auf den staubigen Straßen der Basilikata zu sehen sind, und landeten, nachdem sie ihre Sprösslinge und ihre Frauen umarmt hatten – von denen manche einen Seufzer der Erleichterung ausstießen, die meisten jedoch bitterlich weinten –, in Deutschland oder in der Schweiz oder in Belgien oder in Frankreich oder, bescheidener, im Norden Italiens, und ließen so die neue Auswanderungswelle während der glücklichen Jahre des Booms, die für die Leute im Süden gar nicht so glücklich waren, weiter anschwellen. Glücklich waren sie vor allem für die Bauern aus Ferrandina nicht: Der einzige Boom, den sie im Gedächtnis behielten, war der schauderhafte Bums jener Nacht.

Es wäre nicht ganz ehrlich, wollten wir den Schmerz verschweigen, den auch Michelantonio empfand, als er in jener denkwürdigen Nacht und als Erster von allen Ferrandina verließ, zumal der Schmerz in seinem Fall umso größer war, als die Trennung nach seinem Betrugsmanöver als endgültig zu betrachten war. Schon bald jedoch fand dieser mit allen Wassern gewaschene Ex-Latifundienbesitzer etwas, womit er sich ablenken konnte.

Er hatte beim Bruder seiner Frau in Riccione um Gastfreundschaft gebeten, wo er nicht nur für ein paar Monate Kost und Logis schnorrte, sondern vor allem von seinem hervorragenden Aussichtsposten an einer Strandbar aus einen der ersten Sommer des neuen italienischen Wirtschaftswunders miterleben und dabei methodisch – er half an der Kasse, natürlich nicht, ohne einen angemessenen Teil der Einnahmen für sich abzuzweigen – das beobachten konnte, was sich bald als sommerlicher Konsumtrend der ganzen Nation abzeichnen sollte.

Zum ersten Mal in der Geschichte trat nämlich dank der Verbreitung des Kühlschranks eines der stärksten Symbole der schönen Jahreszeit in Erscheinung: Gibt es etwas Unwiderstehlicheres als ein Glas, das beim Einschenken eines eisgekühlten Getränks beschlägt? Ist das nicht das Sinnbild für den Sommer schlechthin, fast so, als wäre das genüssliche Löschen des Dursts die Voraussetzung für die Erfüllung aller anderen Wünsche? Wie auch immer man es ausdrücken will – und Dell'Arco hätte es bestimmt nicht so ausgedrückt –, es war offenkundig, dass die Möglichkeit der Lebensmittelkühlung den Getränkekonsum exorbitant gesteigert hatte, und das insbesondere im Bereich der kohlensäurehaltigen Getränke, zu denen das einzige einheimische Getränk gehörte, welches imstande war, Coca-Cola und den anderen den Markt überschwemmenden ausländischen Produkten Paroli zu bieten, und das war die Limonadenbrause.

Wahrscheinlich wäre diese Beobachtung folgenlos geblieben, hätte nicht Michelantonio zufällig von einem Lieferanten erfahren, dass just in der Basilikata, genauer gesagt, in Potenza, einer der ältesten Hersteller dieses Getränks – von bescheidener Qualität zwar, aber mit wenig Konkurrenz auf dem florierenden Sektor der Durstlöschung – nach Erreichen der Altersgrenze und in Ermangelung eines Erben seinen Betrieb zu liquidieren gedachte.

In der Gasbranche zu bleiben, schien Michelantonios Schicksal zu sein. So beschloss er, die Firma trotz ihres Standorts zu kaufen, denn er hielt die Entfernung, die ihn von seinen ehemaligen Mitbürgern trennen würde, von denen die meisten ohnedies ausgewandert waren, für durchaus akzeptabel.

Und wenn es ihm schon in der üblen Lage, in die ihn die Methanmiasmen gebracht hatten, gelungen war, mit beachtlichem Gewinn davonzukommen, so sorgten jetzt die Kohlensäurebläschen mit dem leichten, süßen Zitronengeschmack der Briosa-Brause – so der Name – dafür, dass er im Laufe weniger Jahre wieder in den strahlenden Himmel des Reichtums emporstieg.

Michelantonios einziger Kummer blieb der Verdacht, einen Taugenichts zum Sohn zu haben. Tatsache ist, dass der junge Graziantonio das Schicksal vieler Söhne erfolgreicher Männer teilte und sich seinem Vater gegenüber, der inzwischen einer der reichsten Unternehmer der Region geworden war, wie eine absolute Null vorkam. Darin wurde er, das muss man leider sagen, von seinem Vater bestärkt, der ihn in einem fort erniedrigte. Sicher, wenn Graziantonio heute, weich gebettet an Deck seiner Milliardärsyacht, darüber nachdachte und sich den Wutausbruch dieses Sprudel- oder *Sudel*produzenten – wie er ihn insgeheim nannte – vergegenwärtigte, nachdem er seinen Sohn auf Platz zwölf der Liste der hundert reichsten Italiener entdeckt hatte, dann musste er lachen. Seine Jugendjahre waren aber keineswegs zum Lachen gewesen. Deshalb hatte sich Graziantonio, statt seinem Vater nachzueifern, zunächst an die liederlichsten und blasiertesten seiner Klassenkameraden gehängt und sich nach dem Gymnasium, immer noch an ihren Fersen klebend, sogar für Philosophie eingeschrieben. ›Dann ist er wirklich schlimmer als ein Idiot‹, sagte sich Michelantonio an jenem Morgen, an dem seine Frau den Mut fand, es ihm zu eröffnen.

Der Morgen graute, und wie jeder Unternehmer, der seine Achtung verdiente, war Michelantonio schon dabei, sich anzukleiden. Sobald er jedoch die leisen Worte seiner Frau vernommen hatte, stürzte er, so wie er war, die Hose noch nicht ganz hochgezogen, brüllend ins Zimmer seines Sohnes, der sich mitten in einem schönen Traum befand.

Da waren er und, spärlichst bekleidet, auch Monica Basile, eines der begehrtesten Mädchen des Gymnasiums, die ihn im wirklichen Leben immer nur verachtet hatte, sich ihm aber jetzt anbot. Nur, dass leider keine Zeit zu verlieren war. Irgendjemand kam auf sie zugerannt, und Monica drängte: ›Mach schon, Graziantonio, gib's mir … los, da kommt jemand!‹ Irgendwie war sich Graziantonio schon bewusst, dass es sich nur um einen Traum handelte, aber er wollte seinen Augen trotzdem nicht trauen. Er zögerte. So lange zögerte er, dass ihm Monica plötzlich eine scheuerte und ihn anschrie: ›Du bist ja wirklich schlimmer als ein Idiot!‹, mit einer Stimme, die aus dem Mund jedes x-beliebigen Mädchens unglaublich grob geklungen hätte, umso mehr aber aus dem einer Fee wie Monica.

So war er trotz allem erleichtert, als er beim Erwachen feststellte, dass diese seltsame Stimme seinem Vater gehörte und auch die Ohrfeige von ihm stammte: Eine solche Demütigung hätte er nicht überlebt, obwohl er in dieser Hinsicht, bei Gott, schon allerhand mitgemacht hatte.

Bestenfalls ignorierten ihn die Mädchen, und insbesondere Monica Basile ließ keine Gelegenheit aus, ihn der Lächerlichkeit preiszugeben. Wie damals auf der Party, als er sich endlich ermannt und sie zum Tanzen aufgefordert hatte und sie ihm geantwortet hatte: »He! Verwechselst du mich vielleicht mit Schneewittchen?« Die Anspielung auf seinen Spitznamen – der Doofi war ja der achte, der treudoofe Zwerg – war ätzend. Dann kannte also auch sie diesen verhassten Spitznamen! Einen Spitznamen von der Art, wie sie einem das ganze Leben vermiesen konnten, auch wenn man eigentlich völlig in Ordnung war, wovon Graziantonio in seinem Fall, trotz allem, überzeugt war. Natürlich, fürs Erste musste er dableiben und die Welt studieren, aber früher oder später würde seine Zeit kommen, und dann wäre Schluss mit dem Doofi – und wenn er den zu fassen bekäme, der ihm den Spottnamen verpasst hatte, dann wäre das jedenfalls seine Privatangelegenheit.

An jenem Morgen stützte sich Graziantonio also mit einem Seufzer der Erleichterung auf die Ellbogen, wich jedes Mal, wenn sein Vater zum Schlag ausholte, an die Wand zurück und ließ den x-ten Wutausbruch über sich ergehen, dessen Drehbuch üblicherweise vorsah, dass der Vater ihn, nachdem er ihn malträtiert hatte, dadurch zu rühren versuchen würde, dass er ihn an die Opfer erinnerte, die er gebracht hatte, um die Firma aufzubauen. Tatsächlich flötete er nun: »Du unglückseliger Tropf, weißt du denn nicht, wie viele Opfer ich gebracht habe und für wen? Für dich, du Dummkopf! Um dir eine sichere Zukunft zu verschaffen, dir und deinen Kindern, und jetzt fällt dir nichts Besseres ein, als dich für Philosophie einzuschreiben? Merkst du denn nicht, dass ich schon alt und müde bin? Wer wird denn, wenn ich bald, sehr bald nicht mehr da bin, meinen Platz einnehmen?«

Wenn man Michelantonio so betrachtete, mit dieser angeschwollenen Halsschlagader, durch die das Blut in sein rot angelaufenes Gesicht strömte, wirkte er alles andere als müde und todgeweiht. »Und was macht der junge Herr? Was will er werden? Ein Philosoph! … Hast du schon mal in den Spiegel geschaut? Glaubst du vielleicht, du siehst aus wie ein Philosoph?«

Mitnichten.

»Und mit diesem Gesicht schreibst du dich für Philosophie ein… Außerdem wimmelt es dort von Kommunisten. Die bereiten dir dasselbe Ende wie deinem Onkel Ernesto. Doch der war wenigstens ein Künstler. Aber du, was bist du? Lieber bring ich dich um, jawohl!«, schrie er plötzlich und hob die Hand, um erneut zuzuschlagen, stieß dann aber nur einen ausgiebigen Seufzer aus und ließ die Hand erschöpft aufs Bett sinken. Schließlich ging er zum Fenster und wandte sich mit betrübter Stimme wieder an Graziantonio. »Ob es dir in den Kopf will oder nicht, mein Sohn, du wirst eine Firma weiterführen müssen… Wenn du dich unbedingt an der Universität einschreiben musst, dann wähle wenigstens ein passendes Fach… meinetwegen Wirtschaft, auch wenn das, was du wissen musst, nur ich allein dir lernen kann.«

»*Dich lehren*, Papà. Es heißt: dich lehren.« Nicht umsonst hatte Graziantonio das humanistische Gymnasium besucht und, obwohl er keine Leuchte war, auch ein wenig davon profitiert.

»Schon gut, aber das ist dummes Zeug, und das hast du dir schon selbst gelernt… oder wie man da sagt. Kurzum, jetzt musst du die Dinge begreifen, auf die es ankommt, und im Wesentlichen ist das… sind das… ist das« – er hatte sich bereits im grammatikalischen Dickicht verheddert –, »wie man viel Geld macht. Jawohl, mein Lieber. Und das kann nur ich dir lernen… ehm, nur ich dir sagen, wie das geht.«

Dieses Gerede hatte Graziantonio schon tausendmal gehört. Wenn man es genau bedachte, war Philosophie vielleicht wirklich nicht das richtige Fach für ihn, aber jetzt stand er seinen Freunden gegenüber im Wort und konnte nicht das Gesicht verlieren, nur um seinen Vater zufriedenzustellen, zumal der auch dann nicht zufrieden gewesen wäre, wenn er die Fakultät gewechselt hätte. Das hatte er ihm ja gerade klargemacht. Seiner Meinung nach war der Zeitpunkt gekommen, an dem sein Sohn ihn bei der Leitung der Briosa unterstützen sollte, aber genau das wollte Graziantonio nicht. Allein schon die Vorstellung, den Rest seines Lebens unter der väterlichen Fuchtel Limonade in Flaschen abzufüllen, stürzte ihn in tiefste Verzweiflung. Vor allem aber wollte er so rasch wie möglich aus Potenza verduften. Diese Stadt hasste er in jeder Hinsicht. Nicht dass er keine Gründe dafür gehabt hätte – man hatte ihn hier wirklich nicht mit offenen Armen empfangen –, doch seine Aversion war so absolut und abgrundtief, dass sie keine rationale Begründung mehr zuließ. Sagen wir einfach, dass er an den falschen Ort geraten war und diesem niemals nachtrauern würde, da war er sich sicher. So wie er sich letzten Endes auch sicher war, dass er seinem Vater, der wohl in mancher Hinsicht recht hatte, niemals recht geben würde. Und so fand er sogar den Mut zu sagen: »Papà, du kannst mich erschlagen, aber ich habe mich für die Philosophie entschieden, und dabei bleibe ich.«

Pater semper incertus

Michelantonio blieb also nichts anderes übrig, als sich in seinem Groll zu verzehren, ja, es kamen ihm irgendwann sogar Zweifel, ob Graziantonio wirklich sein eigen Fleisch und Blut war. Doch konnte er an Donna Cesidia überhaupt zweifeln? An einer Frau, die sich den auch ihm bekannten liebenswürdigen Beinamen Dörrfeige erworben hatte? Ganz zu schweigen davon, dass der Bursche ihm ähnelte wie ein Ei dem anderen.

Wahrscheinlicher war, dass er etwas von dem armen Ernesto geerbt hatte ... Doch sosehr sich der Industrielle auch bemühte, er konnte in Graziantonio – zu seiner Erleichterung, muss man sagen – nichts von seinem Vetter erkennen. Ja, je mehr er ihn, vielleicht zum ersten Mal nach Jahren der Gleichgültigkeit, beobachtete, desto mehr glaubte er, in ihm seine eigenen Qualitäten auszumachen – wenn auch gewiss in einer niedrigeren Dosierung, da er sich selbst für einmalig und großartig und unvergleichlich hielt. Da war zum Beispiel die Standfestigkeit, die er während des morgendlichen Streits und während der vielen anderen, die noch folgen sollten, an den Tag gelegt hatte. Allerdings waren besagte Eigenschaften tief vergraben und fast erstickt. Es bräuchte etwas, was sie ans Licht des Tages fördern und es dem Jungen ermöglichen würde, sich zu befreien wie der Schmetterling vom Kokon, auch wenn man im Fall von Graziantonio, der noch hässlicher war als sein Vater – und das war der einzige Vorrang, den Michelantonio ihm einzuräumen bereit war –, höchstens vom Kokon einer Spinne sprechen könnte. Da es ihm also nicht gelang, den Erben von seiner unvernünftigen Entscheidung abzubringen, beschloss er, ihm den Geldhahn zuzudrehen und ihn für sein Studium mit dem absoluten Minimum auszustatten, denn seiner Meinung nach bestand die letzte verbleibende Möglichkeit, aus ihm einen Mann nach seinem Geschmack zu machen, darin, ihn die Härte des Lebens spüren zu lassen. Abgesehen davon, dass er auf diese Weise ein paar Lire sparen konnte.

Das Leben eines Auswärtsstudierenden

In der Tat war der Zusammenprall mit der besonderen Wirklichkeit des Auswärtsstudierenden, anders als für seine Freunde, die von dieser Wirklichkeit sofort begeistert waren, für Graziantonio, der an die Annehmlichkeiten gewöhnt war, welche ihm seine Mutter trotz der Knickrigkeit ihres Mannes bis dahin verschafft hatte, gelinde gesagt erniedrigend, wie seine innere Stimme, die er im Laufe der Jahre vergeblich zum Schweigen zu bringen versucht hatte, immer aufdringlicher hervorhob und die jetzt in seinem Inneren schrie: ›So eine Scheißbude! Und da möchtest du wohnen? Bist du eigentlich noch bei Trost?‹, während er sich zwang, Gian Ettore Orsenigro und Ugo Rinaldi zuzulächeln, die entzückt waren, nach tagelanger Suche endlich eine Bleibe gefunden zu haben, und das sogar am Ende der Via Casilina, in der tristesten Vorstadtgegend von Rom. Und in der Mensa bekam er das heulende Elend – »Wer kriegt schon so einen Fraß runter?« – angesichts der verkochten und schmierigen Pastagerichte, die Gian Ettore und Ugo glückselig verschlangen, dicht neben anderen hungrigen Auswärtsstudierenden, die meistens zu sehr von ihren akademischen Pflichten in Anspruch genommen waren, um sich eine Dusche zu genehmigen, wenn sie nicht gar neben grausligen Stadtstreichern hockten, denen man im Namen der vorherrschenden Ideale von

Solidarität, Gleichheit und Brüderlichkeit den Zutritt zur Mensa gestattet hatte.

Bürgerliche Reaktion

Man könnte, vollkommen zu Recht, einwenden, dass jene Ideale immer noch Gültigkeit besitzen, denn wer würde schon bestreiten, dass auch Penner ein Recht auf eine warme und preiswerte Mahlzeit haben? Aber versucht einmal, neben ein paar pustelnübersäten Bettlern zu essen, aus deren stinkenden Lumpen derart schmutzige Hände herauslugen, dass sie Handschuhe zu tragen scheinen, wenn ihr, wie Graziantonio, dem menschlichen Elend gegenüber gewiss nicht gleichgültig seid, aber doch auch nicht irgendeinem Verein von Ehrenamtlichen angehört, und wenn ihr, ebenfalls wie Graziantonio, einem auf der Straße in seiner eigenen Pisse liegenden armen Teufel, dessen Blick sich in einem nicht unbedingt alkoholinduzierten Delirium verliert, vielleicht ein Almosen gebt, dabei aber auf die angemessene Distanz achtet. Wenn dies also auf euch zutrifft, findet ihr bestimmt nichts Tadelnswertes an Graziantonios Verhalten, der nach dem ersten Bissen die Hand vor den Mund presste und davonrannte, um sich zu übergeben, eine typisch »bürgerliche Reaktion«, wie Gian Ettore und Ugo kommentierten, die ungerührt auf ihren Plätzen sitzen geblieben waren, möglicherweise nicht zuletzt, weil sie zumindest einen Sicherheitsabstand zu den üblen Ausdünstungen der betreffenden Verwahrlosten einhielten.

Ganz zu schweigen davon, wie sehr unser junger Tycoon in spe unter der Universität mit ihren verdreckten und graffitibeschmierten Hörsälen und unter den Fächern litt, die zu studieren er sich selbst auferlegt hatte.

Während er sich vergebens den Kopf über die *Kritik der reinen Vernunft* zerbrach, flüsterte ihm das sympathische Stimmchen ständig zu: ›Nur ein Dummkopf wie du konnte auf die Idee kommen, seine Zeit mit einem solchen Blödsinn zu verplempern‹. Ja, die Neuerung, die ihn noch mehr auf die Palme trieb, war, dass die heimliche Stimme schon nach ein paar Tagen Aufenthalt in der Hauptstadt angefangen hatte, mit einem viel stärkeren heimatlichen Akzent als seinem eigenen auf ihn einzureden, zumal er verzweifelt versuchte, diesen durch eine grauenhaft süditalienisch klingende römische Aussprache zu kaschieren. Als er ein einziges Mal, und das fast ohne bewusste Entscheidung, in einer Versammlung das Wort ergriffen hatte, war er mit folgender Aufforderung zum Schweigen gebracht worden: »Genosse Auswärtsstudierender! Du tätest gut daran, deine Schlussfolgerungen zu überdenken, wenn du nicht der bürgerlichen Reaktion in die Hände spielen willst.«

Dieses »Auswärtsstudierender« hatte Graziantonio klargemacht, dass er all seinen Anstrengungen zum Trotz doch ein *terrone* blieb, einer also, der anders war, und zwar – damit wir uns recht verstehen – nicht nur wegen seiner meridionalen Aussprache, denn bei fast allem, was er dachte oder sagte, wurde die »bürgerliche Reaktion« ins Spiel gebracht, gewiss in unterschiedlichen Sinnzusammenhängen, aber immer mit einer Portion Missbilligung, die auch gefährlich werden konnte, wie die Zwischen- und Buhrufe bezeugten, die seinen leichtfertigen Redebeitrag begleitet hatten – und dabei hatte er noch Glück gehabt, wenn man an die Schlägereien denkt, die beim geringsten konterrevolutionären Verdacht zwischen diesen unerschrockenen Protestlern ausbrachen.

›Ich hab's dir doch gesagt: Das sind Kommunisten … Haben sie dir das immer noch nicht gelernt?‹, hatte die innere Stimme sofort erklärt, und wohl wegen des so typischen Grammatikfehlers begriff Graziantonio zum ersten Mal, was er von Anfang an hätte wissen müssen, nämlich dass diese Stimme keine andere als die seines Vaters war, und obwohl sein Vater die Person war, die er am wenigsten ausstehen konnte, verging ihm im Laufe der Wochen die Lust, dieser Stimme zu widersprechen. Bis er ihr eines Tages auf der ganzen Linie nachgab. Und damit begann sein neues Leben.

Trendige junge Leute

Alles geschah auf die natürlichste Weise – wie es in Situationen zu geschehen pflegt, die lange vor sich hin reifen.

Auf den ausgedehnten und einsamen Spaziergängen rund um das Zentrum, die zu unternehmen er sich angewöhnt hatte, da er zwischen sich und seinen alten Gefährten eine immer größere Distanz spürte, äugte Graziantonio in die Fenster der historischen Palazzi hinein und stellte sich vor, wie golden das Leben jener Glücklichen sein musste, die dort wohnten, und es deprimierte ihn, dass auch er, ein armer, verachteter Auswärtsstudierender, sich in diesem Glanz sonnen könnte, wenn sein Vater nicht ein solcher Schuft wäre. Doch nicht nur das – er hatte auch diese Lokale bemerkt, die in der Gegend zwischen dem Pantheon und der Piazza Navona wie Pilze aus dem Boden schossen und stets so rappelvoll waren, dass man, um hineinzukommen, Schlange stehen musste.

Das Publikum, das aus Studenten oder jungen Berufsanfängern bestand, erwies sich schon auf den ersten Blick als ganz anders als die Jugend, die in jenen Jahren die Schlagzeilen beherrschte. Dieser Eindruck bestätigte sich, als sich Graziantonio, nachdem er die angeborene Scheu des Provinzlers überwunden hatte, ebenfalls in die Schlange stellte und dem Geplauder der Umstehenden lauschte. Offensichtlich kam er hier mit etwas in Berührung, was in der zeittypischen Sprache als »echte Avantgarde« bezeichnet wurde. Sie mochte im Augenblick noch irrelevant sein, würde aber bald wachsen und sich, wie die Geschichte es lehrt, als siegreich erweisen, denn sie bestand aus jungen Leuten, die, statt ihre Tage mit abstrusen Debatten zu vergeuden oder stinklangweiliges hektografiertes Zeug in Umlauf zu bringen oder Molotowcocktails zu basteln oder Jagd auf das feindliche, aber ebenso fanatische Lager zu machen, bewaffnet mit Äxten oder Schraubenschlüsseln Nr. 32, die am meisten *à la page* waren, um dem Gegner die Knochen zu brechen und seine Gehirnmasse über die Straßen der Stadt zu verteilen, die mindestens einen, maximal aber zwei Tote pro Woche zu sehen bekam – was für unvergessliche Zusammenstöße das waren! –, während wir es hier hingegen mit jungen Leuten zu tun hatten, in deren Augen es gewinnbringender und vergnüglicher war, tagsüber ein bisschen zu studieren und zu jobben, um sich dann am Abend zu treffen, Musik zu hören, ein paar Bierchen zu trinken und nebenbei zu versuchen, mit einem der Mädchen anzubandeln, die in diesen neuen Lokalen in großer Zahl anzutreffen waren.

Kapitalismus in der Urform

Und ein solches Lokal neuen Stils zu eröffnen, wurde zu Graziantonios fixer Idee. Einen Standort hatte er sich auch schon ausgeguckt: eine alte Remise unweit der anderen Lokale, sodass man am Anfang von deren Anziehungskraft profitieren konnte. Der Knackpunkt war nur – mit welchen Mitteln?

Seinen Vater um Geld zu bitten, kam nicht in Frage. Das hieße zuzugeben, dass, genau wie Michelantonio gesagt hatte, die Immatrikulation für Philosophie ein Irrtum gewesen war, und diese Genugtuung wollte er ihm nun wirklich nicht verschaffen, zumal es ihm auch gar nichts genutzt hätte.

Michelantonio wollte ihn in der Firma haben, in Potenza, und er wäre bestimmt lieber gestorben, als auch nur mit einer einzigen Lira herauszurücken, damit er, der Filius, in Rom bleiben konnte, wozu dieser fest entschlossen war. In diesem Punkt war Graziantonio wirklich unbeugsam: Er und Flaschen mit Limonade abfüllen – ja, kann es überhaupt ein hinterwäldlerischeres Getränk geben? Nein, zurückkehren würde er niemals! Er fühlte sich zu anderen, ehrgeizigeren Zielen berufen. Doch das Problem blieb: Wie kam er an das nötige Geld heran?

Bis er sich eines Nachmittags, als er nichts anderes zu tun hatte, noch einmal seinen »Mitbewohnern« – mehr als das konnte er in ihnen schon nicht mehr sehen – anschloss und sie zu einer jener im Wochenrhythmus stattfindenden Demonstrationen der demokratischen Studentenbewegung begleitete: eine von vielen Möglichkeiten, mit weiblichen Wesen in Berührung zu kommen, denn der Mangel an denselben stellte einen weiteren Aspekt – einen der schmerzhaftesten – von Graziantonios freudloser Existenz dar.

Er betrachtete die wildesten Revolutionäre, die immer in vorderster Front marschierten und am auffälligsten daherkamen: Leninmützen auf ungepflegten Haaren, kubanische Bärte, Stalin-Schnauzer in Gesichtern, die in jedem Fall schlecht rasiert waren, sich zum Teil aber auch fast zur Gänze unter Helmen und hinter Tüchern versteckten. Ausstaffiert waren sie mit Parkas und Cordsamtjacken, Holzfällerhemden, peruanischen Pullovern, Umhängetaschen der Marke Tolfa – Tolfa-Taschen *en masse* –, Jeans und Cordsamthosen, klobigen Schuhen und Clarks, aber öfter noch trugen sie Arbeitsstiefel mit Stahlkappen, weil man dem Feind damit besser ins Gesicht treten konnte.

Wie anders waren sie als die farbenfrohe Jugend, der er im Sommer davor in London begegnet war! Die Masse, die er jetzt vor sich hatte und die wie ein mäßig aufgewühltes Meer wogte, wies eine mittelprächtige Farbpalette von Moosgrün über Kastanienbraun bis hin zu Mausgrau auf, was Graziantonio aber alles in Schwarz-Weiß wahrnahm. Nicht, dass es keine grellen Farben gegeben hätte. Da waren zum Beispiel die roten Tücher, in die man die Äxte eingewickelt hatte, ganz zu schweigen von den bemalten Plakaten oder den Hunderten von flatternden, mit Hammer und Sichel verzierten Fahnen. Er aber sah alles in Schwarz-Weiß, als wären es schon die Bilder, die am Abend im Fernsehen übertragen werden würden.

Selbst das Schwarz-Weiß des Fernsehens jener Jahre war merkwürdig düster – wie hätte es auch anders sein können angesichts dieses täglichen traurigen Kaleidoskops von Tränengas, Polizeiattacken, Blutflecken auf dem Asphalt und geschwollenen Gesichtern. Das hatte nichts gemein mit den duftigen, sonnigen Grautönen der Sechzigerjahre, die von den ersten Spritztouren mit der Vespa erzählt hatten, von den fliegenden Röcken und Pferdeschwänzen der Mädchen, die sich an spindeldürre Burschen in mickrigen Anzügen mit schmalem Revers und hängenden Schultern schmiegten, oder von den Fiats 600, die aus den Fabrikgeländen rollten, oder vom Twist und den ersten Bikinis am Strand.

Wie sehr unterschied sich diese militärisch vorbeidefilierende Jugend nicht nur von der in London, sondern auch von der, die Graziantonio im Sommer davor in Rom erlebt hatte, als er sich am Ende seiner Reise zusammen mit Tausenden junger Leute, die aus ganz Italien herbeigeeilt waren, zu einem Konzert von Frank Zappa eingefunden hatte und dort zufällig auf Riccardo Fusco und Giacinto Cenere gestoßen war, die ihn zum ersten Mal nicht mit der üblichen Arroganz behandelt, sondern sogar durch halb Rom geschleppt hatten. Nie war ihm Rom schöner erschienen. Irgendwann waren sie in der Wohnung eines Malers aus Potenza gelandet, die genau so war, wie man sich die Wohnung eines jungen Künstlers vorstellt: ein einziger großer Raum, in dem ein Chaos im reinsten Bohemienstil herrschte. Und je mehr Zeit in diesem Raum mit seiner Unmenge an knallig bunten Bildern verging, desto mehr füllte er sich mit jungen Leuten aus der Basilikata – mit »Basilisken«, wie sich die Bewohner dieser Region gern nannten –, die, von demselben Konzert kommend, durch die Nacht geirrt waren und jetzt anklopften, um Obdach baten und dieses auch erhielten.

Hipster Basilisken

Kurzum, es war so voll, dass man keinen Fuß mehr vor den anderen setzen konnte. Und genau dort, inmitten all dieser Leute, fühlte sich Graziantonio, vielleicht weil er in Begleitung von zwei Exponenten seines Gymnasiums war, vielleicht weil er sich wieder in Gesellschaft von Lukaniern, darunter auch viele Jungs aus Potenza, dennoch aber fern des üblichen Ambientes befand, wo jeder auf seine angestammte Rolle festgelegt war – in seinem Fall eben auf die des Doofis –, vielleicht auch, weil er berauscht war von der nächtlichen Atmosphäre der großen Metropole, die ihn wie einen heroischen Odysseus am Ende einer langen, abenteuerlichen Reise empfangen hatte – wobei es in Wirklichkeit kaum zwei Wochen gewesen waren, die er in einer Londoner Vorstadt bei der schmuddeligsten und knickrigsten Familie, die sein Vater hatte ausfindig machen können, der er aber auch das niedrigste Kostgeld hatte zahlen müssen, verbracht hatte –, kurzum, man weiß nicht genau, warum Graziantonio sich so ruhig und so vollkommen selbstsicher und so wohl wie nie zuvor in seinem Leben fühlte. Jedenfalls führte er zwischen einem Joint und dem nächsten das große Wort und erzählte, von Giacinto Cenere sekundiert, wie sein Vater die Ferrandinesen übers Ohr gehauen und ihnen die in Staatsbesitz befindlichen Methanvorkommen angedreht hatte, womit er alle zum Lachen brachte, sich von Riccardo Fusco – dessen Präsenz ihn immer besonders verunsichert hatte – eine Umarmung einhandelte und schließlich sogar noch seinen ersten Fick anbahnte, und obwohl das Mädchen, das sich ihm stehend im Klo hingab, ein verlottertes, pickliges Ding mit grauenhaftem Akzent war, erlebte er eine wirklich unvergessliche Nacht.

Zum ersten Mal war es ihm gelungen, all seine albernen Komplexe abzuschütteln und aus sich herauszuholen, was in ihm steckte, und das waren ein Ungestüm und ein Esprit, von denen er selbst nichts gewusst hatte, auf die er aber in Zukunft setzen würde, auch in seiner unmittelbaren Zukunft als Student, die ihm jetzt, dank der neuen Achtung, die er sich bei Leuten vom Kaliber eines Fusco und eines Cenere verschafft hatte und die ihm die Tore zu den gehobenen römischen Kreisen öffnen würde, plötzlich rosig und verheißungsvoll erschien … Doch Giacinto Cenere und Riccardo Fusco hatten sich anderswo immatrikuliert. Und Graziantonio brachte nicht den Mut auf, allein im Haus des jungen lukanischen Malers aufzukreuzen, und so befand er sich jetzt, um jemanden – vorzugsweise jemanden weiblichen Geschlechts – kennenzulernen, hier vor dieser aufmarschierten Masse, diesem kompakten und düsteren und aufmüpfigen Block.

Der letzte Schrei in Sachen Demonstrationen

Zusammen mit den anderen setzte er sich in Marsch, immer noch in der Absicht, eine der Demonstrantinnen anzubaggern, die trotz der wilden Slogans, die sie brüllten, letztendlich doch nicht so anders waren als die Mädchen im Süden – sie würdigten ihn nämlich keines Blickes. Dennoch gab es dieses Mal etwas Neues.

Ein Grüppchen inmitten der vielen jungen Leute, das die Slogans zwar nicht so laut rief, aber felsenfest an sie glaubte, war handgreiflich geworden.

Insbesondere hatten sie angefangen, den bürgerlichen Staat zu zerschlagen, indem sie, auch wenn der Grund nicht ganz klar war, die am Straßenrand parkenden Autos demolierten. Irgendwo musste man schließlich anfangen. Abgesehen von Luxusautos – und Graziantonio blutete das Herz, als der kleine Porsche von einem Dutzend kräftiger Militanter in äußerster Missachtung der unübertroffenen Schönheit seiner Linien in eine unförmige Blechmasse verwandelt wurde – blieben nicht einmal die bescheidenen Kleinwagen verschont, auch wenn sie, hässlich, wie sie waren – wir befinden uns in den Siebzigerjahren, und die schlichte Eleganz der Fiats 500 und 600 war bereits Geschichte –, eigentlich kein Mitleid verdienten, obwohl sie mit Sicherheit Proletariern gehörten. Aber daran hätten sie – wenn überhaupt! – vorher denken müssen, diese kühnen Verteidiger der mittellosen Klasse, die sich nach den Fahrzeugen jetzt dem Zertrümmern von Schaufenstern widmeten und in der Folge der Plünderung der dort ausgestellten Waren.

In jenem Augenblick landete Graziantonio, ehe er richtig begriff, was überhaupt vor sich ging, im Inneren eines großen Kaufhauses, und zwar inmitten eines Trupps, der sich plötzlich vom Umzug gelöst hatte und ihn, als gänzlich unfreiwilligen Zeugen einer der ersten »proletarischen Enteignungen«, wenn nicht gar der allerersten, mit sich gerissen hatte. So wurde nämlich, wie er tags darauf in den Zeitungen lesen konnte, diese neueste Neuerung genannt.

Hinter jedem Reichtum steckt ein Verbrechen

Während er wie benommen den Rebellen zuschaute, die sich in die revolutionäre Zerstörung der Waren verbissen oder sich, pfiffiger noch, die Taschen – Tolfa-Taschen selbstverständlich – damit vollstopften, hatte es Graziantonio in die Nähe einer der von den flüchtenden Angestellten verlassenen Kassen verschlagen, aus der ein beträchtliches Häufchen Banknoten herausschaute. In diesem Augenblick vernahm er den Befehl seiner *heimlichen* inneren Stimme: »Steck's ein, du Idiot!« Es war die Stimme seines Vaters, das war ihm jetzt klar. Um jeglichen Zweifel auszuräumen, hörte er sie jetzt mit noch mehr Autorität hinterherschieben: »Los, verdammt, du Idiot! Ich hab dir doch gelernt, wie man reich wird, oder?« Und zum ersten Mal gehorchte er ihr. Er steckte das Geld ein, ja, er ging sogar über den väterlichen Befehl hinaus und leerte unauffällig auch noch all die anderen Kassen. Da es ein Freitagabend war, sollten sich die Einnahmen als durchaus lohnend erweisen.

Von da an ließ sich Graziantonio keine Demonstration mehr entgehen. Während die anderen marschierten, passte er genau auf, um gleich die aggressivsten Gruppen zu identifizieren, und beschränkte sich dann darauf, ihnen bei ihren Überfällen in einigem Abstand zu folgen und sich, nachdem er ihre destruktive Kraft bewundert hatte, wie ein Falke auf die Registrierkassen zu stürzen, um ihren Inhalt zu plündern, oder, wenn das nicht klappte, die teuersten Gegenstände mitgehen zu lassen: Fotoapparate, Filmkameras, Tonbandgeräte – den ganzen armseligen Garten der Wünsche jener Jahre, die vom späteren Konsumglitzer noch weit entfernt waren –, am besten aber Waffen, denn Waffengeschäfte gehörten zu den Lieblingszielen jener Aufrührer, die gerade den Anlauf zum berühmten »Qualitätssprung« von schlichten Protestlern zu ausgebufften Terroristen nahmen – Waffen, die Graziantonio dann zusammen mit all den anderen Waren weiterverkaufte.

Wenn also, wie man so schön sagt, an der Wiege jedes Reichtums ein Verbrechen steht, dann war dies niemals zutreffender als im Fall von Graziantonio Dell'Arco.

Am Ende des akademischen Jahres befand sich der junge Mann tatsächlich im Besitz des Kapitals, das es ihm ermöglichen sollte, ein paar Monate später das Café blu zu eröffnen, das erste einer Kette von Lokalen, die bald in den großen Städten Italiens wie Pilze aus dem Boden schossen. Frequentiert wurden sie von den schicken Leuten, von denen Graziantonio gelernt hatte, dass sich auch immobiler Besitz bewegen kann – ein recht lukratives Oxymoron –, und in deren Reihen er sich geschmeidig einfügte und somit jenen finanziellen Aufstieg einleitete, der ihn, dank einer unübertrefflichen Mischung aus Geschick, Dreistigkeit und Glück, zu einem der reichsten Männer Italiens machen sollte – dem zwölftreichsten, der aktuellen Rangliste zufolge – und der irgendwann durch ein einfaches Telefongespräch mehr verdienen würde als sein Vater mit seiner Briosa-Brause in seinem ganzen Leben. Sein inzwischen neidischer und – nachdem Graziantonio es so eingerichtet hatte, dass er darüber in Kenntnis gesetzt wurde – auch gedemütigter Vater.

Graziantonio genoss seine Rache.

Zurück an Deck der Tiger of Versailles

Graziantonio Dell'Arco hatte also alles, was ein Mann sich wünschen kann. Geld, Erfolg … Frauen. Er beobachtete die spärlichst bekleidete Lakshmi Dharma Narayan, die ihm vom Teakholzrand des Whirlpools der *Tiger* aus zulächelte. Wie eine Perle glänzte sein neuestes Spielzeug. Sie auf einer Modeschau zu sehen, und zu beschließen, dass sie ihm gehören müsse, war ein und dasselbe gewesen. Er hatte sie einem aufstrebenden englischen Sänger ausgespannt, dem sie keine Träne nachweinte. Das hatte sie wenigstens beteuert, und er glaubte ihr, weil er mit seinen fast fünfzig Jahren, nicht zuletzt dank seines *personal trainer*, des besten auf dem Markt, eine Energie besaß, über die nicht einmal so mancher Zwanzigjährige verfügte – vor allem aber hätte kein Zwanzigjähriger, nicht einmal ein aufstrebender englischer Sänger, die Summe ausgeben können, die er für das märchenhafte Smaragdkollier hingeblättert hatte, das seit ein paar Tagen Lakshmis aufreizendes Dekolleté schmückte.

Eigentlich hätte er der glücklichste Mann der Welt sein müssen.

Doch in einem fernen Winkel seines Bewusstseins gab es etwas, das ihn fortwährend quälte, als hätte sich ein Steinchen in die superweiche Lederpolsterung eines der luxuriösen Sofas auf seiner Megayacht *Tiger of Versailles* gebohrt.

Und dieses Steinchen, diese Lappalie, die ihm das Leben verleidete, hatte einen Namen: Yarno Cantini. In voller Länge: Conte Yarno Cantini del Canto degli Angeli, und diesen Namen auch nur auszusprechen, verursachte ihm ein flaues Gefühl in der Magengrube, einen Druck im Kopf, ein Pochen in den Schläfen, was wahrscheinlich alles auf einen erhöhten Blutdruck zurückzuführen war, auch wenn Graziantonio, der vor Gesundheit nur so strotzte, gar nicht wusste, was ein erhöhter Blutdruck war, zumindest vorläufig nicht, aber wenn das so weiterging … Tatsächlich verzehrte er sich bereits seit zwei Monaten vor Groll. Seit zwei Monaten wachte er mitten in der Nacht keuchend auf. Zwei lange Monate waren seit dem schrecklichen Abend vergangen, an dem er jene bittere Demütigung erlitten hatte, die sich wie ein dunkler Schatten über sein ansonsten vom Glück besonntes Leben geworfen hatte.

Ein Abend zum Vergessen – wenn man nur könnte

Es war in Rom passiert. Graziantonio hatte sich wegen eines Geschäfts in den Süden begeben. Leider musste er sich mit zwei »Führungskräften der alten Garde« treffen – als welche sie sich bei der Vorstellung gefühlsduselig bezeichneten, diese beiden feisten Brüder, eingezwängt in ihre grauen Gabardineanzüge, aus deren Brusttaschen gewaltige schneeweiße Pochettes herausragten. Detailverliebt offenbar, obwohl sie bereits aus dem letzten Loch pfiffen, denn ihre Kosmetikfabrik war pleite, verfügte jedoch über ein Potenzial, das sie interessant machte. Leute von diesem Schlag redeten stundenlang um Probleme herum, die man mit ein paar Sätzen lösen könnte. Graziantonio würde sie ohnehin im Regen stehen lassen, nachdem er schon gezwungen war, während des sich über Stunden hinziehenden Treffens ihre üblen Ausdünstungen einzuatmen, diese unerträgliche Mischung aus säuerlichem Körpergeruch und grottenschlechtem Herrenparfüm.

Als es ihm endlich gelungen war, sie abzuschütteln, kehrte er, weil er in der Hauptstadt noch nicht die seinen Ansprüchen genügende Bleibe gefunden und folglich gekauft hatte, in sein Hotel zurück – ins Penthouse des Hassler, in die Dreitausend-Euro-Suite im siebten Stock, die mit Möbeln aus dem achtzehnten Jahrhundert eingerichtet war und einen grandiosen Ausblick auf die Piazza di Spagna bot.

Es war schon spät.

Eine weitere Verzögerung ergab sich, weil er sich nicht entscheiden konnte, ob er an dem im Kalender vermerkten Wohltätigkeitsdiner teilnehmen sollte oder nicht.

Tatsächlich war vor allem seine damalige Flamme, Helga La Marmur, auf eine Teilnahme scharf gewesen, weil sie hoffte, einen Produzenten oder Regisseur oder sonst irgendjemanden kennenzulernen, der sie vom Laufsteg für Intimwäsche in die erträumte ambitioniertere Karriere einer Schauspielerin katapultieren könnte, während Graziantonio der Sinn nicht danach stand. In seiner freien Zeit zog er ungern ohne seinen Hofstaat los, und an jenem Abend war er mit Helga allein – doch wer könnte sich mit so einem überschlanken Model je »allein« fühlen? Sie gehörte zu jenen Wesen, in deren Gegenwart einem klar wird, dass es einen anderen Typ von Frauen gibt, nämlich jenen, der die Mythen von Göttinnen mit weiblichen Gesichtszügen begründet hat und völlig losgelöst ist von den ebenfalls schönen Frauen, denen man begegnen könnte, wenn sich die Tür nebenan öffnet. Hochgewachsen und mit blond lodernder Mähne, war sie vielleicht ein wenig zu auffällig oder blieb zumindest nicht unbemerkt. Doch Graziantonio konnte nicht aus seiner Haut: Um sich wohlzufühlen, brauchte er seine Freunde um sich – und wäre er sich treu geblieben, wäre sein Leben einfach in den Gleisen der goldenen Sorglosigkeit weitergelaufen.

Jetzt aber war er hier, in einem rappelvollen Saal, wo er vom Schleimer des Abends mit dem entsprechenden Getue in Empfang genommen wurde:

»Ach, mein Liebste*w*, es ist bestimmt *cool*, auf sich wa*w*ten zu lassen, aber du hast wi*w*klich einen *W*eko*w*d aufgestellt … doch lass uns nicht übe*w* einen Satz aus dem Evangelium diskutie*w*en, denn die Letzten we*w*den die E*w*sten sein, und das gilt gewiss in deinem Fall. Kommt also, meine Lieben, schauen wi*w*, wie wi*w* euch bestmöglich platzie*w*en.«

›Das will ich aber hoffen, bei den zehntausend Euro, die ich hingeblättert habe!‹, hätte Graziantonio dem Schnösel beinahe geantwortet. Doch dann hatte er sich darauf beschränkt, ihn eindringlich zu mustern.

Gaspare Staderini Amadei dei Marchesi und so weiter und so fort war so übertrieben berechenbar, dass er an den Darsteller eines der üblichen römischen Sprosse erinnerte, die, einem mittelmäßigen Drehbuch gemäß, zu nichts anderem taugten, als vom illustren Namen ihrer Familie zu profitieren, indem sie damit in eigener Sache PR betrieben. Doch mit seinem tuntig angehauchten Zöpfchen zwischen den massigen Schultern, umspannt von schwarzem Satin, der wie das Federkleid einer vollgefressenen, geschwätzigen Krähe glänzte, war Gaspare Staderini Amadei dei Marchesi und so weiter und so fort absolut authentisch – eine authentische absolute Null.

Graziantonio war ihm schon mehrmals bei ähnlichen Gelegenheiten begegnet, ohne ihn sonderlich zu beachten. Jetzt jedoch war er in seiner Hand, und dieser Gedanke flößte ihm Angst ein, die, während er ihm mit Helga La

Marmur im Schlepptau folgte, immer stärker wurde. Die Tische waren alle besetzt mit Leuten, die er kaum oder überhaupt nicht kannte, während diese halbe Tunte mit ihrem transzendentalen wiegenden Gang wie eine *diva de l'Empire* nach rechts und nach links Begrüßungen, Klapse, Lächeln und Witzchen austeilte, als wären sie alle unentbehrliche Freunde. Irgendwann erkundigte sich Graziantonio, was aus seiner Platzreservierung geworden sei.

»Du hast *w*echt, aber i*w*gendwann ist hie*w* ein g*w*oßes Kuddelmuddel entstanden. Es sind viel meh*w* Leute gekommen als vo*w*gesehen.«

›Als *du* es vorhergesehen hast, du Trottel‹, dachte Dell'Arco, der immer nervöser wurde.

»Mach di*w* keine So*w*gen, mein Liebe*w*. Es ist alles in O*w*dnung, ich sag's di*w* doch: Es gibt einen Tisch, de*w* nicht e*w*a*w*ten kann, dich in Empfang zu nehmen … Wi*w* sind doch alle F*w*eunde, zum Donnerwetter auch!«

Ja, er hatte tatsächlich »Donnerwetter« gesagt und zweimal vergessen, das »R« angemessen anzuschleifen. Und das gewährte Einblick in seine Grundfalschheit, dieselbe, mit der er eine Situation für problemlos erklärte, die es überhaupt nicht war, wie sofort klar wurde, als sich der Fettwanst in *total black* an den erstbesten Tisch mit zwei freien Plätzen wandte und, den ahnungslosen Graziantonio am Arm nehmend, mit seinem dümmlichen Lächeln die fatale Frage ausstieß: »Ih*w* habt doch nichts dagegen, wenn ich diese F*w*eunde zu euch setze?« Worauf er die fatale Antwort erhielt: »Und ob wir etwas dagegen haben!« Pause. »Wir haben so viel dagegen, dass wir sie nicht hier haben wollen.« Und das war die Antwort gewesen, die das Leben unseres »armen« Tycoons in den Grundfesten erschüttert hatte.

Eine besondere Stimme

Graziantonio hatte nicht rechtzeitig gesehen, an wen sich die Halbtunte gewandt hatte, aber beim Klang der Stimme, die trotz der schrecklichen Botschaft, die sie ausgesprochen hatte, gleichmäßig sanft blieb, hatte er sofort das Gefühl, ihren Besitzer zu kennen.

Nachdem die Worte nach ihrem kurzen Weg durch den Raum, der ihn von demjenigen trennte, der sie ausgestoßen hatte, vollständig bei ihm angekommen waren, brutal wie der Hammerschlag des Schlachters auf die Stirn eines Kalbs, der ihm für einen Moment die Sicht vernebelte, sah Graziantonio wieder klar und erkannte, dass er sich leider *nicht* geirrt hatte. Er kam sich mehr als beschissen vor, denn die reine Wahrheit ist, dass man zwar einen Haufen Geld haben, im Hotel Hassler logieren, sich von einer blonden Hochglanzmagazingöttin begleiten lassen, sich in Paris von Olga Berluti Schuhe für die Füße der ganz wenigen Privilegierten von Hand anfertigen und in der Savile Row elegante Kleider maßschneidern lassen und dazu Hunderttausende von Euro teure Uhren mit allen Schikanen tragen kann, sich aber trotzdem, wenn einer wie Yarno Cantini del Canto degli Angeli einen fixiert – und er fixierte ihn mit der größtmöglichen Unverschämtheit, und das, nachdem er ihn folgenlos angepöbelt hatte –, einfach beschissen fühlen muss, eben so, wie sich Graziantonio in jenem

Augenblick fühlte, und zwar ohne dass dabei Abstammung oder Vermögen des betreffenden Gegenspielers entscheidend gewesen wären, obwohl sie sicherlich von großer Bedeutung waren.

Hätte es Graziantonio wirklich nur mit dem Abkömmling einer Familie aus toskanischem Uradel – über einige Seitenlinien sogar mit den englischen Royals und den Bourbonen von Frankreich verwandt – zu tun gehabt, mit dem kultivierten Mann von Welt, um den sich die Salons rissen, dem abenteuerlustigen Reisenden, der im Alleingang den Ozean zu überqueren imstande war, dem passionierten Sammler von Inkunabeln und abgetretenen kasachischen Teppichen, schließlich dem geschickten Vermarkter der Weine, die von seiner Familie seit über sechshundert Jahren in ihrem großen Weingut in der Toskana produziert wurden, international aber noch wenig bekannt waren und nun auf seinen Reisen um die Welt mit den berühmtesten französischen Weinen in Konkurrenz traten und diese natürlich ausbremsten: Wenn Yarno also »nur« das alles gewesen wäre, hätte sich Graziantonio gewiss nicht einschüchtern lassen – in seinen widrigen Jahren hatte er noch fürchterlicheren Dingen getrotzt. Niemals jedoch hatte er es mit jemandem zu tun gehabt, der dermaßen *cool* war.

Der Knackpunkt war, dass der große, schlaksige Yarno Cantini mit seinen altmodischen blonden Schläfenlocken, die den undurchdringlichen Ausdruck seiner tiefblauen Augen in dem bildschönen Gesicht noch verstärkten, mit seinem frostigen, distanzierten, selbstbewussten, wenn nicht gar geringschätzigen Gehabe und seiner Gleichgültigkeit gegenüber Moden und Konventionen die perfekte Verkörperung des Ideals des *coolen* Typen darstellte. Und zu Beginn des neuen Jahrtausends waren alle, wirklich ausnahmslos alle, darauf bedacht, *cool* zu sein – und mehr als alle anderen Graziantonio Dell'Arco. Aber *cool* zu sein bedeutet, eine Qualität an den Tag zu legen, die man weder erben noch sich gar kaufen kann. So konnte Cantini schlicht und ergreifend eine violette Hose zu einer Smokingjacke aus abgewetztem Samt anziehen, aus deren Brusttasche, wie das glorreiche Herz Jesu, ein Tüchlein aus purpur- und goldfarbener Seide aufflammte, und *dennoch* so überwältigend elegant wirken, dass er den unschuldigen Graziantonio in jener grauenhaften Schrecksekunde, trotz seiner ganzen Ausstaffierung als Superreicher, da stehen ließ wie einen vulgären aufgeputzten Parvenü, der es gewagt hatte, ihn an seinem Tisch zu belästigen.

Während Dell'Arco verstummte und nicht wusste, wie er auf eine solche Beleidigung reagieren sollte – aber seien wir ehrlich: wie hätte man auch darauf reagieren sollen? –, sah er wie durch einen Nebel – jenen Nebel, der uns in den düstersten Augenblicken unseres Lebens zu umhüllen scheint – zum Glück jemanden, der ihm von einem benachbarten Tisch aus zuwinkte, und ohne richtig zu begreifen, wer da winkte, bewegte er sich in diese Richtung und zog die Yarno weiterhin verzückt anstarrende Helga hinter sich her. Als er jedoch beim Näherkommen merkte, um wen es sich handelte, fühlte er sich wie der Schiffbrüchige, dem dämmert, dass es sich bei dem Schiff, das ihm zu Hilfe eilt, um ein Piratenschiff handelt.

So landete er also in den Fängen von Evelina Binni, die seit jeher ein Fan von ihm war, in erster Linie aber Chefredakteurin von *È tutto vero*, dem auflagenstärksten Klatschheft der italienischen Halbinsel, und die natürlich darauf erpicht war, die Einzelheiten, die ihr von dem üblen Auftritt entgangen waren, in Erfahrung zu bringen und zu kommentieren, und leider war der umnebelte Graziantonio nicht imstande, Helga daran zu hindern, diese sofort auszuplaudern.

»Ach ja? Das hat er wirklich gesagt?«, lautete der Kommentar der Binni, »… wie arrogant! So eine Frechheit!«, auch wenn sie sich ein selbstgefälliges Lächeln nicht verkneifen konnte, denn sie dachte schon an den fabelhaften Bericht, den sie daran aufhängen und kaum zwei Tage später ihrem gierigen Publikum zum Fraß vorsetzen würde, garniert mit eigenen Fotos von einem Graziantonio Dell'Arco, der, obwohl er eine wie noch nie strahlende Helga La Marmur an seiner Seite hatte, so niedergeschlagen wirkte, als stünde er kurz vor dem Selbstmord, besonders wenn man ihm das absolut triumphierende Bild von Yarno gegenüberstellte.

Die Überschrift lautete: »Man kann nicht immer gewinnen. Angesichts echter Klasse ist das ganze Geld der

Welt nichts wert«, und ein Kasten im Text hob einen giftigen Kommentar von Yarno hervor: »Grazie-Antonio, oder wie zum Teufel Dell'Arco heißt, könnte meinetwegen der reichste Mann der Welt sein, ich würde ihm trotzdem niemals Zutritt zu meinem Haus gewähren … diesem Trampel. Als meine Vorfahren mit den Königen von Frankreich tafelten, mussten sich die seinen die Eicheln noch mit den Schweinen teilen.«

Dies genügte, um den Medienzirkus in Gang zu setzen – manchmal genügt noch weniger –, der eine ganze Woche lang endlose Talkshows sendete, in denen man, diese Episode als Ausgangs- oder Endpunkt nehmend, darüber diskutierte, worauf es wirklich ankam, ob auf Reichtum oder Seelengröße, auf die Macht des Geldes oder auf gute Manieren, und aus denen der arme Graziantonio als klassisches Beispiel für den aufgeblasenen und vulgären Neureichen hervorging. Mit einem Wort – er war plötzlich *der* Neotrampel.

Binnen weniger Tage war Graziantonio Dell'Arco also vom beneideten Geschäftsmann und einer modischen und von den Medien verhätschelten Persönlichkeit zur allgemeinen Zielscheibe des Spotts der Italiener geworden, und auch in seiner eigenen Welt gingen die Leute immer mehr auf Distanz. An allem, was er jetzt machte oder sagte oder kaufte, wurde herumgemeckert. Zum Beispiel an seinem neuen Boot, auf dem er jetzt, auf einem der superweichen Sofas liegend, vor sich hin grübelte.

Ein Boot, das man getrost ein Schiff nennen konnte, mit seinen fünfunddreißig Metern Länge, den zwölf Kabinen für Gäste und Eigner mit Kingsize-Betten, den dazugehörigen Badezimmern und Ankleideräumen und den acht Kajüten für die Besatzung. Mit dem riesigen Foyer, dem Speiseraum und dem großen Salon mit den versenkbaren Fünfzig-Zoll-Flachbildschirmen. Mit dem gläsernen Aufzug, der bis zum Deck hinaufführte, das seinerseits mit einem Fitnessraum und einem von kreisrunden Sofas umgebenen großen Whirlpool ausgestattet war.

Um dem Ganzen einen weiteren Touch von Klasse hinzuzufügen, hatte sich Graziantonio an Rush Randall, den teuersten *yacht interior designer* auf dem Markt, gewandt. Der Australier hatte ihm die Yacht mit Möbeln aus durchsichtigem Vinyl, aber in der Formensprache des achtzehnten Jahrhunderts gefüllt und insbesondere alles, selbst die Kommandobrücke und das Steuerrad, ganz zu schweigen vom Whirlpool, von dem aus Lakshmi Dharma ihn jetzt mit ihren Bajaderenaugen fixierte, mit getigertem Alcantara überzogen, daher der Name *Tiger of Versailles* – kurzum, »eine Wahnsinnstrampeliade«, wie die Zeitungen einhellig befanden, dieselben, die seine Yacht – da war sich Graziantonio sicher – vor Kurzem noch auf erlesene Weise exzentrisch gefunden hätten.

Jetzt aber hatten sie ihm diesen fürchterlichen Stempel »Neotrampel« aufgedrückt, und dagegen war kein Kraut gewachsen. Und das alles wegen dieses Scheißkerls namens Yarno! Graziantonio konnte es sich kaum erklären, warum er es ausgerechnet auf ihn abgesehen hatte. Das an jenem Abend erkennen zu müssen, hatte ihn verblüfft, und deshalb hatte er bei seinem Abgang auch nicht zurückschlagen können. Sie hatten nämlich schon an ein paar anderen Abendgesellschaften gemeinsam teilgenommen, und

Yarno hatte einen sympathischen Eindruck auf ihn gemacht, soweit ein tiefgefrorener Kabeljau überhaupt sympathisch sein konnte – denn als ein solcher konnte aus einem anderen und nicht unbedingt ungenauen Blickwinkel die höchste Verkörperung des Ideals eines *coolen* Typen alias Yarno Cantini durchaus erscheinen. Wie war es möglich, dass er ihn jetzt dermaßen desavouierte? Und noch dazu auf diese Weise! Was auch immer der Grund sein mochte – diesem Menschen hatte es der arme Graziantonio zu verdanken, dass er jetzt das Gefühl hatte, in die finsteren Jahre seines Lebens in Potenza zurückgestürzt zu sein, als sich alle immer nur über ihn lustig gemacht hatten. Aber er würde es ihm heimzahlen, o ja, das würde er! Die Frage war nur, *wie*?

Ein Anruf genau im richtigen Moment

Und während er noch dabei war, dieses grundlegende Problem zu wälzen, erreichte ihn der Anruf von Giàcenere, der ihm von seiner Begegnung mit Riccardo Fusco erzählte. Über dieses Telefonat war er wirklich glücklich.

Im Lauf der Jahre hatte er es sich angewöhnt, ihr Zusammentreffen in Rom und jene Nacht – jene ferne Nacht, in der er entdeckt hatte, dass er wie die anderen, ja, sogar besser als sie sein konnte – als Grundstein seines neuen, seines erfolgreichen Lebens zu betrachten, und jetzt, da sich dieses Trio ausgerechnet in diesem Unglücksmoment neu aufstellte, erschien ihm das natürlich als gutes Omen. Vielleicht würden sich die Dinge wieder in die richtige

Richtung entwickeln, ebenjetzt, da er, der die Schlüssel zur Welt zu besitzen geglaubt hatte, plötzlich nur noch mit einer Handvoll Staub – Goldstaub immerhin – dastand.

Er stieß einen langen Seufzer aus, und während er so seinen Hofstaat betrachtete, all diese jungen Männer und Frauen, die um ihn herum auf den Sofas im Tigerlook plauderten oder in der Bar, an der Theke im Tigerlook, ihre Aperitifs zu sich nahmen oder auf Deck Gewichte im Tigerlook stemmten, dachte er: ›Nein, dieses ganze Scheißtigermuster muss unbedingt verschwinden! Sobald Giacinto wiederkommt, muss ich ihm das sagen.‹ Von lauter Freunden umgeben, wie er es war, fühlte er sich plötzlich mit sich selbst im Reinen. Er trank also den letzten Schluck Krug aus seiner Flöte, streifte, als er sich zu der im Whirlpool liegenden Lakshmi begab, die Leinenhose mit der betonten Hüftpartie herunter und raunte ihr, sobald er in Hörweite war, in seinem verknappten Englisch einen Satz zu, der ungefähr so lautete: »Wie wär's mit einem schönen Fick, amooooore?«

Ja, Graziantonio Dell'Arco war wirklich ein Riesentrampel.

Teil II

Der Abbau

Wenn man in Riccardo Fuscos Alter ist – er ging, wie gesagt, bereits auf die fünfzig zu –, kommt es immer öfter zu seltsamen Begegnungen.

Ihr geht vielleicht gerade gedankenverloren spazieren, und plötzlich schwenkt ein ältlicher Typ aus einem Auto heraus sein Hütchen zum Gruß. Der Wagen braust vorbei, und ihr braucht eine Weile, bis ihr kapiert, dass dieser Pseudogreis, der alles getan hat, um eure Aufmerksamkeit zu erregen, … ja, dass das *wirklich* Gilberto war, euer Banknachbar in der Oberstufe. Ohne seinen Gruß rechtzeitig erwidern zu können, habt ihr überhaupt nur geschnallt, um wen es sich handelt, weil der Typ aufs Haar seinem alten Onkel glich, der euch, wenn ihr, Gilberto und du, ihm als Jungs auf der Straße begegnet seid, mit der gleichen Geste und dem gleichen Gesichtsausdruck begrüßt hat und den ihr stets mitleidig, wenn nicht gar geringschätzig angeschaut habt, weil er unbedingt jugendlich wirken wollte, während er doch schon so weit von eurer Welt entfernt war. Bei euch selbst war das etwas ganz anderes.

Soeben habt ihr einer der grausamen Manifestationen des »Abbaus« beigewohnt. Früher oder später setzt er bei allen ein, auch wenn der Einzelne ihn *ausschließlich* bei den anderen registriert, während wir selbst uns immer als die Ewiggleichen wahrnehmen.

Dieser Regel konnte auch Riccardo sich nicht entziehen, obwohl sich unser Ethnologe nach all den Gesprächen mit seinen Altersgenossen, die sich alle ausnahmslos noch jung vorkamen – selbst in den hoffnungslosesten Fällen, wie zum Beispiel im Falle von Gilberto, der ihn soeben aus dem Auto heraus gegrüßt, ihm aber kaum vierzehn Tage zuvor noch lachend gesagt hatte: »Klar, dass wir beide, verglichen mit unseren Freunden, diesen Tattergreisen, den Anschein erwecken, mit dem Teufel im Bunde zu sein« –, obwohl also unser Ethnologe sich allmählich zu fragen begann, ob er etwa selbst schon, ohne es zu merken, so weit abgebaut hatte wie die meisten seiner Altersgenossen.

Nach der Woche, die er auf Graziantonios Megayacht verbracht hatte, waren seine Zweifel jedoch verflogen. Er sah bestimmt mindestens zehn Jahre jünger aus, als er tatsächlich war, wie ihm in den wunderschönen Villen auf den wunderschönen Partys, an denen er teilgenommen hatte, die wunderschönen Frauen, denen er begegnet war, versichert hatten. Mit ein paar von ihnen hätte er, von Sheila einmal abgesehen, auch etwas anfangen können – hätte Graziantonio ihm nicht im Weg gestanden.

Aber nicht nur aus diesem Grund kam sich Riccardo Fusco schlagartig verjüngt vor.

Es waren tatsächlich in jeder Hinsicht intensive Tage gewesen. In ein Ambiente hineinkatapultiert, das so völlig anders war als das seine, dieses Ambiente, das gewöhnlich in den Illustrierten beschrieben wird und von dem man üblicherweise mit Verachtung spricht, hatte Fusco jetzt zum ersten Mal aus der Nähe betrachten können und es alles andere als unangenehm gefunden.

Im Verlauf eines einzigen Wochenendes war er mehr Leuten begegnet, als in den letzten Jahren seiner abgekapselten Existenz in Potenza zusammen – wo er, sagen wir es freiheraus, all diese Leute auch dann nie gesehen hätte, wenn er weniger abgekapselt gelebt hätte –, und dieses schwindelerregende Gewusel von prallem Leben mit seinem Glanz und Ungestüm, seiner Schrillheit und Vulgarität hatte ihn endlich aus seiner Trägheit aufgerüttelt. Inmitten dieser Frauen und Männer – ein beachtliches Kaleidoskop der menschlichen Spezies aus skrupellosen Finanzhaien, Filmschauspielern und Fernsehansagerinnen, Journalisten und Industriekapitänen, Fußballern und Entertainern und Schönheitschirurgen samt ihren Geliebten, Filmsternchen und Models, aber auch einfachen Hungerleidern und Tagedieben oder mehr oder weniger angesagten Künstlern und Dandys und sozialen Aufsteigern – hatte Riccardo sich wieder in die brillante Persönlichkeit verwandelt, die er einst gewesen war, und konnte jegliche Zuhörerschaft mit seiner geistsprühenden Konversation faszinieren, aber auch, wenn es darauf ankam, schweigen und zuhören – eine seltene Gabe – und sich außerdem das zunutze machen, was ihm da alles zu Ohren kam. Seit Neuestem spukte ihm nämlich eine Idee im Kopf herum. Das ging so weit, dass er spät in der Nacht, während er auf Deck der *Tiger of Versailles* eine Cohiba, begleitet von einem der herrlich torfig schmeckenden Whiskys genoss, die Graziantonio auf Lager hatte, plötzlich spürte, wie ihm das Blut in den Adern kochte bei dem bloßen Gedanken daran, dass er es seiner Frau gestattet hatte, ihn so herunterzuwirtschaften.

Sie war schlau gewesen, die Eleonora. Alles hatte sie schrittweise ins Werk gesetzt, bis hin zu den Demütigungen der letzten Zeit. Aber das würde er ihr heimzahlen! Mit Giàcenere wegzufahren, ohne ihr überhaupt Bescheid zu sagen, war erst der Anfang gewesen, und jetzt dachte er mit großer Genugtuung an die Brüchigkeit, die er in ihrer sonst keineswegs brüchigen Stimme wahrgenommen hatte, als sie am Tag danach geruht hatte, sich telefonisch bei ihm zu melden.

»Was soll denn nicht in Ordnung sein? Ich bin mit einem Freund unterwegs, oder muss ich dich vielleicht um Erlaubnis bitten?«, hatte er kaltschnäuzig geantwortet. »Außerdem habe ich es dir durch deine Mutter ausrichten lassen.«

»Und die Kinder?«

»Schau, es gibt Babysitter mit einer Kündigungsfrist von sieben Tagen … und schließlich haben sie ja auch noch eine Mutter. Oder irre ich mich?«

»Richtig, aber du hast sie mir einfach so dagelassen, ohne mir auch nur die Zeit zu geben, mich darauf einzustellen …«

»Eigentlich gelingt es dir immer sehr gut, dich auf etwas einzustellen, oder?«

»Und wann kommst du zurück?«

»Tja, wie es manchmal so geht. Man weiß, wann man abfährt, aber nicht, wann man zurückkommt. Im Augenblick bin ich weg. Dann wird man sehen«, hatte Riccardo die Sache abgekürzt und das Telefon hingeknallt. Sie musste begreifen, dass sie mit ihm nicht mehr Schlitten fahren konnte. Er würde sie verlassen. Das hatte er bereits beschlossen, und er würde auch dann nicht zu ihr zurückkehren, wenn sie sich änderte. Sie hatte ihm zu wehgetan. Doch bevor er sie verließ, würde er sich in der Zeit, die er brauchen würde, um die berühmte trostlose Einzimmerwohnung zu finden und zu sehen, wie sich die Sache mit Graziantonio weiterentwickelte, mit ein paar kleinen Rachefeldzügen auf ihre Kosten amüsieren. Sicher, bei dem Gedanken an die Kinder schnürte sich ihm immer noch das Herz zusammen – vier Töchter, nur ein Verrückter konnte vier Töchter in die Welt setzen! –, aber sein Leben *musste* sich ändern. Jetzt fühlte er sich dazu bereit. Nach den vielen Jahren, in denen nichts passiert war, hatte sich diese Idee ausgerechnet jetzt in seinem Kopf festgesetzt, da er den Gesprächen und Erzählungen jener Leute lauschte, denen er in diesen paar Tagen begegnet war: Er würde sich wieder ans Schreiben machen.

»Die Reichen sind anders als wir.« Seit Fitzgerald dies festgestellt hatte, war, mal abgesehen von Hemingways zynischer Ergänzung: »Klar, sie haben das Geld«, niemandem wirklich klar gewesen, wie man das verstehen sollte, obwohl die Informationsmaschinerie tagtäglich eine gewaltige Menge an Material über ihre Welt ausstößt. Nun, die Erklärung würde jetzt er, Riccardo Fusco, zu liefern versuchen, und zwar auf Grundlage der gleichen analytischen Kategorien, die er für *Die Gänse auf dem Markt* ausgearbeitet hatte, nur würde er den Forschungsschwerpunkt von den kleinen, über den lukanischen Apennin verstreuten Gemeinden – wen interessierte denn schon dieses Bauernvolk? – auf die goldene Welt des Jetset verlagern, und zwar ohne das Risiko, ins Blaue hinein zu arbeiten, denn dank der Bekanntschaften, die er gemacht hatte und die zu machen er noch Gelegenheit haben würde, würde er mit Leichtigkeit einen Verleger finden, der seine Studie publizieren, oder einen Fernsehproduzenten, der daraus einen Film machen würde, oder am besten beides.

Klar, alles hing von Graziantonio ab.

Der hatte Riccardo für den Augenblick erst einmal in die Basilikata zurückgeschickt, und zwar nicht nach Potenza.

Sondern nach Ferrandina.

Dort wartete eine Arbeit auf ihn, die nichts mit der Suche nach einem Namen für den Aglianico zu tun hatte, deretwegen Giàcenere ihn ja eigentlich mitgenommen hatte, von der aber letzten Endes kaum die Rede gewesen war.

Natürlich nicht am ersten Abend, als Graziantonio ihn mit einer geradezu anstößigen Begeisterung willkommen geheißen und nichts anderes getan hatte, als ihm ihre gemeinsamen Jahre am Gymnasium ins Gedächtnis zu rufen, vor allem jene berühmte Nacht des Zappa-Konzerts in Rom, während Riccardo, der sie fast völlig vergessen hatte, so tat, als würde er sich immer lebhafter an die Einzelheiten erinnern, die sein Gastgeber zutage förderte. Erst recht nicht sprach man darüber, während die *Tiger of Versailles* in den glasklaren Gewässern von Sardiniens Traumbuchten kreuzte und Graziantonio nicht müde wurde, von den unglaublichen Geschäften zu erzählen, die er im Lauf der Jahre getätigt hatte, von den cleveren Geschäftsleuten, die er »über den Tisch gezogen« hatte, von den berühmten Frauen, die er vernascht hatte, von den tollen Häusern, die er sich hatte bauen lassen, von den berühmten Schneidern, die zur Anprobe in diese tollen Häuser kamen, kurzum, von den verschiedenen wunderbaren Formen, in denen sich sein unermesslicher Reichtum ausdrückte.

Anfangs hatte Riccardo ihm neugierig, wenn nicht gar bewundernd zugehört. Wie könnte man auch angesichts solcher Geschichten gleichgültig bleiben, wenn sie von jemandem wie Graziantonio Dell'Arco erzählt werden, der die Zielscheibe des Spotts des ganzen Gymnasiums gewesen war und auf den niemand eine Lira gewettet hätte. Ein typischer Fall von denkste!

›Vielleicht haben wir ihn falsch eingeschätzt‹, ›Vielleicht hatte er seine Ausdrucksmöglichkeiten noch nicht gefunden‹, ›Vielleicht hat er sich einfach verändert‹, dachte Riccardo Fusco. Kaum hatte er ihn inmitten all dieser Pracht wiedergesehen, war Graziantonio ihm sogar größer vorgekommen, als er ihn in Erinnerung hatte, aber je länger er ihm jetzt zuhörte, desto mehr schien ihm Graziantonio ganz der Alte zu sein.

Der alte *Idiot*.

Wie Riccardo bereits in diesen Tagen feststellte und im Gegensatz zu dem, was man erwarten würde, sind auch die Reichen vom Schlage eines Dell'Arco – also die Selfmademen – in Wirklichkeit nicht intelligenter als die Nichtreichen, ja, sie figurieren in ihrer Kategorie sogar oft als vollkommene Schwachköpfe. Sagen wir, dass ihr Erfolg bestenfalls ihre Fähigkeit bestätigt, *bestimmte* Probleme lösen zu können. Aber ein Talent zu besitzen – und dass der lukanische Tycoon, dieser fabelhafte Reichtumsvermehrer, eines besaß, war unbestreitbar –, impliziert nicht, auch über einen scharfen Blick oder einen aufgeschlossenen Geist zu verfügen. Ebenso können selbst die größten mathematischen oder musikalischen Genies absolute Idioten sein. Dieses Rätsel, und weniger der Neid, war es ja, was Salieri veranlasste, Gott zu fragen, wie Er ausgerechnet einen Dummkopf wie Mozart mit Talent hatte ausstatten können. Und genau dieses Geheimnis würde Riccardo Fusco als Ausgangspunkt für seine neue Untersuchung dienen, auf der er dann sein neues Leben aufzubauen gedachte. Er würde es schaffen, das spürte er.

Zuversicht und Tatkraft waren wieder zurückgekehrt.

Zweiter Auftritt des Aglianico

Für den Augenblick jedoch, und das heißt zwischen einem Bad und dem nächsten und oft auch während eines Bades, im Meer oder im großen Whirlpool auf Deck, musste er Dell'Arco ertragen, und je länger dieser hemmungslos mit seinen Erfolgen prahlte, desto mehr nahm auch Riccardo die gleiche Haltung ein wie Giàcenere und die anderen Hofschranzen und setzte die zerstreute Miene auf, mit der man einen Schlager anhört, den man in- und auswendig kennt, der aber ein gelegentliches Zeichen der Aufmerksamkeit erheischt – ein »Ja, fantastisch!«, ein »Tsss, unglaublich!« oder ein »Wow, sagenhaft!« –, einfach damit der Solist sich nicht ganz *solo* fühlt, was aber, wie Graziantonio bald schon gestehen würde, dennoch der Fall war.

Es geschah in einer dieser Nächte nach der Rückkehr von einer Party. Riccardo wäre gern noch länger geblieben, denn die Unterhaltung mit einer Blondine hatte sich sehr hoffnungsvoll gestaltet – vielleicht hätte auch er die Ekstase einer Bumserei in einer marmorverkleideten Toilette kennengelernt, wie er es so oft im Film gesehen hatte –, aber da war nichts zu machen gewesen. Graziantonio hatte seinen Hofstaat zusammengetrommelt, und jetzt saß, wie es bereits Ritual geworden war, auf dem Deck der Megayacht außer ihm selbst dessen harter Kern, bestehend aus

Riccardo, Giàcenere und Martin, diesem Schwulen aus New York, dem Vertrauten-Sekretär-Faktotum des großen Häuptlings. Graziantonio gehörte zu den Leuten, die mit ihren Freunden bis in die Puppen aufblieben, und das war, nachdem sie ihm schon den ganzen Tag ihr Ohr geliehen hatten, ein weiterer Preis, der zu zahlen war. Dieses Mal jedoch hatte Ravi Shankar, wie sie den indischen Kellner spaßhaft nannten, statt des üblichen Whiskys oder Champagners eine Bordeauxflasche ohne Etikett gebracht, aus der er ihnen, nach dem angemessenen Entkorkungsritual, einen ausgezeichneten Roten einschenkte.

»Wie findest du ihn, Riccà?«, fragte Dell'Arco.

»Ausgezeichnet. Wirklich ausgezeichnet. Dein Aglianico?«, antwortete Fusco und dachte, dass man nun endlich zum Anlass seiner Einbestellung käme, die, wie er inständig hoffte, andere nach sich ziehen würde, damit er den Mann, der sein Leben ändern könnte, auch ja nicht aus den Augen verlor.

»Bravo, erraten. Das ist wirklich mein Wein«, sagte Dell'Arco und fügte mit stolzgeschwellter Brust hinzu: »Ist er nicht fabelhaft? Den hat mir Daniel Onereille kreiiert, ein fantastischer *winemaker*, der auch für Château Latour arbeitet. Ich will, dass er *der Wein* wird, der, von dem man spricht. Deswegen habe ich Giacinto gebeten – das weißt du doch, oder? –, mir ein Etikett zu entwerfen, und dich bitte ich hiermit, einen Namen für ihn zu finden … etwas Besonderes, etwas, was an das alte Lukanien erinnert, an den Mythos, an die Magie, also, damit wir uns recht verstehen: kein faules Zauberzeug à la Eboli … diese Sachen haben sich totgelaufen. Eher so was wie … was weiß ich? Was hältst du von der Magna Graecia? Schließlich haben die Griechen damals den Aglianico importiert, und jetzt exportiere ich ihn, das heißt, ich will was Größeres als Großgriechenland …«

Das war wieder so ein typischer Graziantonio-Scherz – auch in dieser Hinsicht war er der Unglücksmensch von damals geblieben. Trotzdem galt es zu lachen.

Nachdem Riccardo seine Pflicht erfüllt hatte, erklärte er: »Na ja … vielleicht ist das ein bisschen weit hergeholt … und außerdem, die Griechen … Es ist ja nicht so, dass sie mit dem Wein viel hätten anfangen können.«

»Mag sein. Vielleicht könnten wir den guten alten Horaz ins Spiel bringen. Mit dem macht man nie was falsch«, wagte Giàcenere einzuwerfen.

»Das gleiche Problem wie mit den Griechen: liegt zu weit zurück, die Epoche, und außerdem ist er mittelmäßig, önologisch gesprochen«, gab Riccardo zurück, und er hätte es in jedem Fall gesagt, auch wenn sein Freund recht gehabt hätte. Er konnte doch unter keinen Umständen zulassen, dass die entscheidende – für ihn schicksalsentscheidende – Idee von einem anderen kam.

»Nein, Riccardo hat recht«, bestätigte der Tycoon, was diesen erleichtert aufseufzen ließ. »Es braucht etwas … wie soll ich sagen? … etwas Altes, aber nichts Fernes. Irgendetwas Mythisches … nein, etwas Edles, genau! Etwas, was man mit einem lukanischen Wein in Verbindung bringen kann.«

»*Ich hab's*«, sagte Fusco, jetzt aber in dem selbstsicheren Ton eines Menschen, der keinen Widerspruch duldet. »Friedrich II.! Jawohl! Das ist *sein* Wein! Unsere Burgen,

Graziantò, und die Kreuzzüge und der Templerorden, die Ritter und die Damen. Edler geht's nicht ... Außerdem ist das nach *Sakrileg* genau das richtige Timing.«

»Genau. Bravo. *Bravissimo*«, sekundierte ihm Graziantonio, und Riccardo: »Ich sehe schon die Touristenscharen, die unsere Burgen besichtigen. Ja, man muss eine Tour ausarbeiten, die sie direkt zur Verkostung deines Weines führt ...«

»Wie in *Sideways*«, ergänzte Giàcenere.

»Ganz genau.« Das konnte Riccardo ihm durchgehen lassen. »Da hast du genau das richtige Beispiel zitiert, Giacì.«

»*Sideways*? Ist das so was wie *Sakrileg*?«, fragte Dell'Arco.

»Nein, das ist ein kleiner Film – ein Low-Budget-Film«, erwiderten die beiden wenig begüterten Lukanier und dachten unisono: ›Wo kämen wir hin, wenn dieser Typ zwischen seinen Geschäftsreisen, den schicken Restaurants, in denen er ein und aus geht, und den Frauen, die er vögelt, auch noch die Zeit fände, ins Kino zu gehen!‹ – »Und das ist auch richtig so. Sein Leben ist doch bereits ein Film«, dachte Riccardo für sich allein, der von den beiden ja der analytischere Kopf war.

»Ein Film, der von ein paar Freunden erzählt, die eine Tour durch die Weingüter in Kalifornien unternehmen ...«, erklärte Giàcenere, ohne die Sache weiter zu vertiefen.

»Wir müssen es so einrichten, dass möglichst viele Leute zur Weinprobe kommen. Wie ist denn dein Gut? Du hast es doch gehörig auf Vordermann gebracht, oder?«, fragte Riccardo.

»Gehörig? Du wirst sehen, wie toll es ist ... Ich habe

Yama Kokobu damit beauftragt. Du kennst ihn, er ist der beste Architekt auf dem Markt.«

Alles, was Graziantonio Dell'Arco hatte, war »das Beste auf dem Markt«.

»Er hat eine Art Tempel entworfen, aus Holz geschnitzt. Aus japanischem Kirschbaumholz. Ja, ja, das hat mich ein Vermögen gekostet, und Giacinto brütet jetzt über einem seiner *coups …*«

»*… de théâtre*«, kam ihm der andere zu Hilfe.

»Genau, Giacì! Wie die Dinge nun mal stehen, brauche ich einen ganzen Lastwagen voller *coups de théâtre …* Und das gilt auch für dich, Riccardo. Du bist doch immer ein Kreativer gewesen. Jetzt musst du dir mal das Hirn zermartern und dir außer dem Namen ein paar Ideen einfallen lassen, wie man diesen Wein lancieren könnte. Etwas wirklich *Besonderes …*« Und er brach ab, ohne dem noch etwas hinzufügen zu können, und starrte nur noch auf die Szene, die sich ihnen jetzt darbot.

Am Horizont goss der untergehende Mond seinen leuchtenden Schweif übers Meer. Hoch oben am Himmel begannen die Sterne munter zu blinken, und die Müdigkeit machte Platz für jene Art von Zerstreutheit, die während nächtlicher Gespräche mit Freunden früher oder später unweigerlich eintritt. Graziantonio begann, sein Gerede mit der klassischen Färbung des Dialekts zu würzen, der ebenfalls früher oder später in die Unterhaltungen mit Freunden, Landsleuten aus der Provinz zumal, einfließt, wenn sie sich nach Jahren, meistens auf Geschäftsreisen, wiedersehen.

»Ich habe gesagt, zur Markteinführung … braucht man

was *Besonderes*, aber *zu* besonders sollte es auch wieder nicht sein. Ach, übrigens, Giacì, dieses Tigerzeug von diesem Primitivling von einem Australier, das muss weg … Also, ihr *müsst* euch-unbedingt-was-einfallen-lassen, weil damit das klar ist: Ich könnte mich an die *crème de la crème* der Werbebranche wenden, aber für meinen Wein will ich etwas, was aus der Gegend kommt, wo er wächst, oder wie die Franzosen sagen: *du terroir*« – er legte eine selbstgefällige Pause ein und lauschte dem Klang des Wortes nach. Etwas immerhin wusste auch er! – »und ihr, denke ich, seid am besten geeignet, das zu finden«, fuhr er fort. »Ihr müsst mir was Echtes, was *Authentisches* liefern … Darauf lege ich besonderen Wert. Und das iss nicht nur 'ne Frage des Business, das iss 'ne Frage von Stolz auf die Wurzeln … Man muss uns ja nicht immer für die letzten Deppen halten. Die Leute müssen kapieren, dass die Lukanier, wenn sie wollen, sich hinter niemandem zu verstecken brauchen … Von wegen *Super-Toskaner*! Denen müssen wir's zeigen! Und dann will ich mir unbedingt Genugtuung verschaffen. Was würde ich nicht springen lassen, um zum Beispiel einem wie Yarno Cantini eine Lektion zu erteilen.« Allein schon bei der Nennung dieses Namens sträubten sich ihm alle Haare, die aus seinem weit offenen Hemd wie der Pelz eines Braunbären hervorquollen und dieses Kleidungsstück – von einem *cutter* der Firma Turnbull & Asser in der Jermyn Street 71 in London nach seinen Maßen zugeschnitten – so aussehen ließen wie einen Nullacht-fünfzehn-Artikel aus einem Warenhaus, während die Glut der Cohiba zwischen seinen Lippen wie der Krater eines Vulkans glomm.

»Du weißt doch, wer das ist, oder?«, fragte er Riccardo und blies den Rauch über seinen Kopf hinweg.

Riccardo wusste es genau und war auch über die Schmach informiert, die dieser Herr Graziantonio zugefügt hatte – in Potenza hatte man, mehr als anderswo, wochenlang über nichts anderes geredet, und zwar mit diesem besonderen Vergnügen, das die Leute in der Provinz verspüren, wenn sie jene abstürzen sehen, die anderswo ihr Glück, und nicht nur das, gemacht haben –, und genau deswegen antwortete er nun, um seinen Gastgeber nicht in Verlegenheit zu bringen: »Nein, ich glaube nicht.«

»Ein Scheißkerl ist das«, erwiderte Graziantonio. »Ich hatte einen Wortwechsel mit ihm … Und ich hätte ihm bloß die richtige Antwort geben müssen. Ihr könnt euch nicht vorstellen, wie viele mir im Nachhinein eingefallen sind …«

»Der berühmte *esprit d'escalier*«, warf Riccardo ein.

»Wie bitte?«

»Die Antwort, die du im richtigen Moment nicht parat hast und die dir zu Hause auf der Treppe einfällt – daher *l'esprit d'escalier*.«

»Genau, ganz genau. Exakt so war es … Kurzum, der Typ hat mich nicht an seinen Tisch gelassen, und ich bin still und leise und mit eingekniffenem Schwanz davongezogen, ohne ihm etwas zu entgegnen. *Unglaublich*. Aber das könnt ihr mir glauben: Ich hatte bestimmt nicht darum gebeten, mich an diesen Scheißtisch setzen zu dürfen, wie es in den Zeitungen stand … Nicht einmal das! Es war alles die Schuld dieser verluderten Schwuchtel namens Gaspare Staderini Amadei, diesem Scheißmarchese. Er war es, der mich an diesem Abend in die Bredouille gebracht hat. Ich war sehr spät dran, und er: Ach, komm, kein P*w*oblem, sagt er, und ich: Aber mein Tisch?, und er: Abe*w* mach di*w* keine So*w*gen, es sind F*w*eunde da, die dich e*ww*a*w*ten. Und unter den Freunden ist dieses Arschgesicht von Yarno Cantini, der zu mir sagt: Wer kennt dich schon? An meinen Tisch setzen sich nur Leute, denen ich einen Platz anbiete, und dir biete ich keinen an. So eine Blamage! Einen Moment lang habe ich sogar an ein abgekartetes Spiel geglaubt, aber nein, das kann nicht sein. Und jetzt hat man mir dieses Etikett angeklebt. Ich bin der Supertrampel aus dem Süden, und das muss ich unter allen Umständen loswerden, koste es, was es wolle … Ihr, ihr habt ja keine Ahnung, wie viele Kröten ich habe schlucken müssen.«

Kröten, die zu schlucken sind

Kröten vielleicht nicht gerade, aber nach dem, was er auf der Party getrunken hatte, und dem, was er jetzt hinunterkippte, wussten sie beide genau, wie viele Drinks sich Graziantonio genehmigt hatte, und die Anzahl war beträchtlich. So kam es, wie es Menschen passieren kann, die sich in dem Zustand befinden, in dem er sich in diesem Augenblick befand: Er war tatsächlich so stockbesoffen, dass er jetzt, nach tagelanger Selbstbeweihräucherung in Tränen ausbrach. Es kam plötzlich und ohne die geringste Vorwarnung, nachdem er noch geflüstert hatte: »Ja, ja, nicht nur ihr habt mich am Gymnasium verarscht… wegen diesem Scheißnamen.«

›Eigentlich nicht nur deswegen‹, dachten Riccardo und Giàcenere übereinstimmend, aber angesichts seiner niedergeschlagenen Miene hielten sie den Mund, hörten ihm nicht ohne eine gewisse Verlegenheit zu und tippten ihm auf den Arm oder tätschelten ihn – was hätten sie sonst schon tun können? –, während Graziantonio in seiner ganzen Bitterkeit, die niemand hinter der goldenen Existenz eines Millionärs – eines Euromillionärs, wohlgemerkt! – vermutet hätte, jetzt alles herausließ, angefangen bei den traurigen Erinnerungen an die Jahre in Potenza, zwischen der Verachtung seines Vaters und dem Spott seiner Schulkameraden, über seine Erfahrungen als Auswärtsstudierender in Rom bis hin zu seiner ersten Zeit in Mailand.

»Dort war es am Anfang dasselbe Lied. Vielleicht hat man mich nicht so direkt veralbert wie in Rom, das wäre wenig vornehm gewesen. Aber wenn du es am wenigsten erwartet hast, haben sie die Bombe platzen lassen: ›Was willst du denn mit so einem Namen?‹, ›Und trotzdem ist es dir gelungen, dich so perfekt zu integrieren?‹ *Integrieren*, so ein Scheiß! Bin ich vielleicht ein Marokkaner? Nahtlos ging es dann weiter, nicht nur wegen dem Namen, sondern auch wegen meiner Art zu reden. Damit wir uns recht verstehen: Sie haben nicht nur uns aus dem Süden auf dem Kieker! In bestimmten Kreisen schauen sie dich schon schief an, wenn du bloß aus einer Provinz wie, meinetwegen, Venetien kommst. Letztlich ist es mir aber gelungen, mich zu *integrieren*. Sagen wir, ich habe ihnen gehörig das Fell über die Ohren gezogen. Aber offensichtlich reicht das nicht. Als ich nämlich gedacht hätte, endlich nach dem beurteilt zu werden, was ich geleistet habe … Und ich habe doch wohl das Maximum geleistet, oder?«

»Mehr als das Maximum«, »Mehr wäre gar nicht möglich«, bestätigte der Chor.

»… Da kommt also dieser verdammte Hurensohn von Yarno daher, und ich stehe wieder auf null. Wenn wenigstens einer dieser Mistkerle von Journalisten mich verteidigt hätte, nach all dem Stoff, den ich ihnen geliefert habe, diesen Arschlöchern. Die, auf die es ankommt, haben jetzt, nachdem ich Opfer der Lynchjustiz im Fernsehen geworden bin, wieder angefangen, mir die kalte Schulter zu zeigen. Bei jedem Blödsinn, den ich zuvor gemacht habe, haben sie im Chor Gloria gesungen, und Dell'Arco hier und Dell'Arco da, und haben sich darum gerissen, mich in ihren Salon zu kriegen. Jetzt dagegen tun alle nur noch angewidert …«

»Ach, hör auf! Wir sind doch von einer Villa zur anderen gezogen und mit vielen Leuten zusammengekommen«, sagte Riccardo.

»Das war nur die zweite Garnitur«, antwortete Graziantonio entschieden. »Ich garantiere euch, dass die Leute, auf die es wirklich ankommt, mir die Tür vor der Nase zugeknallt haben, mir, stellt euch das vor, dem zwölftreichsten Mann Italiens! Diese Position habe ich mir hart erarbeitet, und bloß wegen diesem beschissenen Arschloch Cantini werde ich nicht darauf verzichten. Was würde ich nicht springen lassen, um diesem Idioten eine Lektion zu erteilen und aller Welt zu beweisen, dass nur der Neid an ihm nagt. Ist euch klar, zu welcher Behauptung sich dieser gottverdammte Snob verstiegen hat: ›Als meine Vorfahren mit den Königen von Frankreich tafelten, mussten sich die seinen die Eicheln noch mit den Schweinen teilen‹?«

»Na ja, könnte ja sein, dass sie tatsächlich an solchen Tischen gespeist haben. Aber mit Händen, an denen Blut klebte! Damals waren die Cantinis das, was heute die Mafiakiller sind. Ein Geschlecht von Heißspornen und brutalen Mördern, und die französischen Könige haben sie für ihre Intrigen eingespannt und ihnen die Dreckarbeit überlassen. Ihre Vergangenheit ist also weniger hochadlig als ›niederträchtig‹.«

»*Wasdunichtsagst!*«, rief Dell'Arco begeistert aus und fügte dann, einschmeichelnd, hinzu: »Jaja, von diesen Dingen verstehst du 'ne Menge. Du bist doch Historiker, oder? Einer von denen, die die ganze Zeit in der Vergangenheit der Leute nach Flöhen suchen.«

Sonderbare Auffassung von der Tätigkeit eines Historikers! Abgesehen davon hatte ihm Riccardo sehr wohl mitgeteilt, dass er Ethnologe war, weswegen er jetzt antwortete: »Das nicht gerade …« Aber da er irgendwie ahnte, worum Graziantonio ihn bitten könnte, setzte er hinzu: »… allerdings hatte ich per Zufall einmal das Vergnügen, die Vergangenheit einiger Familien rekonstruieren zu dürfen« – was zehn Jahre zuvor tatsächlich der Fall gewesen war. Und richtig, sofort fragte Graziantonio: »Und würdest du auch einen Blick in meine Vergangenheit, also in die meiner Familie, werfen?«

Kein Problem, antwortete Riccardo.

»Klar, dass ich dich für deine Mühen bezahle …«

»Ach was, warum solltest du mich bezahlen …«, erwiderte Riccardo und dachte bei sich: ›Mehr als ein Freundschaftspreis muss schon drin sein‹, ›... Ich habe doch gesagt, das es für mich ein Vergnügen ist.‹

»Im Fall meiner Familie besteht die Gefahr, dass es dir wirklich Vergnügen bereitet! Wenn es wahr ist, dass mit dem Blut so manches vererbt wird, dann müssen, nach dem zu urteilen, was mein Vater und ich allein ausgefressen haben, meine Vorfahren genauso niederträchtig gewesen sein wie die Cantinis«, gab ihm Graziantonio lachend zur Antwort.

»Spaß beiseite. Der Name Dell'Arco ...«, erklärte Riccardo, »... könnte tatsächlich auf eine adlige Herkunft hindeuten ... Die Präposition ist für gewöhnlich ein Hinweis auf ...«

»Na, siehst du! Vielleicht springt für mich ein Viertel Adligkeit heraus, aber ich würde mich auch mit hundert Gramm begnügen. Was meinst du, Martin?«, fragte er seinen Sekretär, der entzückt antwortete: »Das wäre großartig! Und mit einer guten Pressekampagne könnten wir ausstreuen, dass du nie über die Sache hast reden wollen, aus Bescheidenheit ...«

»... und selbst wenn sich herausstellen sollte, dass ich Nachkomme eines Duca oder, was weiß ich, eines Marchese bin – was ist höher, Riccà? – , lege ich jedenfalls Wert darauf, ein *Selfmademan* zu bleiben, einer, der sich persönlich abgerackert hat.«

Dann nahm er einen ausgiebigen Zug von seiner Cohiba und schob mit plötzlich finsterer Miene hinterher: »Klar, dass ich trotzdem niemals mit Yarno mithalten kann. Ihr versteht schon, dieser Dreckskerl wohnt in einem Schloss mit vierzehn Türmen! Aber jetzt schauen wir erst mal, was ich auf die Adelswaage bringe, und vielleicht satteln wir dann noch eins drauf… was weiß ich, zum Beispiel eine Abstammung von irgendeinem Zweig von Friedrich II. Vielleicht holen wir gar nichts raus, dann ist es auch gut. Aber probieren kann man's ja mal. Ich werde dann in jedem Fall sagen dürfen, dass ich zwar zu einem Viertel adlig bin, aber um so einen Quatsch kein Trara mache. Riccardo, du wirfst mir jedenfalls mal einen Blick auf Ferrandina. Du erinnerst dich doch, dass ich aus diesem lieblichen Dorf stamme, oder?«, fragte er ironisch, um dann, wieder nachdenklich, folgenden Schluss zu ziehen: »Aber die Sache ist für mich sowieso nur ein Spaß. Es ist schon klar, dass man bei diesem verdammten Kerl ganz andere Geschütze auffahren muss. Denk auch darüber mal nach! Lass dir was einfallen, was ihm eine Lehre sein wird, Riccà.«

Kleine Pension in Ferrandina

Und jetzt befand sich Riccardo also in dieser miesen kleinen Pension in Ferrandina und dachte tatsächlich darüber nach, wie er Graziantonios Problem lösen könnte. Es gab allerdings noch viele andere Gründe dafür, dass er keinen Schlaf fand – Eleonora, seine Frau, etwa. Er hatte sie in Potenza wiedergesehen, wo er vorbeigeschaut hatte, um sich mit sauberen Kleidern einzudecken.

»Du zu Hause? *Na so was!*«, hatte er sarkastisch festgestellt, als er sie in ihrem Arbeitszimmer antraf. »Was ist denn um Gottes willen passiert?«

»Was machst du? Fährst du wieder fort?«, hatte sie ihn gefragt, ohne auf seinen Ton einzugehen, nachdem sie ihm ins Schlafzimmer gefolgt war, wo er seinen Koffer neu packte.

»Genau.«

»Und die Kinder am Meer?«

»Dieses Jahr wird sich deine Mutter um alles kümmern. Sie ist doch so auf Zack, diese Frau! Ich habe leider andere Verpflichtungen. *Arbeit*, meine Liebe« – und damit hatte er sie einfach stehen lassen und ihr die Tür vor der Nase zugeschlagen, ohne auch nur zu verraten, wohin er reiste.

Wie groß war seine Genugtuung gewesen!

Sicher, er hätte sehr gut zwischen Potenza und Ferrandina hin- und herpendeln können, aber er musste sich so lange wie möglich von seiner Frau und dem Rest fernhalten.

Außerdem kam es ihm wirklich gelegen, nach dem Bad in der Schickeria, das er auf Sardinien genommen hatte, ein paar Tage in einem abgeschiedenen Kaff zu verbringen.

Abends in die Pension zurückzukehren, die Piazza zu überqueren und die nach frischem Brot duftenden Serpentinensträßchen zum oberen Teil des Dorfs hochzusteigen, während die Bauern und ihre kleinen Buben ihn anstarrten, als wäre er wer-weiß-was-für eine geheimnisvolle Persönlichkeit, und schließlich unter den Fenstern der Pension anzulangen, wo er, wenn er den Blick hob, die Reihe der enormen schwarzen, zum Trocknen aufgehängten Büstenhalter der verwitweten Besitzerin und ihrer Töchter sah – all das flößte ihm eine seltsame, eine unerklärliche Ruhe ein, als hätte er sich in eine entlegene Einsiedelei zurückgezogen, um über seine Zukunft nachzudenken. Zumindest während des Tages, denn nachts konnte er nur schwer einschlafen. Er musste *unbedingt* eine Möglichkeit finden, wie Yarno kleinzukriegen war, musste sondieren, wo sein Schwachpunkt lag. Dazu hatte ihn Graziantonio aufgefordert. Und das war die einzige Chance, seinem Leben eine Wendung zu geben. Aber wie war dieser Typ zu packen? In Potenza hatte sich Riccardo alles ausgedruckt, was er im Internet über Yarno gefunden hatte, und jetzt verbrachte er ganze Stunden damit, diese Seiten zu studieren und die Fotos zu betrachten, auf denen der Conte, hochgewachsen und schlaksig, aus jeder Pore Eleganz und Charisma und Klasse ausströmte.

Ja, man musste es zugeben: Yarno Cantini del Canto degli Angeli glänzte ohne eigenes Zutun. Wie ein Edelstein. ›Aber auch der härteste Edelstein hat seine Bruchstelle‹, dachte Riccardo in seinen optimistischen Momenten. Dummerweise waren diese Momente so selten, dass er in den Nächten wach lag, eingezwängt zwischen diesen Gedanken und den Spiralen der durchgelegenen Matratze seines gegen eine Tuffsteinwand geschobenen Klappbetts, unter dem schwachen Licht, das durch den grauenhaften rot getüpfelten Lampenschirm seines Zimmers im Edelweiß sickerte. So nämlich hieß das schäbige Etablissement, als stünde es nicht in Ferrandina, sondern in Cortina – und in der Tat hatte genau dort der verstorbene Eigentümer, der Gemahl beziehungsweise Vater der Trägerinnen jener umwerfenden Büstenhalter, der zusammen mit vielen anderen eben durch den berühmten Methangas-Betrug von Graziantonios Vater ins Elend gestürzt war, ein kleines Vermögen zusammensparen können, das es ihm erlaubt hatte, diese Herberge aufzumachen.

Bäume, auf die sich schwer klettern lässt

Riccardo dagegen hatte überhaupt nichts zustande gebracht, seit er vor nunmehr einer Woche im Dorf eingetroffen war, in der festen Überzeugung, sehr rasch eine Idee entwickeln zu können, um Yarno frontal anzugehen, und ebenso zügig Graziantonios Stammbaum rekonstruieren zu können. Doch auch an der zweiten Front scheiterte er. Statt eines Baums hatte er nur einen Zweig gefunden, noch dazu einen spärlich belaubten: Er bestand lediglich aus der Geburtsurkunde des Urgroßvaters, datiert vom 22. Februar 1860, der, wie sollte es anders sein, Michelantonio hieß und seinerseits der Sohn eines Graziantonio Dell'Arco und einer Romilda Isoldi war. Namen ohne jeglichen Titel.

Und dennoch war das Gebäude, in dem die Familie Dell'Arco bis zu ihrer Flucht nach dem Methanbetrug gewohnt hatte, ohne jeden Zweifel ein Patrizierhaus gewesen, wie man aus seiner Stattlichkeit und den Spuren eines offensichtlich später entfernten Adelswappens über dem Portal ersehen konnte.

Tatsächlich ist das Aufspüren der Ursprünge einer Familie eine keineswegs leichte Aufgabe und erfordert Zeit und Geduld. Viel Geduld und viel Zeit, da man in völlig verschlampten Pfarrarchiven herumstöbern muss – allein in Ferrandina standen mindestens fünf Kirchen zur Auswahl –, deren Dokumente, abgesehen von den notariellen Urkunden, oft unübersichtlich oder unzugänglich sind, dennoch die einzigen Quellen darstellen, auf die man sich berufen kann, da die Einrichtung des Einwohnerverzeichnisses weniger als zweihundert Jahre zurückreicht. Und was sind schon zweihundert Jahre im Leben einer Dynastie?

Wenn man also nicht inmitten von Registern voller getrockneter Larven, die sich bestenfalls in den staubigen Schränken oft baufälliger Pfarrkirchen angesammelt haben, alt und grau werden will, muss man schon genau wissen, wo Hand anzulegen ist. Das bedarf einer gewissen Erfahrung, und Riccardo hatte sich bisher nur ein einziges Mal auf ein solches Unternehmen eingelassen. Und auch bei diesem einen Mal hatte er lediglich dem eigentlichen Forscher assistiert, der, streng genommen, eine Forscherin gewesen war, und bei ihrer gemeinsamen Arbeit hatten die beiden etwas ganz anderes entdeckt als die Wurzel einer Dynastie.

Die andere

Angekündigt durch einen Brief des Professors, dessen Assistent Riccardo einmal gewesen war, der dann aber nach Amerika gegangen war und ihn im Stich gelassen hatte, war die fragliche Wissenschaftlerin – niemand anderer als Chatryn Wallitriny, also die Frau, an die Fusco in letzter Zeit immer öfter zurückdachte – an den Gestaden der Basilikata gelandet, um, fünfzig Jahre, nachdem Banfield in einem kleinen lukanischen Dorf seine Theorie über die Stabilität des »amoralischen Familismus« entwickelt hatte, diese auf ihre Stichhaltigkeit zu überprüfen. Am Ende ihres Aufenthalts hatte sie, eben dank Riccardo, die Bestätigung dafür gefunden, dass der einfache Familismus – oder die Bindung an die Familie – in der Gesellschaft nach wie vor gut verankert war.

Als Riccardo, der sie am Bahnhof abholen wollte, ihrer ansichtig wurde, begriff er schlagartig, dass Chatryn die Frau seines Lebens sein könnte, oder wenigstens die *andere* Frau seines Lebens, da er zu jener Zeit schon verheiratet und Vater zweier Töchter war. Doch er hatte sich, nachdem er mit ihr die aufregendste seiner Liebesgeschichten erlebt hatte, für seine Familie entschieden und war, statt mit Chatryn nach Amerika zu gehen, bei Eleonora geblieben. Wie oft er das in der Folge noch bereuen sollte, lässt sich leicht erahnen.

Chatryn war die typische junge amerikanische Intellektuelle, nervös, schlank, mit willensstarkem Kinn, aber dennoch imstande, einen Mann auf den ersten Blick zu verführen, indem sie ihn durch ihre schwarz umrandete Brille hindurch unverschämt fixierte, ihre x-te Lucky Strike anzündete und mit ihrer tiefen Stimme, die ihr einen leicht obszönen Zauber verlieh, merkwürdig gedehnt auf ihn einredete. Mit ihren Kleidern im kunstvollen Gammellook war sie ein Snob, wie er im Buche steht, aber doch bereit, sich angesichts eines gewöhnlichen Sonnenuntergangs oder des unverfälschten Lebens der Bauern zu Begeisterungsstürmen hinreißen zu lassen – nicht umsonst war sie eigens aus Amerika angereist, um dieses Leben zu studieren. Und Riccardo, der damals noch an seiner Studie *Die Gänse auf dem Markt* arbeitete, hatte sich keine großen Ausreden aus den Fingern saugen müssen, um seiner Frau klarzumachen, dass er einen Monat mit seiner neuen amerikanischen Liebe verbringen musste. Einen Monat in Chiaromonte. Den unvergesslichsten in seinem – und vielleicht auch in Chatryns – Leben.

Verbunden durch die Leidenschaft für die Ethnologie und das Leben in der freien Natur, konnten sie, beide »Vedutisten«, stundenlang vor einer Landschaft sitzen, die sie dann »rezensierten«, indem sie sie mit anderen verglichen, die sie gesehen hatten, oder mit derselben am selben Tag, aber zu unterschiedlichen Stunden und mit unterschiedlicher Beleuchtung, natürlich nicht, ohne zuvor bei diesem Anblick gefickt zu haben, denn Sex war die zweite Leidenschaft, die sie miteinander teilten.

Im Grunde taten sie nicht viel mehr, als zu vögeln: tagsüber, wenn Chatryn nicht gerade mit dem Tonbandgerät unterwegs war, um die Tagelöhner und ihre Frauen zu interviewen, und sie zu zweit durch die blühenden Felder streiften. Am späteren Nachmittag, wenn sie nackt durch die Wälder wanderten – Chatryn bezeichnete sich selbst als Nudistin, aber Riccardo fand es stimulierender, in ihr eine einfache Exhibitionistin zu sehen –, bevor sie sich wieder anzogen und bei den Bauern aufkreuzten, deren Häuser, im Gegensatz zu Banfields Zeiten, mit jeder Annehmlichkeit des modernen Lebens ausgestattet waren. Und nachts, in ihrem Nest im alten Pfarrhaus, nachdem sie in der einzigen tristen Dorfschenke Wein – selbstverständlich Aglianico – getrunken und die Stammgäste die Amerikanerin mit Blicken ausgezogen hatten, wobei es allerdings nur wenig auszuziehen gab.

Und es war so süß, am Morgen zu den Klängen der Musicalmelodien von Irving Berlin, Jerome Kern und George und Ira Gershwin aufzuwachen, die Chatryn einer altersschwachen Orgel entlockte, obwohl der Tag kaum dämmerte – aber so war sie eben geschaffen. Und schließlich war sie sehr gut geschaffen, sagte sich Riccardo und bewunderte sie, wenn sie dann nackt ans Bett trat und, nachdem sie ihre Finger so geschickt über das Instrument des Pfarrhauses hatte gleiten lassen, sie jetzt mit der gleichen Geschicklichkeit über das seine gleiten ließ.

Kurzum, es war das Paradies.

Doch die Zeit, die Chatryns Universität ihr für ihre Forschungen eingeräumt hatte, war schnell abgelaufen. Sie aber hatte noch nicht nach Amerika zurückkehren wollen und sich einem zweiten Projekt gewidmet. Ausgestattet mit einem Master in Archivwissenschaften, hatte sie nämlich kurz vor ihrem Rückreisetermin von Andrew Sangallo, dem Leiter des einschlägigen Departments und einem ihrer schüchternen Verehrer, den Auftrag erhalten, vor Ort für einige reiche Italoamerikaner deren Stammbäume aufzustellen.

Bei dieser Gelegenheit kletterte Riccardo, um weiter mit Chatryn zusammen sein zu können, geschickt auf mehr als nur ein paar Stammbäume – tatsächlich war es ein ganzer Wald von Stammbäumen, darunter der einer Familie von New Yorker Magnaten, den di Lontrones, und der des berühmten, aus Muro Lucano stammenden symbolistisch-futuristischen Malers Joseph Stella, des Schöpfers einer unvergesslichen *Brooklyn Bridge*. Aber seit damals waren fast zehn Jahre vergangen, und die wenigen Kenntnisse, die er sich angeeignet hatte, waren fast völlig in Vergessenheit geraten.

Während er nun die Kirchenbücher der Pfarrei durchblätterte, der Staub an seiner dank der großen frühsommerlichen Hitze verschwitzten Haut kleben blieb, die Milben, die von diesen Seiten aufwirbelten, ihn zum Niesen reizten und er nicht zu dem geringsten Ergebnis gelangte, trauerte er Chatryn nach und dachte, dass alles viel einfacher wäre, wenn er sie an seiner Seite hätte. Und je länger er das dachte, desto überzeugter war er, dass das nicht nur für diese Recherchen galt, sondern eigentlich für sein ganzes Leben.

Die Wahrheit war, dass Riccardo, seit Chatryn nach Amerika zurückgekehrt war, nie aufgehört hatte, an sie zu denken, obwohl sie sich nicht einmal mehr geschrieben hatten, und dass er, trotz der Zeit, die inzwischen vergangen war, das Gefühl hatte, ihre Wege würden sich früher oder später noch einmal kreuzen. Vor allem seit die ersten ernsthaften Probleme mit Eleonora aufgetaucht waren, hatte er oft davon fantasiert, ihr in einer Art Kurzschlusshandlung nachzureisen. Aber was würde Chatryn dazu sagen? Wenn ihre Geschichte zu Ende war, dann schließlich deshalb, weil er es so entschieden hatte, und nach so vielen Jahren fällt jede Liebe einmal der Vergessenheit anheim. Jetzt allerdings wünschte sich Riccardo mehr denn je, sie wiederzutreffen, und auch nach dem x-ten Vormittag ergebnisloser Recherchen dachte er wieder daran und beschloss, statt in die Pension zurückzukehren, ein paar

Schritte durch die schöne schattige Allee zu gehen, die zu der am Dorfrand gelegenen Klosterkirche führte.

Dieser Ort würde Chatryn bestimmt gefallen, sagte er sich.

Briganten und Edelleute

Und in diesem Augenblick befand sich Riccardo Fusco dank eines jener seltsamen Scherze, die sich das Schicksal hin und wieder erlaubt – und deren Protagonisten sich ihrer manchmal bewusst sind, manchmal, wie in diesem Falle, aber auch nicht –, auf derselben Straße, die, genau am selben Tag und zur gleichen Stunde, nur einhundertfünfundvierzig Jahre früher, Graziantonio Dell'Arcos Ururgroßvater entlanggegangen war. Und der hieß nicht nur wie sein Nachkomme, der lukanische Tycoon, der ihm auch sehr viel mehr ähnelte als seinem Vater Michelantonio, ja, er war ihm wie aus dem Gesicht geschnitten.

Der ältere Graziantonio befand sich auf dem Rückweg vom Notar, bei dem er soeben unter die Urkunde über den Kauf des schönsten Hauses im Dorf seine Unterschrift gesetzt hatte. Ausgerechnet er, der ein paar Monate zuvor noch der ärmste Schlucker des ganzen Dorfs gewesen war. Er war erfolgreich aus einer großen Unternehmung – nennen wir es so – hervorgegangen, der größten und, zumindest fürs Erste, einträglichsten seines Lebens. Dell'Arcos Ururgroßvater war in der Tat ein Ehrgeizling und sollte sich gewiss nicht mit dem begnügen, was er soeben besiegelt hatte.

Die Angelegenheit hatte ein paar Monate zuvor ihren Anfang genommen, als ihn der Marchese Cosimino Gigli Gaudioso als seinen Mann des – später so übel missbrauchten – Vertrauens nach Potenza geschickt hatte, damit er sich erkundigte, welches seiner verbliebenen Landgüter noch mit einer Hypothek belastet werden konnte. Es war eine erfolglose Reise gewesen.

Gigli Gaudioso war der klassische in Saus und Braus lebende Sprössling und schaffte es, in wenigen Jahren das zu verjubeln, was ganze Generationen bewahrt und über die Jahrhunderte vermehrt hatten. Als Paris-Schwärmer war er im Faubourg Saint-Germain zu Hause, wo er das Leben eines großen Herrn führte und mehr als nur eine der Persönlichkeiten getroffen hatte, die den wunderbaren Romanciers jener Zeit als Vorlage dienten, und jedes Mal war er ein Stückchen ärmer in sein Dorf zurückgekehrt, das letzte Mal gar, wie sein Diener Graziantonio auf seiner Reise nach Potenza hatte feststellen können, als Bedürftiger. Tatsächlich stand Gigli Gaudioso völlig mittellos da. Was eine echte Katastrophe für ihn, seinen Diener, war, der in den wenigen Jahren, in denen er im Dienst des Marchese gestanden hatte, einen gewissen Anschein von Wohlstand hatte genießen können, jetzt aber ins finsterste Elend zurückstürzen würde. ›Ich werde vor Hunger sterben … ach was, von *Mörderhand* werde ich sterben!‹, sagte sich Graziantonio, als er sah, wer ihm, dem Untröstlichen, auf seiner Rückreise aus Potenza den Weg versperrte.

Ein schwarzer Fleck im Schnee.

Bärtige Gesichter, federbewehrte Hüte, finstere Gestalten, eingehüllt in lange, schwarze Capes. Sie erinnerten an diese unheimlichen großen Vögel, die Weibchen der Pfauen, die Gigli Gaudioso in den Zeiten des Überflusses auf seinem Hof gefüttert hatte, tatsächlich jedoch handelte es sich um eine jener üblen Räuberbanden, die die Straßen des Südens und insbesondere die der Basilikata heimsuchten. Ihnen über den Weg zu laufen, hieß, dem Tod zu begegnen. Ganz besonders in Graziantonios Fall, der keine Lira bei sich trug, und auch nicht damit rechnen konnte, dass jemand ihn freikaufte. Ihn würden sie den grausamsten aller Tode sterben lassen. In den Winternächten, wenn draußen schaurig der Wind pfiff, hatte er im Warmen, neben dem Kamin, von den Torturen erzählen hören, denen die Briganten, den schrecklichsten Ungeheuern aus den Märchen gleich, ihre Opfer in solchen Fällen zu unterziehen pflegten. Da Graziantonio nicht nur die Pistolen, sondern auch seinen Dolch versetzt hatte, damit er während der Reise sein Essen bezahlen konnte, versuchte er jetzt, sich das Leben zu nehmen, indem er sich vom galoppierenden Pferd stürzte, kopfüber, so wie er im Sommer in den Bach neben der Mühle gesprungen war. Aber der Schnee dämpfte den Aufprall ab.

Die Briganten lachten noch immer, als sie ihn nach einer qualvollen Reise über die vereisten Berge zu ihrem Chef brachten. Der saß im niedrigen Eingang einer Höhle auf einem Kardinalssessel, den sie wer-weiß-wo hatten mitgehen lassen und in dessen Vergoldung sich in der klaren Abendluft der Widerschein des großen, vor ihm brennenden Lagerfeuers spiegelte.

Er war ein schmächtiges Kerlchen in einer Uniform, die aus einem eng anliegenden schwarzen Gehrock bestand, unter dem, so grau wie seine Haare, ein Frack aus Satin hervorschaute. Der erinnerte an das Gefieder des Vogels, von dem er seinen *nom de guerre* abgeleitet hatte: Turmkrähe. Hauptmann Turmkrähe.

Graziantonio erkannte ihn sofort wieder. Beide Waisen, waren sie als Kinder zusammen bei den Priestern gewesen, als Turmkrähe noch Carmine Serra hieß. Aber keine Sekunde lang dachte Graziantonio, dass ihm das nun das Leben retten könnte. Turmkrähe war nämlich berüchtigt für seine Grausamkeit vor allem jenen gegenüber, die ihn von früher kannten.

Man munkelte, er habe persönlich Hunderte abgestochen, darunter auch Frauen und sogar kleine Kinder, ganz zu schweigen von seinen Komplizen, die er wegen einer Kleinigkeit aus dem Weg räumte, und das alles, ohne jenen engelsgleichen Gesichtsausdruck zu verlieren, der ihn schon als Wickelkind ausgezeichnet hatte. Kurzum, er gehörte zu jenen Typen, die sich in Zeiten der Verwüstung in blutige Schlächter verwandeln und zu jeder Gräueltat fähig sind, obwohl es später schwer zu begreifen ist, wie es angesichts der Normalität ihrer früheren Existenz jemals dazu hatte kommen können. Und Turmkrähe war tatsächlich ein Kind wie viele andere gewesen. Ja, unter den vielen war er sogar am meisten verhätschelt worden, eben wegen seines Engelsgesichts. Das er immer noch hatte, obwohl er sich in der Zwischenzeit in einen brutalen Verbrecher verwandelt hatte.

Er hatte auch noch dieselbe Stimme. Eine geradezu liebliche Stimme, wie Graziantonio bemerkte, sobald Turmkrähe auf ihn zukam und etwas sagte, was ihm das Blut in den Adern gefrieren ließ: »Oho, wen sieht man denn da? Meinen lieben Landsmann …« – auf das gewöhnlich ein »Einen Moment noch, und du bist ein toter Mann!« folgte. So pflegte der Bandit, wie Graziantonio im Dorf hatte erzählen hören, jene Ferrandinesen, die ihm zu begegnen das Pech hatten, anzubrüllen, bevor er ihnen mit seinem großen Messer mit dem grauen Perlmuttgriff die Kehle aufschlitzte.

Dieses Mal jedoch lenkte Turmkrähe seine Wut auf die Männer, die Dell'Arco gefangen genommen hatten, versetzte ihnen Fußtritte und verletzte einige mit seinem kostbaren Perlmuttmesser, das er aus dem farblich genau darauf abgestimmten Kummerbund aus grauem Satin herausgezogen hatte. Dabei schrie er sie an: »Ihr Schurken, nicht einmal vor einem meiner Landsleute habt ihr Respekt!« Dann schloss er ihn, seinen Landsmann, sogar in die Arme und führte ihn, brüderlich untergehakt, in die Höhle hinein, wo ein schäbiges Zelt aufgebaut war, das sich aber im Inneren als so prächtig wie das eines Sultans entpuppte, denn es war mit lauter kostbaren Stoffen und Teppichen ausgekleidet. Dort begann Turmkrähe auf ihn einzureden, wie man mit einem alten, nie vergessenen Freund spricht, sodass Graziantonio – dem zwei Brigantinnen, die noch finsterer aussahen als ihre männlichen Kollegen, alle möglichen Köstlichkeiten kredenzt hatten und die dann ebenso lautlos, wie sie erschienen waren, wieder verschwunden waren – schnell begriff, dass hinter dieser Behandlung eine klare Absicht stecken musste. Was auch tatsächlich der Fall war.

Das freudlose Leben des Briganten

Nachdem Turmkrähe sich erkundigt hatte, ob Graziantonio noch im Dienste von Cosimino Gigli Gaudioso stehe, platzte er tatsächlich mit einem echten Hammer heraus: »Ich würde die Hälfte meines Goldes hergeben, wenn ich nur mit dir zusammen sein könnte …« Dann blickte er ihn an und seufzte.

Graziantonio blieb die Spucke weg.

Da brach Turmkrähe in Gelächter aus und rückte näher an ihn heran, um leiser und im heimatlichen Dialekt mit ihm zu sprechen.

»Ich weiß, mein Wunsch kommt dir komisch vor. Aber glaub mir, nichts wäre mir im Moment lieber.«

Graziantonio starrte ihn weiter an, ohne Worte zu finden. Nun schüttelte der Räuberhauptmann den Kopf. »Ich merke, dass du noch immer nichts kapierst«, sagte er, stand auf und bedeutete ihm, ihm in eine dunkle Ecke des Zelts zu folgen, die er dann mit dem massiven Kerzenleuchter, den er vom Tisch mitgenommen hatte, ausleuchtete.

In der Ecke erhob sich eine kleine Pyramide aus Beuteln, Köfferchen und Satteltaschen. »Mach irgendwas davon auf!«, befahl er Dell'Arco.

Das erstbeste Behältnis war prall mit Geld gefüllt.

»Was meinst du?«, sagte der Schlächter. »Hat dein Marchese jemals so viel Geld besessen?«

»Woher willst du das wissen?«, fragte ihn der andere, bevor er noch richtig nachgedacht hatte.

»Ich hab meine Informanten. Nicht umsonst wird man der berühmteste Brigant im Königreich Neapel… Der muss schon wissen, wen er ausraubt, oder? Aber was zum Teufel mache ich mit dem ganzen Zeug? Du siehst doch, wie ich lebe, oder?«

»Ich habe nicht gerade den Eindruck, dass es dir schlecht geht.«

»Ja, verglichen mit den Zeiten, als wir von der Fürsorge der Priester gelebt haben, hab ich Fortschritte gemacht, das leugne ich nicht… Aber das Brigantenleben ist ziemlich hart. Dich hat es jetzt in dieses neue Lager verschlagen. Hier haben wir höchstens ein paar Monate Ruhe, wenn alles gut geht. Dann müssen wir uns ein anderes suchen. Wir sind im Krieg, mein Freund! Und ich kann keinem trauen, nicht mal meinen eigenen Männern. Den Frauen auch nicht. Wenn man die überhaupt Frauen nennen kann… Hast du gesehen, was für Schreckschrauben das sind? Und wenn ich auch ohne allzu große Mühen ein Vermögen angehäuft hab, ist es grad so, als hätte ich keinen Taler in der Tasche. Ich kann nicht mal mehr irgendein Scheißkaff betreten und mir ein Kilo Makkaroni kaufen! Und bei diesem Leben voller Gefahren, wo man ständig auf der Flucht ist, bleibt oft nicht mal die Zeit, ein Lamm so zu braten, wie sich's gehört.

Ich halt's nicht mehr aus, das darfst du mir glauben. Das ist 'ne Existenz, die iss nix mehr für mich, entweder zu aufregend oder zu eintönig, und dann mitten im Wald, in Dörfern, die zwischen den Bergen eingeklemmt sind. Unter den

Gebirglern gibt es Spitzel der Gendarmen … Aber vor allem gibt es den General Pallavicini … Die Piemontesen haben schon gesiegt. Es iss nur noch 'ne Frage von Monaten oder vielleicht von Tagen, aber unser Schicksal ist bereits besiegelt. Und wenn man bedenkt, dass ich wie ein großer Herr leben könnte … Aber es muss wirklich die göttliche Vorsehung sein, die dich hierher geschickt hat! Dir ist es zu verdanken, Graziantò, wenn ich deinem Padrone jetzt einen Vorschlag machen kann, und wer weiß … Also …« Er hielt inne, um sich am silbernen Ofen seine lange Pfeife anzuzünden, atmete tief ein und sagte dann in eine Rauchwolke hinein: »Gigli Gaudioso geht am Bettelstab. Ich bin steinreich. Wenn er mich in seine Dienste nimmt, sagen wir, als seinen Privatsekretär, und mich nach Paris mitnimmt, dann gebe ich ihm die Hälfte meines Schatzes.«

Jetzt war er also zum entscheidenden Punkt gekommen, und Graziantonio, der sich bewusst war, dass genau davon seine Rettung abhing, hütete sich sehr wohl, ihn nach dem Ersten zu fragen, was ihm einfiel – wie sie nämlich seiner Meinung nach die Straßensperren der Nationalgarde überwinden sollten, die Pallavicini überall errichtet hatte. Als hätte er seine Gedanken gelesen, erklärte Turmkrähe: »Pallavicinis Leute halten bestimmt die Kutschen der Reichen nicht auf, und sollten sie ausgerechnet unsere aufhalten …« Er hatte ein Fahndungsfoto von sich in die Hand genommen. »Wie findest du das? Ich bin doch wirklich gut getroffen – oder?«, sagte er mit seiner schrillen Räuberlache. »Wann hätte man sonst schon ein Foto von mir gemacht, wenn ich nicht in den Untergrund gegangen wäre? Stell dir vor, sie haben es sogar in der Via Toledo, in den Schaufenstern von Bernoud, ausgestellt! Ich wette, eine solche Ehre ist nicht mal deinem Padrone zuteilgeworden. Wie die Dinge liegen, bin ich fast berühmter als König Ferdinand.« Und er lachte erneut los, unterbrach sich dann aber, riss sich mit einer Hand die langen Haare nach hinten und deckte mit dem Bild in der anderen den Bart ab. In seinen himmelblauen Augen glänzte der Widerschein des Kerzenlichts, und plötzlich sah er wieder aus wie der fromme Priesterzögling von ehedem. Tatsächlich setzte er lachend hinzu: »Dabei reicht es, wenn ich mir das Fell ein bisschen schabe, und schon erkennt mich keiner mehr … Und weil ich lesen und schreiben kann, wer käme da je auf die Idee, dass ich Turmkrähe bin, der Brigant?« Er nahm noch einen Zug von seiner Pfeife und schob hinterher: »Ach! Wenn du mir hilfst, gibt's für dich natürlich auch eine Belohnung … Obwohl ich glaube, dass es schon eine große Belohnung ist, dass ich dich nicht kaltgemacht habe – was?«

Eine Gelegenheit, die man beim Schopfe packen muss

Wie hätte Graziantonio ihm widersprechen können? Als er aber am nächsten Morgen wieder auf dem Weg nach Hause war, schwirrten ihm bereits ganz andere Gedanken durch den Kopf.

Wenn sich Gigli Gaudioso auf den Deal einlassen würde – und es bestand kein Zweifel, dass er das tun würde, denn er steckte viel zu tief im Elend, um ihn abzulehnen –, würde das Leben dieser beiden Schurken einen neuen Aufschwung nehmen.

Gigli Gaudioso, der ihn, Graziantonio, immer schlimmer als ein Tier behandelt hatte, würde wieder ein reicher Mann sein, und Turmkrähe, der ihn, wenn er nicht einen guten Grund gehabt hätte, zweifellos abgestochen hätte, würde in Paris ein Herrenleben führen. Und das hätten sie alles ihm zu verdanken, während er selbst, Graziantonio, der arme Schlucker von eh und je bleiben würde, obwohl die Chance, seinem Leben eine Wendung zu geben, gerade in greifbare Nähe gerückt war. Jetzt musste er sein Gehirn anstrengen. Immer hatte er damit angegeben, dass er Köpfchen hatte, und nun war wirklich der Augenblick gekommen, den Beweis anzutreten.

Nach Ferrandina zurückgekehrt, hatte er keine Mühe, seinen Padrone davon zu überzeugen, das Geschäft abzuschließen, und kaum einen Tag später war er erneut unterwegs zum Räuberhauptquartier, um die Sache in allen Einzelheiten auszutüfteln. Turmkrähe würde sie am 21. März, also in genau einer Woche, in dem verlassenen Gutshof der Spina treffen, sein Geld im Gepäck, frisch hergerichtet und in der für einen Sekretär passenden Kleidung, die Gigli Gaudioso ihm schicken würde. Von dort würden sie dann gemeinsam nach Paris aufbrechen.

»Am Abend des 20. komme ich zu dir auf den Hof, um nachzusehen, ob alles so läuft wie vereinbart.«

»Einverstanden … He, bist du auch sicher, dass dein Padrone sich keinen Scherz mit mir erlaubt?«

»Gigli Gaudioso? Weißt du denn nicht mehr, wie blöd der ist?«

›Der schon‹, dachte Graziantonio für sich, auch wenn er gar nicht genau wusste, was er tun sollte. Natürlich wäre es das Einfachste, in dem verlassenen Gutshof der Spina Stellung zu beziehen und Turmkrähe, sobald er in Sicht war, mit Hilfe eines Gewehrs zu durchsieben, um ihm dann, ohne ihm zu nahe zu kommen, als wäre er eine Schlange, mit einem Stock das Geld abzunehmen. Das aber war leichter gesagt als getan. Graziantonio hätte niemals den Mut aufgebracht, einem solchen Schurken entgegenzutreten. Allein schon der Gedanke jagte ihm Angst ein. Was dann?

Dann blieb ihm gar nichts anderes übrig, als Hauptmann Turmkrähe und Gigli Gaudioso als dessen *manutengolo* – so nannte man damals einen Helfershelfer – bei General Pallavicini anzuzeigen. Aber was hätte er, Graziantonio, damit gewonnen? Genau das Kopfgeld in Höhe von dreitausend Lire, das auf den ehemaligen-Waisenknaben-und-heutigen-Verbrecher Turmkrähe ausgesetzt war. Sicher kein zu verachtender Betrag, aber verglichen mit dem, was auf dem Spiel stand? Alle diese vollen Beutel! Sie könnten alle ihm gehören. *Alle* ihm. Tja, aber wie? Er war schon drauf und dran, das Handtuch zu werfen und sich in einen einfachen *infame* zu verwandeln – wie auch heute noch in kriminellen und subversiven Kreisen ein Denunziant genannt wird –, als ihm der Kerl einfiel, den er bei der Renda, der Dorfhure, getroffen hatte.

Ein schwarzes Schaf

Ein Offizier des savoyardischen Heers. Hochgewachsen, blond, mit blauen Augen, genau wie nach den Vorstellungen der Süditaliener alle Piemontesen auszusehen hatten.

In Wirklichkeit war er nicht einmal Piemontese. Er war Toskaner. Und er hatte ihn genauso behandelt, wie ein Adliger einen Knecht behandeln kann, und zwar nur, weil er, Graziantonio, ein paar Sekunden früher als er in einem Puff eingetroffen war, wo er beabsichtigte, seinen Schwanz in die Möse der einzigen im Umkreis vieler Meilen verfügbaren Hure zu stecken. Allerdings hatte Graziantonios liebenswürdiges Verhalten und sein respektvoller Rückzug den toskanischen Adligen dazu bewogen, sein Gebaren zu ändern. Zwischen den beiden hatte sich sogar so etwas wie eine »kameradschaftliche Männerbeziehung« entwickelt, die sie in der Folge dazu veranlasste, sich zuerst in mehreren Phasen die Gunst der ländlichen Dirne zu teilen und dann in der finsteren Spelunke gleich neben dem nicht weniger finsteren Hurenhaus gemeinsam das Abendessen einzunehmen.

Hier hatte Graziantonio zwischen einem Glas und dem nächsten – und in diesem Zusammenhang darf man wohl ins Detail gehen und festhalten, dass es sich um Aglianico handelte – einige Besonderheiten aus dem Leben des Adligen erfahren, der ein Conte, also ein Graf, war und als das schwarze Schaf seiner Familie galt, weil er mit nur sechsundzwanzig Jahren bei Spiel und Weibern bereits einen beträchtlichen Teil des Familienvermögens durchgebracht hatte und deshalb von seinem Vater dazu verdonnert worden war, sich zur Wiedererlangung seiner Ehre freiwillig zum Heer des im Entstehen begriffenen Italien zu melden. Hier hatte er aber, wie man sieht, nicht nur zu den Weibern, sondern auch zum Spieltisch zurückgefunden und so viele neue Schulden angehäuft, dass zu ihrer Tilgung der

Rest seines Vermögens draufgegangen wäre. Dieser Mann war genau der Richtige! Er könnte für die Lösung sorgen. Und so fragte Graziantonio bei der erstbesten Straßensperre der Nationalgarde die Soldaten nach ihm und bat, mit ihm sprechen zu dürfen.

Der Conte erkannte ihn sofort wieder, und während er vor seinen Leuten noch recht förmlich auftrat, behandelte er ihn, sobald sie allein waren, so, wie man einen Komplizen eben behandelt. Und genau wie an einen Komplizen wandte sich Graziantonio jetzt auch an ihn und kam gleich zur Sache: »Wie sieht's aus? Steckt Ihr immer noch bis zur Halskrause in Schulden?«

»Schlimmer denn je, mein Freund.«

»Gut, dann hört mir zu! Es gibt 'ne Gelegenheit, sie ein für alle Mal loszuwerden.« Irgendwie würde sie sich schon ergeben, diese Gelegenheit. Und dann erzählte er ihm die Geschichte.

»Gewiss, was du da sagst, klingt interessant … Aber was soll ich dabei tun?«

»Eure Pflicht als Offizier! Bis zu 'nem gewissen Punkt, zumindest.«

»Und das wäre?«

»Was tut ein Offizier angesichts einer Kutsche, in der ein grässlicher Verbrecher und sein gefährlicher Komplize sitzen? Er heißt sie auszusteigen und befiehlt seinen Leuten ohne viel Federlesens, bei der geringsten verdächtigen Bewegung auf sie zu schießen. Bis hierher alles klar? Dann unterschreibt er die Papiere, die es dem treuen Untertan des Königreichs Italien, also meiner Wenigkeit, ermöglichen, in derselben Kutsche weiterzureisen, aber erst, nachdem er seiner Pflicht Genüge getan und die gefährlichen Verbrecher angezeigt und das verdiente Kopfgeld kassiert hat. Daraufhin gestattet ihm der Herr Offizier, unbelästigt dorthin zurückzukehren, von wo er kommt, und zwar mit demselben Fahrzeug, das, gut versteckt und ohne jegliches Wissen der Truppe, die Taschen mit jenem Schatz enthält, den er dann mit dem adligen Offizier, dem Ausführenden der brillanten Polizeiaktion, teilt, und zwar an einem ruhigeren Ort, fern von indiskreten Blicken.«

»Ein perfekter Plan, mein Freund!«, sagte der Offizier und schlug Graziantonio kräftig auf die Schulter. Dann fügte er zufrieden hinzu: »Und wo soll dieser ruhige Ort sein?«

Der ruhige Ort befand sich in unmittelbarer Nähe des Lagers der Briganten – warum das, was in einer einzigen Hand bleiben konnte, durch zwei teilen? –, die sich freuten, an dem adligen Offizier aus der Toskana, der ihnen ahnungslos in die Arme gelaufen war, ihre ganze Wut darüber austoben zu können, dass sie ihrerseits von Hauptmann Turmkrähe um die Früchte ihrer Raubüberfälle betrogen worden waren. Sie zwangen ihn zuerst, seine eigenen Ohren aufzuessen, und hieben ihm dann den Kopf ab, den sie zu guter Letzt auf einen Pfahl aufspießten.

Das gute Gedächtnis des Windes

Bestimmt habt ihr das wunderschöne Bild von Renoir vor Augen, auf dem er mit seiner unglaublichen Fähigkeit, die Reflexe des im Laub spielenden Sonnenlichts einzufangen, eine *demoiselle* gemalt hat, die zwischen den Bäumen einer Allee lustwandelt. Gut, dann ersetzt die junge, für den Spaziergang sorgfältig gekleidete Frau durch einen jungen Kerl – untersetzt und bei Gott alles andere als elegant –, und ihr bekommt eine genaue Vorstellung von der Heiterkeit, mit welcher der Ururgroßvater und Namensvetter von Graziantonio Dell'Arco ein paar Monate nach dem oben geschilderten Abenteuer eine Allee entlangging und unter einer Eiche stehen blieb, um über das Schicksal nachzusinnen, das es ihm, einem armen, in dem jetzt im Hintergrund sichtbaren Klosterkirchlein ausgesetzten Findelkind, gestattet hatte, ein derart reicher Mann zu werden, dass er soeben das eleganteste Gebäude des Dorfes hatte erwerben können.

Es war dieselbe Allee und dieselbe große Eiche, unter der jetzt, genau am selben Tag und zur gleichen Stunde, nur einhundertfünfundvierzig Jahre später, Riccardo Fusco stehen geblieben war. Nach vergeblichen genealogischen Recherchen befand er sich auf dem Heimweg zur Pension Edelweiß, als plötzlich eine Bö durch die Blätter des Baumes fuhr und in seinem Gehirn etwas in Bewegung setzte, was vielleicht wie das Echo dessen widerhallte, was der gleichnamige Vorfahr Graziantonio Dell'Arcos genau an jener Stelle einhundertfünfundvierzig Jahre zuvor gedacht hatte. »Dahin musst du gehen«, sagte er sich mit Blick auf die Klostermauern am Ende der Allee, während ihm ein Windhauch über das Gesicht strich wie eine sanfte Brise, die auf offener See einen Sturm ankündigt.

Alles nur eine eitle Einbildung? Oder stimmte, was die Romantiker glaubten, dass nämlich alles, was einmal war, weiterbesteht und dass wir damit in Kontakt treten können – vielleicht durch einen sanften Zephir, der durch die Blätter einer jahrhundertealten Eiche säuselt – und so unbewusst zu jener Erkenntnis gelangen, die unsere Handlungen bestimmt?

Tatsache ist, dass Riccardo Fusco, nachdem er aus dem unruhigen Nachmittagsschlaf erwacht war, zu dem er sich in seinem Kabäuschen hingelegt hatte, dem folgte, was wir gemeinhin als »einfache Intuition« bezeichnen, und, statt zur Mutterkirche der Madonna del Consiglio zurückzukehren, seine Schritte in ebenjene Richtung des Klosters lenkte.

Dort zog er aus dem ersten Regal, vor dem er stand, aufs Geratewohl eines der vielen hundert Register heraus, und als er es öffnete, hielt er die Geburtsurkunde von Graziantonio Dell'Arco in Händen, auf der in Schnörkelschrift zu lesen stand:

Dell'Arco Graziantonio, Sohn von NN, ausgesetzt und aufgefunden zu Ferrandina, unter dem Bogen dieser Kirche, von den beiden Gemeindemitgliedern Zerla Antonio und Geranio Grazia. Aus diesem Grunde wurde ihm der Name Dell'Arco Graziantonio verliehen.
Den 21. Dezember 1830.

In exakt derselben Sekunde saß Yarno Cantini del Canto degli Angeli schlaff auf seinem Lieblingssessel in dem imposanten Schloss seiner Ahnen im Chianti-Gebiet, zwischen dem Bösendorfer Imperial – Musikenthusiasten als »Rolls-Royce unter den Konzertflügeln« bekannt – und der Terrassentür, die einen Mandelbaum und eine aus dem achtzehnten Jahrhundert stammende Diana aus Alabaster einrahmte, und während ihn von draußen durch ein zum Garten schauendes Fenster eine Gruppe neugieriger Touristen beäugte, fragte er sich, warum er Graziantonio Dell'Arco eigentlich so sehr hasste.

Vielleicht hasste er ihn, weil das Leder des Sessels, auf dem sein adliger Hintern ruhte, eher zerschlissen als antik war, und weil der Bösendorfer zweifellos »Imperial« war, aber mit seinem mäusedreckübersäten Deckel und dieser Tastatur, die dank der vielen Lücken an das Gebiss eines Heroinabhängigen erinnerte, in keiner der vielen Residenzen, über die Graziantonio verfügte, einen Platz gefunden hätte? Vielleicht verspürte er diese tiefe Aversion, weil er, Yarno, der Conte, seine Schulden in den Griff bekommen musste und daher gezwungen war, sein Schloss ganzen Horden von Touristen zu öffnen, wie in diesem Moment, oder es, was am folgenden Morgen der Fall sein würde, für entsetzliche Proletenhochzeiten zu vermieten, während dieser Dell'Arco in seinen vielen Domizilen nur die Leute beherbergte, die ihm wirklich behagten – darunter Dutzende außergewöhnlicher Frauen von Titelbildqualität. Vielleicht hasste er Dell'Arco Graziantonio auch, weil der ebendiesen Frauen die unvorstellbarsten Geschenke machen konnte, nachdem er sie in die besten Restaurants ausgeführt hatte, wohin er sie mit einer Luxuskarosse aus seinem Fuhrpark hatte kutschieren lassen, und das Verstreichen jener köstlichen Stunden von seinen diversen Chronografen, reinen Sammlerstücken, messen ließ, während er, Yarno, sich mit dem altertümlichen Bentley der Familie begnügen musste, einer Art Bestattungswagen, in dem es jämmerlich zog. Außerdem war er, um den Schein zu wahren, genötigt, sich wie ein Dandy zu gebärden, obwohl er sich wirklich nur abgetragene Kleider leisten konnte, nicht etwa solche, wie sie Lord Brummell *ad hoc* von seinem Stallknecht hatte ruinieren lassen – aber was für einen Geschmack der hatte, dieser Brummell! –, und er konnte überhaupt nur dann an einem anständigen Ort essen, wenn er eingeladen wurde. Und bei alledem musste er obendrein noch Begeisterung für die schimmligen Bücher heucheln, die er nicht einmal mit spitzen Fingern angefasst hätte, wenn die Schlossbibliothek sie nicht gratis ausspucken würde, oder für die alten abgetretenen kaukasischen Teppiche, die ihm nach der Rückkehr von seinen Abenteuerreisen niemand hatte abkaufen wollen – obwohl sie sich gut verkauft hatten, als er noch jung war –, denn statt der Trekkingreisen nach Nepal oder den einsamen Ozeanüberquerungen, zu denen er sich jetzt gezwungen hatte, um *cool* zu sein, hätte auch er es vorgezogen, seine Traumziele im Privatflugzeug oder an Bord einer großen, mit jedem Komfort ausgestatteten Yacht zu erreichen, wie Graziantonio Dell'Arco es tat.

Aber bei genauerem Nachdenken hätte er, wenn dies

wirklich seine Motive gewesen wären, den größten Teil der Leute, mit denen er zu tun hatte, hassen müssen, denn Yarno Cantini del Canto degli Angeli war der lebende Beweis dafür, dass man mit der Creme der Gesellschaft Umgang pflegen und dennoch ein großer, ein authentischer, ein unvergleichlicher armer Schlucker sein konnte, denn neben der imposanten Festung hatte er einen ebenso imposanten Schuldenberg geerbt, den er nur dank des Unternehmens, das er mit seinem Wein aufgezogen hatte, mühsam abtragen konnte. Und auch die in der Presse so hochgejubelte Nachricht, dass Dell'Arco es sich in den Kopf gesetzt hatte, jetzt ebenfalls unter die Weinproduzenten zu gehen – eine Nachricht, die Yarno als eine derartige Bedrohung seiner einzigen Einkommensquelle empfunden hatte, dass es dann bei dem berühmten Diner zu seinem Ausraster gekommen war –, hätte sie je den Hass erklären können, den er dem lukanischen Tycoon gegenüber hegte? Waren Herstellung und Vertrieb von Wein nicht die neueste, unwiderstehliche Marotte der Superreichen, zu denen wirklich viele von Yarnos Freunden zählten?

Die Wühlarbeit der Zeit

Nein, es gab einen anderen Grund. Einen tieferen. Einen Grund, der in Yarnos DNA eingebrannt war, ihm aber für immer unbekannt bleiben würde.

Der toskanische Graf, für dessen grauenhaften Tod Graziantonio Dell'Arcos Ururgroßvater gesorgt hatte, war niemand anderer als sein Ururgroßvater gewesen, dessen

Schicksal Yarno als Kind zutiefst berührt hatte, wenn er stundenlang auf dem kleinen Familienfriedhof das schöne, in den blassen Marmor gehauene Gesicht betrachtete, das seinem eigenen wie ein Ei dem anderen glich, und unter den sich im Wind wiegenden Zypressen immer wieder die in den Stein eingemeißelte Inschrift las, die seinen Ururgroßvater verherrlichte:

HEROISCH IN DER BLÜTE SEINER JAHRE GEFALLEN
VON DER NIEDERTRÄCHTIGEN HAND
DER BRIGANTEN,
DIE IHN SO GRAUSAM FOLTERTEN,
DASS SEINE STERBLICHEN ÜBERRESTE
SELBST FÜR SEINE GELIEBTE FRAU ELISA
UNKENNTLICH WAREN,
WÄHREND ER ALS RUHMREICHER RETTER
DES VATERLANDES VERSUCHTE,
IN DIE TRAURIGE VORHÖLLE SÜDITALIENS
ORDNUNG ZU BRINGEN

Ein Ururgroßvater, der nicht nur im Kreise seiner Familie als Held galt, wie die Piazza bezeugt, die der Rat des nahe gelegenen Weilers nach ihm benannt hat. Gewiss hat nie jemand erfahren, wie die Dinge tatsächlich abgelaufen waren. Aber auch wenn es jemand gewusst hätte, was hätte das geändert?

Wahrscheinlich nichts, wenn sogar ein Schlächter wie Napoleon – allem zum Trotz, was Tolstoj über ihn geschrieben hat – als Verteidiger der Freiheit in die Geschichte eingegangen ist und selbst Hitler bei der Planung seiner Massaker mit einkalkuliert hat, dass die Zeit alles in Legende verwandelt. Alexander der Große, Cäsar, Dschingis Khan – gibt es jemanden, der sich noch an ihre Gemetzel erinnert? Geblieben ist nur der Ruhm, mit dem sie sich bedeckten, während sie mit ihren Armeen die Welt verwüsteten. Und so funktioniert es schon seit den ältesten und beliebtesten und bekanntesten Mythen.

Alle kennen zum Beispiel die zwölf Arbeiten des Herkules. Doch viele erinnern sich, dass er zu ihnen gezwungen wurde, um für die schlimme Schuld eines jener Verbrechen zu büßen, die so entsetzlich sind, dass wir, wenn wir in irgendeiner Nachrichtensendung davon hörten, den Urheber nur als Unmenschen verurteilen könnten. Derselbe, den das kollektive Gedächtnis als »Halbgott« überliefert hat, hatte in einem Wutanfall seine Gemahlin und seine Kinderschar umgebracht – aber kann man in einer einzigen Zeile das ganze Grauen dieser Szene heraufbeschwören? Die Kinder, die zusehen, wie der Vater Megara, ihre Mutter, tötet, und schreckensstarr abwarten, bis sie selbst an die Reihe kommen – hat er sie mit Fußtritten und Faustschlägen erledigt, oder hat er sie erdrosselt, wie er es schließlich mit dem Nemeischen Löwen tun sollte, oder enthauptet wie die Hydra? Oder war es Megara, die, am Boden zerstört, auf ihr Ende wartete, nachdem sie dem Blutbad unter ihren Kindern beigewohnt und es verzweifelt zu verhindern versucht hatte? Und wird der Sohn des Zeus seinen Kleinen den zarten Hals gebrochen oder sie gegen eine Säule geschleudert oder wie die Schlange der Hera zerdrückt oder in die Luft gehoben und erwürgt haben, wie er es mit Antäus gemacht hatte? Aber schon diese dem Mythos entnommenen Beispiele mildern das Grauen ab.

Und spricht man nicht selbst von den Briganten wie von edlen, großherzigen Robin Hoods, während doch die meisten nichts anderes waren als Kriminelle, die von Reichen und Armen, von Bürgern und Bauern gleichermaßen nahmen und mit der gleichen brutalen Unparteilichkeit frischfröhlich jeden abschlachteten, der ihnen über den Weg lief? In dieser Hinsicht waren sie äußerst demokratisch.

Und obwohl das Gedächtnis der Menschen nun einmal so ist und den Zufall schalten und walten lässt, glauben wir immer noch an die Geschichte. Aber was könnten wir auch sonst tun? Außerdem hätte Yarno, selbst wenn er im Besitz der Wahrheit gewesen wäre, Graziantonio nicht mehr hassen können, als er es ohnehin schon tat.

Yarno würde nie erfahren, unter welchen Umständen sein Ururgroßvater gestorben war. In gleicher Weise sollte auch Graziantonio besser nicht erfahren, wie der Lebensweg seines Ururgroßvaters begonnen hatte. Das zumindest beschloss Riccardo Fusco, sobald er es herausgefunden hatte. Möglicherweise hätte sich Graziantonio zu einem anderen Zeitpunkt lediglich einen Spaß daraus gemacht: »Ich hatte doch gesagt, dass ich nur von irgendeinem primitiven Hurensohn abstammen kann.« Jetzt aber, da die Kampagne gegen ihn so weit gediehen war, dass ihn just in diesen Tagen eine der auflagenstärksten Zeitschriften als »Fürsten der Neotrampel« bezeichnet hatte, war es wohl nicht ratsam, ihn darüber in Kenntnis zu setzen. Deshalb beschränkte sich Riccardo, als er wieder in Mailand war, darauf, Graziantonio mitzuteilen, dass von seiner Familie gewiss ein adliger Zweig existierte, dass ihm aber, um das zu verifizieren, noch ein paar Puzzleteilchen fehlten.

Dell'Arco hörte ihm kommentarlos, fast angeödet zu. Es war das erste Mal, dass er wirklich deprimiert wirkte. Er machte eine fragende Geste in Richtung Giàcenere und Martin, doch die zuckten ebenfalls nur die Schultern. Offensichtlich gelang es dem »Fürsten der Neotrampel« nicht, sich von dieser jüngst erfolgten »Investitur« zu erholen, die leider viel realer war und schwerer wog als jene, die Riccardo ihm in Aussicht gestellt hatte.

Um ihn aufzumuntern und auf diese Weise sein bereits im freien Fall befindliches Ansehen zu heben, versuchte Fusco, Graziantonios Neugierde dadurch zu wecken, dass er ihm die Fotokopien der Urkunden seiner jüngeren Vorfahren zeigte und alles andere, was er über ihr Leben hatte finden können. Aber es half alles nichts.

Graziantonio hörte ihm geistesabwesend zu, ohne auch nur mit der Wimper zu zucken. Bis Riccardo schließlich, um ein Gespräch abzubrechen, das an diesem Punkt jeden Sinn verloren zu haben schien, mit folgendem Satz herausplatzte: »Bestimmt hätten wir etwas Substanzielleres erreicht, wenn an meiner Stelle ein wirklicher Experte die Sache in die Hand genommen hätte … was weiß ich, meine Freundin Chatryn Wallitriny zum Beispiel.«

Kaum hatte er diesen Namen ausgesprochen, da hellte sich Graziantonios Gesicht auf. Ungläubig staunend fragte er: »Was? Wie bitte? Du willst ein Freund von Chatryn Wally Triny sein … *der* von den Weinen?«

Riccardo schaute ihn unschlüssig an und antwortete dann achselzuckend: »Weine? Na ja, wir haben schon so manche Flasche miteinander geleert … Aber eigentlich kenne ich sie als Ethnologin.«

»Das hat sie davor gemacht«, warf Martin ein.

»Dann ist sie das wirklich, verdammt noch mal! Und du hast mit ihr gebechert?«

»Wenn du's genau wissen willst: nicht *nur* gebechert.«

»Willst du damit sagen, dass ihr etwas miteinander hattet?«

»Das kann man so sagen, ja. Auch wenn ich zu dem Zeitpunkt schon verheiratet war.«

»Und wie seid ihr auseinandergegangen?«, drängte Graziantonio ihn ungeduldig.

»Na ja. Ich hatte ihr nie was versprochen, und sie ist mir sehr gewogen geblieben.«

»›Gewogen‹, sagt er! Ist doch klasse, dieser Fusco!«, jauchzte Dell'Arco. Und gleich darauf: »Also, Riccà, du weißt das offenbar nicht, aber wir sprechen von der einflussreichsten Kritikerin des *Wine Spectacle* – das ist *die* Bibel der Trinkkultur –, und du hast mir gerade mitgeteilt, dass sie dir sehr gewogen ist … Habe ich das richtig verstanden?«

»Ja … Chatryn ist mir sehr gewogen«, bekräftigte er achselzuckend.

Graziantonio sprang auf, nahm ihn in die Arme und sagte: »Riccà, wenn du sie überredest, mich in ihrer Rangliste vor diesem Scheißkerl von Yarno zu platzieren … Wenn du es schaffst, mir diesen Gefallen zu tun, Riccà, dann überschütte ich dich mit Gold.« Mit einem Blick in die Runde bezog er Giàcenere und Martin ein und fügte hinzu: »Könnt ihr euch das vorstellen? Ein soeben kreierter Wein, der es auf Anhieb unter die *Top 100* des *Wine Spectacle* schafft, der die italienischen Spitzenweine aussticht, der den Wein dieses Arschlochs übertrumpft … Das wäre ein enormer Imagegewinn! Riccà, lass sie kommen, oder fahr du zu ihr, sieh selbst zu, wie auch immer – kein Problem. Sag mir nur, was du brauchst, und ich bezahle alles. Wichtig ist, dass du mir diese Genugtuung verschaffst, und du kannst mich um alles bitten. Ich sagte: *um alles*, Riccà.« Dann befahl er Ravi Shankar, zur Feier des Tages Champagner zu entkorken, und während er darauf wartete, zündete er sich eine Cohiba an und sog mit größter Wollust daran.

Da war sie endlich, seine Rache.

Graziantonio Dell'Arco würde Yarno Cantini del Canto degli Angeli auf dem Gebiet schlagen, das ihm das liebste auf der Welt war.

Und das war sein Wein.

Teil III

Eine alleinstehende Frau

Chatryn Wally Triny war das, was man gemeinhin eine alleinstehende Frau nennt.

Warum ausgerechnet eine Frau wie sie, die etliche Männer gehabt hatte und ebenso viele hätte haben können, nunmehr so allein lebte, lässt sich leicht erklären. Sie war zu oft entflammt und zu oft erloschen, um sich noch der Illusion hinzugeben, irgendwann den Richtigen zu finden. Mit ihren neununddreißig Jahren war sie völlig angewidert von den Annäherungsritualen – den ersten Gesprächen, dem ersten gemeinsamen Abendessen, dem ersten Sex mit den wechselseitigen Bekenntnissen über die Fügungen des Lebens – und hätte sich auch mit einem Leben in Einsamkeit abgefunden, hätte sie nicht einen einzigen, unbezwingbaren Wunsch verspürt: Sie wollte ein Kind.

Dass ausgerechnet eine Frau wie sie in letzter Zeit an nichts anderes mehr denken konnte, was so weit ging, dass ihr Leben unaufhaltsam auf die Untiefen der Depression zusteuerte, das ist sicherlich schon ein bisschen schwieriger zu erklären.

Denn wenn es eine Frau gab, die für die fixen Ideen ihres Geschlechts vollkommen unempfänglich war, dann war es Chatryn, was sie allerdings nicht daran hinderte, der Inbegriff der Weiblichkeit zu sein, wie sich diejenigen noch gut erinnern konnten, die etwa das Glück gehabt hatten, ihr am College zu begegnen. Chatryn war nämlich genau jener Typ Frau, der dazu geboren scheint, seine Altersgenossen im süßsauren Saft des ersten Liebeskummers schmoren zu lassen. Wir alle haben so einen Typen gekannt, im Allgemeinen spröde, bezaubernde Mädchen mit schwarzem Rollkragenpullover, wunderschönen Augen und einem tiefen, aber kalten Blick, Mädchen, die erwachsener wirkten, als sie tatsächlich waren, und mit der größten Selbstverständlichkeit rauchten, während das Rauchen für uns andere ein Tabu war, gegen das zu verstoßen kaum jemand wagte.

Während wir, an eine Säule gelehnt, alles taten, um uns in Szene zu setzen, und von der zuletzt gehörten Schallplatte sprachen, bliesen Mädchen wie diese den Rauch durch die Nase aus und stöhnten: *Immer noch* die. Oder wenn wir uns für einen kürzlich entdeckten Roman aus einem Land nördlich der Alpen begeisterten, betäubten uns Mädchen wie diese mit einem gleichgültigen Blick und zitierten das *Incipit* in der Originalsprache, um sich dann plötzlich mit Schwung von der Wand abzustoßen, mit einem Akzent voller rätselhafter sinnlicher Aspiraten hinzuzufügen: »Aber Klaischt? Hast du jemals Ainrisch fon Klaischt gelesen?«, und uns dann wie begossene Pudel stehen zu lassen – Mädchen also, die wir wegen genau dieser unwiderstehlichen Mischung aus Schönheit, Intelligenz, Grausamkeit und Snobismus nie vergessen haben.

Unterdessen haben sie einen Kraftprotz oder irgendeinen anderen Frauenverschleißer geheiratet, der in der Regel im Suff geendet oder mit seinem Flitzer in der Tiefe einer Schlucht gelandet ist – lauter Typen jedenfalls, die niemals ein Buch von innen gesehen haben. Oder sie sind von Mann zu Mann geflattert, ohne jemals den einen zu finden, der ihnen das Wasser hätte reichen können. Zu dieser Kategorie gehörte Chatryn, trotz all der Begegnungen und Gelegenheiten, die das Leben ihr geboten hatte, vor allem seit sie bald nach ihrer Rückkehr von ihrer Forschungsreise nach Italien, auf der sie Riccardo Fusco gefunden, »erforscht« und lieben gelernt hatte, vom öden Ambiente der Universität in die Glitzerwelt der *winelovers* übergewechselt war.

Alles hatte nach einer Konferenz über Trancezustände begonnen, die mittels berauschender Getränke herbeigeführt werden, als Jeremy Seamoore, der feiste und picklige dreißigjährige Direktor von *Wine Trend*, einer kleinen, fast schon undergroundmäßigen, aber ungeheuer einflussreichen Fachzeitschrift, an sie herangetreten war und sie um einen Artikel über die Rolle des Weins in der Kulturgeschichte gebeten hatte. Obwohl sie von der Fertigstellung ihrer Studie über die *Einflüsse des Schamanismus auf den tibetischen Buddhismus*, mit der sie endlich einen Lehrstuhl zu ergattern hoffte, voll in Anspruch genommen war, schrieb Chatryn den Aufsatz, des Geldes wegen und quasi nebenbei. Auf seine Veröffentlichung hin folgte jedoch der Anruf von Norman Gastell – Herausgeber der viel prestigereicheren Zeitschrift *Wine Spectacle*, weltweit bekannt als *die* Bibel der Önologie –, der sie um einen ähnlichen, aber »farbigeren« Artikel bat.

Auch dieses Mal sagte Chatryn, die sich als »reine« Wissenschaftlerin fühlte, ausschließlich wegen des angebotenen Honorars zu, das es ihr ermöglichen würde, sich mindestens drei Monate lang keine Gedanken darüber machen zu müssen, wie sie über die Runden kam, was, seit sie allein lebte, stets ihre größte Sorge war.

Der Schnulzensänger-Vater

Als Tochter italo-amerikanischer Eltern hatte Chatryn ihr Herkunftsmilieu immer als deprimierend empfunden. Ihr Vater, Osvald Wallitriny, war als junger Mann ein schmachtender Latin Lover mit brillantinestarrendem Haar und dünnem Menjoubärtchen gewesen, für kurze Zeit sogar ein noch schmachtenderer *crooner*, wie man in Amerika die Schnulzensänger nennt – von ihm hatte Chatryn die tiefschwarzen Augen und die schöne Samtstimme geerbt. Die interessantesten Eroberungen von Vater Wallitriny gingen auf ebenjene Periode zurück, in der er im Marechiaro Sweet Tunes Orchestra spielte, einem Orchester, das anfangs in den Lokalen der italienischen Auswanderer aufgetreten war, mit der Zeit jedoch eine solche Popularität errang, dass es zu den unvergesslichen, live gesendeten Sonntagvormittagskonzerten von Radio City eingeladen wurde.

Eben dank dieses Erfolgs durfte sich Osvald der Gunst eines Trios von Halbberühmtheiten erfreuen, als da waren: Sarah Toscano, die die zweite der drei Scheidungen von Dean Martin provoziert hatte; Michelle Tillday, die

Tänzerin aus der ersten Reihe, bekannt für ihren Hüftschwung, mit dem sie selbst Cyd Charisse – »die Frau, die jeden Mann mit einer einzigen Beinbewegung lahmlegt« – ausstach und eben deshalb von dieser, wie man munkelte, aus ihrem Ballettcorps entfernt wurde; und drittens, zu seinem persönlichen Schaden, Wilma Knopperfield, das ehemalige Nivea-Reklamegesicht und zu jenem Zeitpunkt die erste und unbefriedigte Ehefrau von Douglas Finney Deleare II, dem Impresario von Radio City, der, nachdem er seine Frau in einer Umkleidekabine dabei erwischt hatte, wie sie sich gerade aus ihrer Kauerposition vor dem *crooner* aufrichtete, um den Mund herum Spuren einer Creme, die ganz gewiss nicht Nivea hieß, das Ende von Osvalds kleiner Karriere besiegelte, indem er ihm mit einem Kopfstoß die Schneidezähne ausschlug. Der Zahntechnik der Vereinigten Staaten, die immer schon zur Avantgarde der Welt zählte, gelang es zwar, das Gebiss des armen Osvald einigermaßen wiederherzustellen, aber für jemanden, der samtene Liebesworte in ein Mikrofon zu säuseln hatte – einen *crooner* eben –, eignete es sich natürlich nicht mehr.

So hängte Osvald Wallitriny das Mikrofon an den Nagel und begann in dem Restaurant in Tribeca zu arbeiten, das seine allzeit von ihm verachteten Brüder betrieben. Bald darauf heiratete er die selbstverständlich ebenfalls italoamerikanische Carmel Losavio, die anmutige, zart gebaute Tochter eines Herrenfriseurs aus Hoboken, die ihm vier Kinder gebar – Richy, Saurus, Ted und Chatryn – und im Laufe der Jahre mit derselben Unausweichlichkeit zu einer fetten Matrone mutierte, mit der er selbst sich zuerst in einen bleichen, verschwitzten Hilfskoch, dann in einen hysterischen Souschef und schließlich in einen noch hysterischeren und hyperaktiven *chef de cuisine* verwandelte, dies wiederum im gleichen Tempo, wie aus dem kleinen Familienlokal »Little Happy Family« das »Great Happy Family« beziehungsweise dann jene Kette von Restaurants wurde, in denen die italienische Gastronomie denselben drastischen Wandel vollzog, den sich der ursprüngliche Familienname Gallatrini hatte gefallen lassen müssen, nur mit schlimmeren Resultaten, denn er machte Gerichten Platz, deren Namen – »Cannoli with bracciole« oder »Spaghetti bolognese with steak« – allein schon barbarisch genug klangen, dass in Italien niemand im Traum daran gedacht hätte, sie auch nur zu kosten, die hier aber nicht nur für die Gäste, sondern auch für die Familie selbst die typische Kost darstellten, weil Carmel Losavio Wallitriny es viel bequemer und billiger fand, sich von den Speisen der nächstgelegenen »Great Happy Family«-Filiale zu ernähren, als selbst zu kochen. Abgesehen von diesem Zugeständnis an den *American way of life* blieb sie aber die typische, stets besorgte italienische Mamma.

Eine italienische Mamma in Tribeca

Ungemein fromm und zutiefst dem Aberglauben verhaftet, war Carmel, im Gegensatz zu Osvald, einem Amerikaner der dritten Generation, erst als Siebenjährige aus einem Kaff im kalabresischen Apennin nach New York gekommen. An die kalten Winter, das karge Essen und das Wäschewaschen am Dorfbrunnen in jener Zeit, da sie noch

Carmela geheißen hatte und barfuß herumgelaufen war, konnte sie sich noch so gut erinnern, dass es ihr nicht gelang, den Reichtum, in dem sie mittlerweile lebte, zu genießen, weil sie ständig befürchtete, ihn wieder zu verlieren. Eine Angst, zu der sich die ewige Sorge um die Gesundheit ihres Mannes und ihrer drei angebeteten Söhne gesellte. Um Chatryn dagegen kümmerte sie sich überhaupt nicht, denn sie war ein Mädchen und folglich, wie sie selbst, zum Leiden geboren.

Eben wegen dieses Büßerinnenschicksals stand Carmel Losavio, auch wenn sie das Leben einer großen Dame hätte führen können, jeden Morgen gleich nach Tagesanbruch auf und brachte im Trainingsanzug, ihre vogelnestähnliche Frisur von einem Netz geschützt, das ganze große Haus auf Hochglanz, das sich mit all seinem Marmor und Nippes – darunter eine wertvolle, aus zwölf Teilen bestehende Sammlung von Gondeln aus mehrfarbigem Muranoglas – zum Wahnsinnigwerden geradezu anbot. Während dieser Tätigkeit richtete sie Bitten an alle Heiligen des Kalenders, ohne dabei auf den Klangteppich der melodischen Schlager zu verzichten, die Radiosender wie Lovely Italy und Sorriento Broadcasting ausstrahlten. Mindestens zweimal pro Woche schlüpfte sie dann in eines ihrer geblümten Sonntagskleider, stieg in den Buick Rivera, ein Geschenk ihres Mannes, und fuhr von Tribeca zurück nach Hoboken, um sich dort von der alten Kartenlegerin der Familie, Terenzia Marapina, die Zukunft vorhersagen zu lassen, und nachdem sie ein paar Espressi getrunken und ein halbes Dutzend Zigaretten geraucht hatte, kehrte sie erleichterter nach Hause zurück, als wenn sie bei einem Beichtvater oder einem Psychoanalytiker gewesen wäre – obwohl das Schicksal es wollte, dass sie um die fünfzig herum in einem Heim für Geisteskranke landete.

Auch wenn es keine Neuigkeiten gab – und es gab fast nie welche –, genügte im Allgemeinen der geringste Hinweis auf eine mögliche Ungewissheit im Zusammenhang mit dem Unternehmen oder, schlimmer noch, mit den vergötterten männlichen Mitgliedern der Familie, um sie in Panik zu versetzen. In solchen Fällen verhielt sie sich wie jemand, der durch die Diagnose seines Hausarztes etwas Unangenehmes erfahren hat und sich daraufhin an einen Spezialisten wendet, weil er eine ganze Reihe solcher Fachleute an der Hand hat, allesamt »Koryphäen« auf ihrem Gebiet. In ihrem Fall waren das ein Magier, der zum Wohle der Restaurants den bösen Blick bannte, und eine Magierin, die sich mit Magen-Darm-Problemen auskannte und sehr oft konsultiert wurde, infolge der enormen Mengen minderwertiger Speisen, die ihre Sprösslinge verdrückten. Häufig suchte sie auch Rat bei der Magierin, die auf emotionale Nöte spezialisiert war, denn mit solchen hatten die drei Jungen oft zu kämpfen, seit sie in die Fußstapfen ihres Vaters getreten waren und sich wie er in seinen jungen Jahren als Sänger versuchten, ohne jedoch über sein Talent zu verfügen. Die Magier und Magierinnen wurden in einem fort ausgewechselt, da es ihnen trotz der unterschiedlichsten und ausgetüfteltsten Rituale nicht gelang, für die Söhne den gleichen Erfolg herbeizuführen, den zu deren Missvergnügen Chatryn einheimste. Das Mädchen war im Übrigen ein solches Wunderkind, dass alle Familienmitglieder sie mit Kälte behandelten, was sie allerdings mit gleicher

Münze heimgezahlt bekamen. Nicht etwa, dass Chatryn sie verachtet hätte, das nun wirklich nicht. Aber sie fühlte sich fremd unter ihnen, und das schon seit zartestem Kindesalter.

Ein sehr apartes Mädchen

Als ihre Mutter sie zum Beispiel am Tag ihrer Erstkommunion in ein niedliches Tüllnest steckte – und dieser Tag ist wohlgemerkt jener, den die katholischen Mädchen in der ganzen Welt ungeduldig herbeisehnen, nur um mit einem solchen Kleid prahlen zu können –, leistete Chatryn, die bis dahin fast nie einen Rock und folglich auch niemals die Art von Kleidern angezogen hatte, die kleine Mädchen in Verzückung geraten lassen, keinerlei Widerstand. Allerdings saß sie dann während des ganzen Festes mit einem Buch in der Hand in einer Ecke, umwogt vom kunterbunten Treiben wohlbeleibter Tanten, pomadisierter Onkel, Vettern mit Haartollen à la Fonzie alias The Fonz und Cousinen in entzückenden Blütenkelchröcken.

Und mit den Jahren wurden die Dinge auch nicht besser.

Chatryn war gerade mal halbwüchsig, als sie anfing, das Haus zu den Zeiten zu verlassen, die ihr am besten behagten, und zwar mit den Leuten, die ihr am besten behagten, genau wie die drei Kinder männlichen Geschlechts es taten, obwohl sie natürlich kein männliches Wesen war, weshalb Carmel ihr Vorhaltungen machte, ohne allerdings die notwendige Charakterstärke zu besitzen, ihre Tochter zur Umkehr zu bewegen. Das galt in gleichem Maße für die drei Brüder, die Chatryns eigenwillige Persönlichkeit jedoch duldeten. Und da der Vater, der ihr Verhalten vielleicht als Einziger hätte ändern können, ständig abwesend und von seiner Arbeit aufgerieben war, blieb das Mädchen bald seinem Schicksal überlassen. Nachdem Chatryn sich an der Universität eingeschrieben hatte – und ihre ersten Forschungsarbeiten beschäftigten sich gewiss nicht zufällig mit den apotropäischen Ritualen in der Massenkultur –, kam sie immer seltener nach Hause, was auch niemandem groß auffiel.

Hin und wieder schrieb sie einen Brief oder telefonierte, aber was das Übrige anbelangte, so lebte sie ihr Leben, ohne ihre Eltern je um etwas zu bitten. Das war weniger eine Frage des Stolzes als Ausdruck des Verlangens, sich allein um ihre Angelegenheiten zu kümmern, was allerdings Unannehmlichkeiten mit sich brachte. In erster Linie Geldmangel, dem sie mit ihren zahlreichen Stipendien begegnete beziehungsweise später, als sie nach ihrer Promotion einem Lehrstuhl für Ethnologie hinterherjagte, dadurch, dass sie für einschlägige Zeitungen und Zeitschriften arbeitete.

Wenn nun Chatryn für die Welt, der sie entstammte, zu gebildet und zu kultiviert war, sah es bezüglich der Männer auch nicht besser aus. Nachdem sie ihre bärtigen Uni-Kollegen *a priori* aussortiert hatte, interessierte sie sich für die Typen aus dem unkonventionellsten Intellektuellenmilieu der Bohemien-Lokale des Village, wo sie in einer kleinen, verschlampten Mansarde wohnte, und aus dem Kreis der Intellektuellengalerien von SoHo, aber es lief alles auf dasselbe hinaus, denn nach einer ersten und oft heißen

Phase der Schwärmerei fand sie all diese Typen nur noch langweilig und berechenbar. Die Männer ihrerseits hielten sie in ihrer bewundernswerten Perfektion für ein bisschen kühl – auch wenn sie das immer erst sagten, nachdem sie ihnen den Laufpass gegeben hatte. Tatsächlich hatte Chatryn Wallitriny ein warmes Herz, das darauf wartete, entflammt zu werden. Es fehlte nur der Richtige. Und als sie den Eindruck hatte, ihn endlich gefunden zu haben, stellte sich heraus, dass der Richtige dank einer Ironie des Schicksals ausgerechnet ein Italiener war, den sie zudem noch in dem von ihr keineswegs mythisch verklärten Land ihrer Vorväter kennengelernt hatte.

Grand Tour

Ja, wir können ruhig festhalten, dass Chatryn gegen ihren Willen nach Italien gekommen war, nachdem man ihr nämlich in ihrer Fakultät einen Feldforschungsauftrag abgejagt hatte, der sie nach Nepal geführt und sicherlich besser zu ihren rezenteren Forschungen über den Ursprung des Buddhismus gepasst hätte. Aber sie war knapp bei Kasse gewesen und hatte es sich nicht leisten können, den Vorschlag von Samuel Dubslawski, einem Professor, der ihr ein wenig den Hof machte, abzulehnen. Er schickte sie in die Basilikata, wo sie den Stand der von Banfield formulierten Theorie vom »amoralischen Familismus« in einem Abstand von fünfzig Jahren untersuchen sollte. Während ihrer ganzen Reise tat sie nichts anderes, als die Wissenschaftlerin zu verfluchen, die ihr den Job in Nepal vor der

Nase weggeschnappt hatte, und nicht einmal angesichts der Wunder von Rom hörte sie damit auf, zumal ihr während der zwei Tage ihres Aufenthalts ein prasselnder Dauerregen die Laune weiter vermieste. Ihre Verdrossenheit steigerte sich dann nochmals während der endlosen Umsteigerei auf der Reise in den Süden.

›So etwas gibt's nicht mal in Nepal‹, dachte sie voller Verachtung auf dem letzten Abschnitt der Reise, als der an sich schon bummelige Zug ab Salerno an jedem Misthaufen stehen blieb. Doch inzwischen hatte sich der Himmel endlich aufgeklart, und als sie hinter der mit Regenschlieren verzierten Fensterscheibe den unglaublich weiten Horizont auftauchen sah, hatte sie, als sie sich hinauslehnte, bei dem Wind, der ihr den Duft des nassen Grases und der kleinen Feldblümchen ins Gesicht wehte, ein leichtes Frühlingsgefühl verspürt, während über die hohen blauen Berge, die sich in der Ferne verloren, eine ganze Flotte schneeweißer Wolken dahinsegelte. »Das gibt's nicht mal in Nepal, aber echt«, seufzte sie erneut in dem menschenleeren Waggon, dieses Mal aber gerührt und plötzlich von jenem Gefühl des Friedens durchdrungen, das ein unerwartetes Schauspiel der Natur manchmal in uns auszulösen vermag. Und in diesem Zustand befand sie sich noch, als sie am Bahnhof von Potenza auf Riccardo Fusco traf.

Einfache Wege – schwierige Wege

Bis dahin hatte sie immer nur von ihm reden hören und ihn als das x-te weibliche Hirngespinst abgetan, doch da war *er* – der mächtige, der elementare, der umwerfende *coup de foudre*! Womit sonst hätte man die Tatsache erklären sollen, dass Chatryn, sobald sie Riccardo erblickt hatte, sich vom Boden abgehoben fühlte, was ihr noch nie passiert war, was aber, wie sie gelesen hatte, den in die Mysterien von Eleusis Eingeweihten, den Priestern der Yaquí, den tungusischen Schamanen, den buddhistischen Yogis, den Tanzenden Derwischen und den christlichen Heiligen in ihrer Ekstase sehr wohl widerfahren war. Nur einer Wissenschaftlerin konnte so ein Gedanke kommen, und prompt fragte sich Chatryn, was wohl Mircea Eliade dazu gesagt hätte, der die Wege, die zu diesem Zustand führen – dem Zustand, in dem man das Gefühl hat, durch die Lüfte zu schweben –, in »einfache« und »schwierige« unterteilt, je nachdem, ob man ihn dadurch erreicht, dass man sich wie ein Junkie volldröhnt oder sich mittels Meditation betäubt. Aber kaum hatte Riccardo erfolgreich darauf bestanden, sie auch vom Gewicht ihres zweiten großen Koffers zu befreien – wir waren noch weit von der segensreichen Erfindung des Trolleys entfernt –, worauf sie sich, um nicht wie ein heliumgefüllter Ballon in die Luft zu schießen, an seinem Arm hatte festklammern müssen, hatte sie es auch schon selbst begriffen: Dies war der-einfachste-wenngleich-schwierigste-Weg-den-nur-Liebestrunkene-finden, so etwas wie ein Pfad zwischen den Wolken, den sie in jenen Monaten, den schönsten ihres Lebens, mit Riccardo gehen würde.

Man muss dazu sagen, dass sich der lukanische Frühling ihnen auch von seiner besten Seite präsentierte – ausnahmsweise herrschte nicht die übliche Lausekälte –, während sie durch die Wälder um Chiaromonte streiften, sie, wann immer möglich, nackt wie eine Waldnymphe, er glücklich, dass er über ihren Körper verfügen konnte. Oder während der Arbeit, wenn sie die Stimmen der Bauern auf Tonband aufnahmen, inmitten der Felder, die ansonsten ebenso menschenleer waren wie der ganze Rest, bevölkert nur von Mandelbäumen, Jasmin- und Weißdornsträuchern, Kirsch- und Pfirsichbäumen und Mohnblumen, dazu von Lavendel, Fenchel, Zwiebeln, Sauerampfer und Myrte – und natürlich auch von Salbei, Rosmarin und Ginster. Aus diesen Stimmen hörte Chatryn die ihrer Mutter heraus, die ihr jetzt merkwürdigerweise weniger irritierend erschien, was so weit ging, dass sie eines Tages etwas tat, was sie sich nie hätte vorstellen können: Sie pilgerte in das Dorf, in dem ihre Mutter, als sie noch Carmela hieß, barfüßig durch die Gässchen gelaufen war, und dachte mit Rührung an die Frau, die sie nunmehr in ein Pflegeheim verbannt wusste. Sie selbst dagegen fühlte sich plötzlich ganz anders, ruhiger. *Gelassen*, ja, das war es. Und das alles nur, weil sie Riccardo an ihrer Seite hatte. Ihr genügte es, ihm fest in die Augen zu blicken, seine Stimme zu hören, seinen Körper zu streicheln – nicht nur zu streicheln, genau genommen. Dabei war Riccardo nicht einmal so viel schöner oder so anders als die vielen, die sie bis jetzt zurückgewiesen hatte. Und was das Langweilig- und Berechenbarsein anbelangte, so konnte er die anderen sogar noch weit in den Schatten stellen.

Da war nur dieses Etwas, und dieses Etwas war, dass sie Riccardo liebte, wie sie noch nie jemanden geliebt hatte, und noch bevor alles zu Ende war, war sie sich sicher, dass sie nie wieder so lieben würde – zumal es nicht plötzlich aus war. Sie hatte von Anfang an gewusst, wie lange es dauern würde.

Bäume, auf die sich leicht steigen lässt

Riccardo war bereits verheiratet. Er hatte zwei Töchter. Und als der Monat, den Samuel Dubslawski, der Professor der Columbia University, seiner attraktiven Forscherin Chatryn Wallitriny für ihre Untersuchungen über den »amoralischen Familismus« zugestanden hatte, zu Ende ging, war Riccardo auch bereit, zu den Seinen zurückzukehren.

›Typisches Beispiel für den italienischen Familismus‹, dachte Chatryn mit einem bitteren Lächeln, auch wenn sie es nicht übers Herz brachte, ihn als »amoralisch« zu bezeichnen. Schließlich hatte Riccardo ihr nie mehr versprochen, als er ihr gegeben hatte: eine angenehme Beziehung, nicht frei von Gefühlen, zu Beginn des Frühlings – der Jahreszeit, die sich am besten für Dinge dieser Art eignet.

Trotzdem kehrte Chatryn nicht nach New York zurück. Sie verspürte den Wunsch, Riccardo auch weiterhin zu sehen, ihm in die Augen zu blicken, seine Stimme zu hören, seinen Körper zu streicheln und so weiter und so fort. Da ihr rasch die Mittel ausgingen, begann sie wieder mit den genealogischen Forschungen, mit denen sie sich schon in Amerika beschäftigt und früher gelegentlich ihr Studium finanziert hatte. So gelang es ihr, den Aufenthalt um ein paar Monate zu verlängern, in deren Verlauf ihr Riccardo zwar wieder zur Hand ging, sich aber immer rarer machte. Und gerade als sie sich entschlossen hatte, ihre Eltern um Geld zu bitten, damit sie an der Seite eines Italieners in Italien bleiben könne – ausgerechnet ihre Eltern, die sie immer von oben herab behandelt hatte, gerade *weil* sie Italiener waren –, gestand ihr Riccardo, dass er keine Lust hatte, die Sache fortzusetzen.

Chatryn musste also einsehen, dass es wirklich aus war. Doch obwohl sie litt, dachte sie auch in der Folge nie mit Groll an Riccardo zurück, ja, sie behielt ihn immer in schöner Erinnerung. Sagen wir ruhig, dass sie ihm in den Augenblicken tiefster Einsamkeit immer noch nachtrauerte, vielleicht auch, weil er der Einzige war, der ihr seinerseits den Laufpass gegeben hatte. Wer kann das schon so genau wissen? Jedenfalls schaute sie sich, sobald sie wieder in Amerika war, wie alle Frauen, die ein gewisses Alter erreicht haben – die Unabhängigsten wie sie so um die dreißig –, nach einem Mann zum Heiraten um, auch wenn schon bald andere und dringendere Dinge sie so sehr in Beschlag nahmen, dass sie sich nicht weiter damit befassen konnte. Tatsächlich erhielt sie nämlich einige Monate nach ihrer Rückkehr aus Italien den berühmten Telefonanruf von Norman Gastell, mit dem ihre neue, glänzende Karriere begann.

Norman Gastell war ein eleganter Herr, ein fülliger Bonvivant, ein nicht praktizierender Homosexueller, Golfspieler, wunderbarer Gesprächspartner, fachkundiger Sammler afrikanischer Ngil-Kunst, namhafter Globetrotter – und eine der drei oder vier Personen auf der Welt, die darüber entscheiden, welche Weine man trinken muss.

Als einer der Ersten, die das immense Geschäft hinter der aufkommenden Passion der Reichen – und nicht nur der Reichen – für den Bacchustrank witterten, legte Gastell mit der Gründung der Zeitschrift *Wine Spectacle* das Fundament für ein Imperium, das alles umfasste, was mit besagtem großartigem Getränk zusammenhing – von der Vermarktung luxuriöser Degustationssets mit wunderschönen Ballongläsern aus Kristall, von Gastell persönlich entworfen, über Schnupperreisen zu verschiedenen Weingütern, Internetangeboten ausgewählter Weine und Sommelier-Fernkursen bis hin zur Veröffentlichung des überaus einflussreichen und auflagenstarken Führers *The Top 100 Wines of the Year*, der in allen Teilen der Welt tonangebend war. Um in diese Liste aufgenommen zu werden, waren die Weinproduzenten praktisch zu allem bereit.

Eben in jener Zeit, als Norman Gastell Chatryn Wallitriny angerufen und mit dem Artikel für den *Wine Spectacle* beauftragt hatte, suchte er für seine Zeitschrift eine Redakteurin, die der Prototyp der neuen, stilsicheren und kompetenten Weinkonsumentin sein sollte, und sobald er ihren Beitrag publiziert hatte, den er für nachgerade brillant hielt, lud er sie, um sie persönlich kennenzulernen, ins Circle ein, eines jener Restaurants in Manhattan mit kilometerlanger Warteliste, in dem Gastell jedoch jederzeit über einen Tisch verfügen konnte. Als er die junge, schöne, unverkrampfte Frau mit dem feinen Knochenbau auf sich zukommen sah – eine perfekte Erscheinung in ihrem Seidenkleidchen mit der einreihigen Perlenkette, dem Vintage-Täschchen und genau dem richtigen Hauch Organza um die Schultern und zum Glück so ganz anders, als er sich eine Gelehrte der Fachrichtung Ethnologie von der Columbia University vorgestellt hatte –, fragte er sich, ob er nun endlich seine *Muse* gefunden hätte. Zumal Chatryn an diesem Abend bewies, dass sie von dem Thema, das ihm am Herzen lag, eine nicht nur theoretische Kenntnis besaß – nicht umsonst kam sie aus einer Familie von *dago red*, wie die Italoamerikaner in jener Zeit, als Weintrinken noch keineswegs als Ausdruck von Vornehmheit galt, wegen ihrer Vorliebe für Wein abqualifiziert wurden.

Sicher, der Wein, der bei den Wallitrinys auf den Tisch kam, war fast immer mittelmäßig und niemals von der erlesenen Qualität der Weine, die Gastell ihr an jenem Abend kredenzte, aber dennoch hatte er Chatryns Geschmackssinn geschult, den sie im Laufe der Jahre noch verfeinert hatte, indem sie, obwohl sie nur hin und wieder auf einen Artikel zum Thema gestoßen war, die unterschiedlichsten Weine, die auf den Tisch kamen, tatsächlich auch probiert hatte. Auf diese Weise war sie, wenn schon nicht als Expertin, so doch als wissbegierige Liebhaberin zu einem gewissen Niveau gelangt und verfügte über ungewöhnliche und daher stimulierende Bewertungskriterien, wie Gastell feststellen konnte, nachdem er ihr, ohne sie allzu viel von der

Flasche sehen zu lassen, drei verschiedene Weine unterbreitet hatte: einen durchschnittlichen und zwei überaus kostbare, deren Qualität die Ethnologin sofort erkannte und mit einer Reihe wirklich »unüblicher« Eindrücke beschrieb.

»Gut, aber jetzt sagen Sie mir doch bitte, warum dieser hier«, fragte Gastell und deutete mit einem scheinheiligen Lächeln auf die erste der beiden lobenswerten Flaschen, »dreihundert Dollar kostet, in der Vinothek wohlgemerkt, und der da gerade mal einhundert.«

Nachdem Chatryn die Weine mit wachsender Begeisterung abermals gekostet hatte, kam sie zu folgendem Schluss: »Sie unterscheiden sich voneinander. Dieser da ist strenger und feierlich wie eine Kantate von Bach, wobei sich sein Geschmack später entfaltet, aber vielleicht interessanter ist. Der andere dagegen ist seidiger und zart wie eine kleine Mozart-Sinfonie. Aber soweit ich es beurteilen kann, sind beide hervorragend.«

»Sie haben vollkommen recht«, erwiderte er, fasziniert von ihren Vergleichen. Wohl wenige seiner hemdsärmligen Redakteure, die in Weinlaboren und inmitten der Weinberge von Napa Valley groß geworden waren, ohne je etwas anderes zu tun, als Traubensaft auszuspucken, hätten es so elegant ausgedrückt. »Und Sie sagen ganz richtig, dass die beiden Weine unterschiedlich ›klingen‹, obwohl sie von der gleichen Qualität sind. Da ich die Betriebe kenne, die sie produzieren, kann ich Ihnen verraten, dass sie auch ungefähr die gleichen Gestehungskosten haben.«

»Ach ja?«, wunderte sich Chatryn. »Woher dann dieser Preisunterschied?«

»Weil *wir* vom *Wine Spectacle* es so entscheiden … genau wie die Kunstkritiker über den Marktwert eines Künstlers entscheiden.« Dann nahm er die erste der beiden Flaschen in die Hand. »Diese ist also in der richtigen Gesellschaft, in *unserer* Gesellschaft …«, sagte er und fügte lächelnd hinzu: »Manchmal, wie zum Beispiel in diesem Fall, ist das, was den Unterschied zwischen zwei Weinen ausmacht, nur eine zusätzliche Note, ein bisschen mehr Tiefe, eine Frage von Nuancen, die so unmerklich sind, dass nur wenige Personen, *sehr* wenige, sie überhaupt wahrnehmen können.« Er wandte den Kopf zu den Nachbartischen und flüsterte spöttisch: »Wie viele dieser Leute hier, die ihre Gläser mit Kennermiene schwenken, sind Ihrer Meinung nach wirklich dazu imstande? Sie werden also verstehen, dass es jemanden braucht, der ihnen den Weg weist und ihnen sagt, welche Weine sie auswählen müssen, damit sie eine gute Figur machen. Und genau das ist unsere Aufgabe.«

Dann strich er mit dem Handrücken über die preiswertere Flasche und fuhr fort: »Glauben Sie aber ja nicht, dass Qualität keine Rolle spielt! Warten Sie nur ein paar Monate, und Sie werden sehen, wie viel dieser Bordeaux kosten wird … Wir vom *Wine Spectacle* haben ihn vor Kurzem entdeckt. Er stammt nicht aus einer Spitzenlage wie der andere, der aus dem Haut-Médoc kommt, aber trotzdem ist er schon hier im Circle gelandet. Die Sache ist nur, dass es Produzenten wie Sand am Meer gibt, während wir ganz wenige sind … Möchten Sie uns nicht behilflich sein bei dem, was ich als unsere Mission bezeichne?« Und er hob das Ballonglas auf Augenhöhe, um das opulente Spiel der purpurfarbenen Reflexe gegen das Licht zu betrachten, und setzte hinzu: »Ja, *Mission*. Wie sonst sollte man den Dienst an einem der größten Geschenke nennen, das Gott den Menschen gemacht hat?«

Und so kam es, dass Chatryn beim *Wine Spectacle* anfing. Zuerst musste sie sich natürlich einer Lehrzeit unterziehen, aber Gastell hatte den richtigen Riecher gehabt. Als der große Talententdecker, der er war, hatte er den geeigneten Rohstoff gefunden. Tatsächlich lernte Chatryn in kurzer Zeit die Techniken der Degustation zu beherrschen, die sie allerdings nicht so unflexibel anwandte wie ein x-beliebiger Sommelier, sondern vielmehr in den Dienst ihres einzigartigen *Outsider*-Stils stellte. Nachdem Gastell ihren Nachnamen noch einmal verändert und zu Wally Triny zerlegt hatte – »Das liest sich besser und verleiht dir zusätzlichen Charme« – und eigens für sie eine Kolumne eingerichtet hatte – *The Wally Triny Style* –, machte er aus ihr in kürzester Zeit eine der mächtigsten und gefürchtetsten Kritikerinnen, die imstande war, mit ihrem Urteil über Erfolg und Ruin einer jeden Weinkellerei zu bestimmen. Und eine Frau, die völlig anders war als die strenge und stets abgebrannte Wissenschaftlerin von ehedem. Eine beneidete Frau mit einem glanzvollen, hektischen Leben.

Die Samenbank

Immer auf Achse, um Kellereien, Vinotheken und Lokale in jedem Teil der Welt zu testen, weil man inzwischen wirklich überall gelernt hatte, wie man Wein produziert – in Chile, in Australien, in Neuseeland, ja *sogar* in Griechenland –, hatte sich Chatryn rasch an den Genuss gewöhnt, der mit der Tatsache einhergeht, dass man ellenlange Reservierungslisten in Luxusrestaurants umgeht und dort mit der Zuvorkommenheit bedient wird, die nur den großen Namen vorbehalten bleibt. Doch andererseits hatte sie für ihren Job ihr Privatleben opfern müssen. So war sie, obwohl sie in der Zwischenzeit eine stattliche Anzahl von Liebhabern gehabt hatte, für eine ernsthafte Beziehung immer zu beschäftigt gewesen, mit dem Ergebnis, dass sie sich jetzt, mit fast vierzig Jahren, allein und ohne das wiederfand, wonach sie sich zu ihrer nicht geringen Verwunderung – sie war also ein Weibchen wie alle anderen auch! – am meisten sehnte: einem Kind.

Sie wünschte es sich mit jeder Faser ihres Seins. Es war ein körperliches Bedürfnis, das sie mit einer Intensität verspürte, die sehr viel größer war als jede Sehnsucht nach einem Mann. Hinzu kam, dass sie zurzeit überhaupt keinen Mann hatte und sich allein schon bei dem Gedanken, sich zu diesem Behufe einen besorgen zu müssen, unbehaglich fühlte. Im vollen Bewusstsein, dass sie sich nunmehr dem Verfallsdatum auch der kühnsten »Erstgebärenden« näherte – wann immer sie sich in dieser Rolle sah, kam sie sich wie eine nicht einmal so seltene Art von Schimpansenweibchen vor –, war sie zu dem Schluss gelangt, dass ihr nichts anderes übrig blieb, als sich an eine Samenbank zu wenden. Doch jedes Mal, wenn sie drauf und dran war, es zu tun, tauchte irgendein Problem auf.

So auch an jenem Morgen, als Norman sie angerufen und zur x-ten Reise zum *tasting* französischer und italienischer Produkte gedrängt hatte.

Was hätte sie tun sollen? Noch einmal aufschieben, da es, wie sie wusste, in ihrem Alter besonders gefährlich war, sich in den ersten Wochen nach der Empfängnis auf Reisen zu begeben? Oder waren ihre Zweifel am Ende vielleicht doch der Tatsache geschuldet, dass es ihr, auch wenn sie gegenüber den Männern so etwas wie eine grollende Gleichgültigkeit entwickelt hatte, dennoch nicht gelang, sich mit dem Gedanken, ein Kind mit einem Wildfremden zu zeugen, anzufreunden? Aber konnte sie wirklich einen weiteren Auftrag annehmen, wenn sie doch in ein paar Monaten das vierzigste Lebensjahr vollendet haben würde?

Kurzum, sie stand am Scheideweg.

Als sie jedoch die E-Mail öffnete, die Riccardo Fusco ihr geschickt hatte, und seine Worte ihr so leidenschaftlich vorkamen, wie sie nicht einmal zehn Jahre zuvor geklungen hatten, begriff sie sofort, dass sie vielleicht zwei Fliegen mit einer Klappe schlagen könnte.

Mit welcher Miene?

Wie trittst du nach zehn Jahren einer Frau entgegen, die damals verrückt nach dir war, der du aber den Laufpass gegeben hast; einer Frau, die in der Zwischenzeit wichtig – sagen wir ruhig: *sehr* wichtig – für dich geworden ist und der du letzthin Dutzende von E-Mails geschickt und ihr versichert hast, dass du in all diesen langen Jahren unaufhörlich an sie gedacht hast, die du also anlügst, wie du noch keine Frau angelogen hast, eben weil von ihr dein Leben abhängen könnte, das sich in der Zwischenzeit in eine ausweglose Falle entwickelt hat, aus der es aber nun endlich doch einen Ausweg zu geben scheint? Eine Frau, die trotz all ihrer Verpflichtungen den Ozean überquert hat, nur um dich zu treffen, und die du jetzt, genau wie zehn Jahre zuvor, nach einer langen Reise abholen willst, dieses Mal allerdings nicht an dem mickrigen Bahnhof von Potenza, sondern am Flughafen Charles de Gaulle in Paris. Mit welcher Miene also meistert man eine solche Situation? Eine Situation, auf die sich Riccardo Fusco niemals eingelassen hätte, wenn er die Kraft besessen hätte, den Schmeicheleien von Graziantonio Dell'Arco zu widerstehen – aber er hatte sie eben nicht besessen.

Dell'Arco hatte sich, wie man so schön sagt, in die Sache reingehängt. Zunächst hatte er Riccardo gezwungen, ihr die erste einfältige Mail zu schreiben, aber kaum hatte Chatryn ihm nicht nur entsprechend geantwortet, sondern umgehend eine unmittelbar bevorstehende Reise nach Europa in Aussicht gestellt, hatte Graziantonio alle Hebel in Bewegung gesetzt, damit unser Mann ihr sozusagen als *chaperon* zur Seite stand, und ihm als Gegenleistung für »diesen kleinen Gefallen« das Blaue vom Himmel versprochen.

»Was willst du? Ein Buch veröffentlichen? Eine Sendung im Fernsehen daraus machen?... Wo liegt das Problem? Ich bringe dich mit Leandro Pavone zusammen, dem Produzenten, er ist ein Freund von mir, und dann mit Garrani, du weißt doch, wer das ist, oder? Der Agent. Ich bin jeden Monat bei ihm zum Dinner... Der letzte Mist wird gedruckt, wenn er es will. Dann wohl erst recht ein Buch von dir! Ich sorge dafür, dass du jeden Tag im Fernsehen auftrittst. Und worum bitte ich dich im Gegenzug? Dass du einen schönen Urlaub mit der Wally Triny verbringst. Schließlich ist sie immer noch eine schöne Frau«, hatte er mit Blick auf ihr Foto im *Wine Spectacle* kommentiert und hinzugesetzt: »Was verlierst du schon dabei, hm? Und egal, wie's ausgeht, ich halte meine Versprechen. Aber du wirst sehen, die Sache klappt. Der Wein wird ihr gefallen, da bin ich mir sicher ... Apropos – hast du schon einen Namen für ihn gefunden?«

Karate und Barriques

Das war eines der Probleme, über die sich Riccardo den Kopf zerbrochen hatte und die ihm während seiner Nächte in Ferrandina den Schlaf geraubt hatten. Er hatte verschiedene Texte gelesen und sein önologisches Wissen vertieft, bis eines Morgens die Sonne in sein Zimmer schien und in seinem Kopf die Lösung aufleuchtete: *Carato Federiciano.*

Genial, hatte er sich in seinem traumwandlerischen Zustand gesagt, und denselben Eindruck hatte er auch noch ein paar Stunden später, als er den Namen in wachem Zustand auf dem Zettel gelesen hatte, auf den er ihn aus Angst, er könnte ihn vergessen, notiert hatte. So antwortete er jetzt ohne den Anflug eines Zweifels: »Carato Federiciano.«

»Carato Federiciano«, syllabierte der andere und goutierte dabei jeden einzelnen Laut, als würde er seinen eigenen Wein verkosten, setzte dann aber doch hinter die letzte Silbe ein Fragezeichen.

»›Federiciano‹ leitet sich natürlich von Friedrich II. ab«, erläuterte Riccardo. »Aber jetzt wirst du dich fragen, warum *ausgerechnet* ›Carato‹, auch wenn die Bedeutung jedem sofort klar ist. Na ja, Karat ist nicht nur die bekannte Gewichtseinheit für Edelsteine, sondern bezeichnet auch ein kleines Eichenholzfass, ist also ein anderes Wort für das bekanntere *Barrique*, bloß vermittelt es einen völlig anderen Eindruck, wenn man ›Karat‹ oder ›carato‹ sagt. Das ist ein Begriff, der zu unserer Tradition gehört, zu unserer Kultur, die schließlich das ist, was wir vor allem verkaufen müssen, weil es die Kultur ist – das Bild, das man mit dem Wein assoziiert –, die bewirkt, dass man diesen Wein einem anderen vorzieht. Darüber hinaus verleiht das Wort dem Produkt ein neues und besonderes Maß an Kostbarkeit. Überleg doch mal! Das ist, als würden wir sagen: He, mein Freund, dieser Wein ist so kostbar, dass wir ihn dir karatweise überlassen, so wie man das mit Diamanten macht. Na, wie findest du das?«, fragte Riccardo Fusco am Ende dieser Schwulstlawine, absolut überzeugt, einen Volltreffer gelandet zu haben.

Und in der Tat: Er hatte ins Schwarze getroffen.

»*Klasse, wirklich klasse*«, schmeichelte ihm Graziantonio und sah ihn bewundernd an. »Ein Name, der viel hermacht, ohne vulgär zu sein« – und das war ein Thema, bei dem er sich nun wirklich auskannte!

»Aber das ist noch nicht alles. Das gilt nur für den normalen Wein. Ich habe dann noch einen für den *cru* .... Es gibt doch einen *cru*, oder?«

»Aber selbstverständlich! Hier werden Nägel mit Köpfen gemacht, Riccà!«

»Also, für den *cru* hätte ich gedacht ... Du erinnerst dich doch an den Beinamen, den sich Friedrich II. erworben hat, weil er den einen oder anderen seiner Gegner bei lebendigem Leib verbrennen ließ?«

Graziantonio richtete seinen Kuhaugenblick nach oben, ins Leere. Dann drehte er sich Giàcenere zu, aber bevor dieser etwas sagen konnte, flüsterte Riccardo: »*Stupor mundi*«, und trat mit einer Verneigung einen Schritt zurück, wie ein Schauspieler, der einen denkwürdigen Satz ausgesprochen hat und vom Publikum die Ovation erwartet, von der er weiß, dass sie mit Sicherheit kommt. Und sie kam auch.

»*Groß-ar-tig*«, skandierte Dell'Arco. »Riccà, du bist *wirklich* ein Genie«, schob er hinterher und schloss ihn tatsächlich in die Arme. »Gemeinsam werden wir tolle Sachen auf die Beine stellen, du wirst schon sehen.« Dann fielen ihm Giàcenere und Martin wieder ein, die herumstanden und angesichts dieses ganzen Erfolgs zwischen Begeisterung und Neid hin- und hergerissen waren. »Begreift ihr, was das für ein Knüller ist, Kinder? Jetzt kann uns dieser Scheißkerl von Yarno Cantini derer von Mistgrafen aber wirklich am Arsch lecken«, sagte er, in Richtung seines Hinterteils gestikulierend. »Und wenn wir«, fuhr er fort, »außerdem noch herausposaunen, dass mein *winemaker* der Beste auf dem Markt ist und auch die Weine für Château Latour kreiiert …«

Aber an dieser Stelle unterbrach ihn Riccardo, dem sein Triumph zu Kopfe stieg, um erneut seine Meinung kundzutun – er beabsichtigte, Graziantonio in den kommenden Monaten noch viele Empfehlungen zu geben, ja, so etwas wie sein persönlicher Berater zu werden: »Nein, hör zu. Die Sache mit dem Star-*winemaker* würde ich unter der

Decke halten. Besser die Leute glauben zu lassen, dass der Wein in jeder Hinsicht ein Produkt des *terroir* ist, so wie sie es in Frankreich machen, und dass er, da es sich um einen Wein aus dem Süden handelt, eben auch von einem *terrone* kreiert ist. Ich weiß, wie Chatryn tickt, und außerdem habe ich dieser Tage ihre Artikel im *Wine Spectacle* gelesen und begriffen, dass sie auf bestimmte Dinge Wert legt, auf Authentizität vor allem, darauf, dass ein Wein ein Kind der Kultur seiner jeweiligen Region ist … Ja, ja, ich weiß schon, dass das alles Quatsch ist. Bis vor zwanzig Jahren, bevor die Önologie hier Einzug hielt, war nicht nur der Wein aus der Basilikata, sondern der aus ganz Italien ein größtenteils übles Gesöff, wenn nicht gar reines Gift. Ihr erinnert euch doch noch an den Methylalkoholskandal, oder? Aber den Leuten gefällt es eben, bestimmte Dinge zu glauben, und das sind dann die Dinge, auf die es letzten Endes ankommt.«

Graziantonio zögerte nur einen kurzen Augenblick, ehe er antwortete: »Natürlich, natürlich … richtig, richtig. Jetzt bist du am Zug. Du kennst sie gut, die Wally Triny, und du weißt, wie sie zu nehmen ist …«

Als den Autos beinahe Flügel wuchsen

Tatsache war, dass Riccardo nicht den blassesten Schimmer hatte, wie er Chatryn Wallitriny, oder vielmehr Wally Triny, wie sie ihren Namen jetzt nachweislich schrieb, nehmen sollte, obwohl er sich bereits auf der Straße befand, die ihn von Paris, wo er eine weitere mehr oder weniger schlaflose Nacht in einem der exklusiven Zimmer des Crillon verbracht hatte, zum Flughafen Charles de Gaulle führte. Das Zimmer hatte Graziantonio für ihn reservieren lassen. Einer wie er ließ sich gewiss nicht lumpen, wie die Kreditkarte bewies, die er auf seinen, Riccardos, Namen hatte ausstellen lassen, zur Erfüllung jedes beliebigen Wunsches, auch wenn längst bis ins kleinste Detail für alles gesorgt war. Das betraf selbst die Auswahl des Autos.

Ursprünglich hatten sie an einen von Dell'Arcos Wagen der Sonderklasse gedacht, aber Riccardo hielt diese Schlitten für zu luxuriös. Besser war es, zu suggerieren, dass die Zeit in der Epoche ihrer Liebe stehen geblieben sei, auch wenn es schwierig erschien, ein Citroën DS Cabrio aufzutreiben wie jenes, das Riccardo schon zehn Jahre zuvor, als er Chatryn zum ersten Mal gesehen hatte, eigentlich hatte verschrotten wollen.

Für Graziantonio kein Problem.

Er fand eines, das bis auf die Farbe – es war blau statt cremefarben – absolut identisch war. Und absolut funktionstüchtig.

Es war immer noch ein wunderbares Auto, und hinter dieser aufrechten Windschutzscheibe, die nicht wie bei modernen Cabrios nach hinten geneigt war, am Steuer zu sitzen, war ein einzigartiges Erlebnis. Der Wind fuhr einem durch die Haare und schenkte einem das Gefühl absoluter Freiheit, wie es auch Riccardo jetzt empfand, als stünde er im Mittelpunkt der einfallslosesten Reklame. Man fühlte sich wieder jung. Jung und sorglos wie einst.

Sein DS-Cabrio hatte Riccardo sich von seinem ersten selbst verdienten Geld gekauft, denn er hatte davon geträumt, seit er es als kleiner Junge im großen, modernen Schaufenster des Direkthändlers gegenüber seiner Schule gesehen hatte. Damals erschien es mit seinen schmalen Formen, dem Delfinprofil, der kühnen Schnauze und dem schnittigen, an ein Jagdflugzeug erinnernden Heck wie die Bestätigung der Illusionen jener optimistischen Zeit, in der man noch glauben konnte, dass den Autos bald Flügel wachsen würden.

»Unglaublich … du hast immer noch die *déesse?*«, sagte Chatryn, als sie das Auto sah, und fügte dann entzückt hinzu: »Diese Göttin ist bildschön. Wirklich *bildschön.*«

»*Du* bist bildschön«, konterte Riccardo mühelos, und von da an musste er kein einziges von all den Worten, die er sich zurechtgelegt hatte, mehr aussprechen.

Sie drückte sich an ihn und küsste ihn.

Lang. Tief. Leidenschaftlich.

Fast schon zu leidenschaftlich.

Eine wahrhaft atemberaubende Liebe

Ein paar Tage später und einige Kilometer weiter hatte sich Riccardo Fusco ins Badezimmer eingesperrt, wo er sich auf der Kloschüssel zusammenkrümmte und aufseufzte, als er durch die Tür Chatryns Stimme sagen hörte: »Mein Liebling, ich gehe jetzt … Sobald es dir besser geht, kommst du mir nach.«

›Ja, verdammt‹, dachte er, auch wenn er es eigentlich nicht wollte. Tatsächlich waren kaum zehn Tage vergangen, seit er Chatryn zum ersten Mal nach zehn Jahren wiedergesehen und sofort gedacht hatte, dass er sich damals nicht geirrt hatte. Sie war tatsächlich die Frau seines neuen Lebens.

Immer noch zweifelnd, hatte er, während er sie zur Begrüßung in die Arme schloss, über die Merkwürdigkeit des Schicksals nachgedacht, das es so eingerichtet hatte, dass er erst Giàcenere und dann Graziantonio Dell'Arco wieder getroffen hatte, der schließlich den Mechanismus in Bewegung gesetzt hatte, ohne den er, Riccardo, nie den Mut gefunden hätte, ihr wieder zu schreiben, und sie also auch nie wieder besessen hätte, jetzt, da sie vielleicht noch schöner und gewiss noch faszinierender war als zuvor – eine echte *sophisticated lady* mit ihren eleganten Kleidern, die sie sich früher nicht hatte leisten können, und dem Schmuck und der dahinplätschernden Konversation, wie man sie im Umgang mit der High Society lernt. Vor allem aber war sie immer noch in ihn verliebt. Über beide Ohren verknallt – und das genau war der Punkt.

Seit ihrem ersten Kuss – dem beim Anblick des DS – war es Riccardo praktisch nicht mehr gelungen, sie abzuschütteln.

Chatryn wollte Sex.

Ununterbrochen.

Sie hatten damit angefangen, sobald sie den Flughafen hinter sich hatten, im ersten am Rand der Straße gelegenen Motel. Ein Motel, das, um ehrlich zu sein, alles andere als schäbig war, aber sie hatten sich einen ganzen Tag dort verbarrikadiert, und seither hatten sie im Grunde nicht mehr aufgehört. Sicher, er erinnerte sich noch gut daran, dass Chatryn immer ein direkter und sozusagen »anspruchsvoller« Typ gewesen war, doch jetzt schien sie außer Rand und Band. Ganz zu schweigen davon, dass sie keinerlei Vorsichtsmaßnahmen ergreifen wollte.

In dieser Hinsicht war Riccardo Fusco ziemlich eisern, aber sie hatte ihn besänftigt und gesagt, dass er es mit einer Blutspenderin zu tun habe – schon möglich, aber wie konnte sie sich in seinem Fall so sicher sein? –, und außerdem nehme sie die Pille. »Auch wenn ich …«, hatte sie hinzugefügt und ihm durch die Haare gewuschelt, »… überhaupt nichts dagegen hätte, von dir ein Kind zu bekommen. Das schwör ich dir.«

›*Eine Tochter*, meinst du wohl‹, hätte er beinahe geantwortet, da er sich, nachdem er vier Töchter in die Welt gesetzt hatte, für unfähig hielt, etwas anderes zu produzieren, aber er hütete sich wohlweislich davor, das laut auszusprechen: Man weiß ja nie, ob man nicht beim Wort genommen wird. Obwohl er sich sicher war, dass er sie liebte, hätte er in diesem Augenblick nichts weniger gewollt, als die Geburtenrate über das von ihm Geleistete hinaus zu steigern.

Daraufhin hatte sie nur ein paar Sekunden geschwiegen und sich dann wieder an ihn herangemacht.

Und zu alledem waren noch die Austern hinzugekommen – der Austerndurchfall.

Riccardo liebte Austern, aber vielleicht lagen sie ihm doch etwas schwer im Magen, da er schon auf einer der ersten Etappen ihrer Reise nicht einen gewöhnlichen Champagner dazu hatte trinken können, wie er es bis dahin gehalten hatte, sondern einen Montrachet von den Weinbergen des Marquis de Languiche, einen jener hundert fabelhaften Weine, von deren bloßer Existenz er nichts gewusst hatte und auch niemals etwas erfahren hätte, wäre seine faszinierende und liebestolle Geliebte nicht gleichzeitig eine der größten Weinkennerinnen »auf dem Markt« gewesen, wie Graziantonio gesagt hätte.

Seitdem hatte er sich praktisch nicht mehr erholt.

Wie hätte es auch anders sein können auf einer Tour, die von einem Weingut zum nächsten und von einem großen Restaurant zu einer kleinen entzückenden *maison* irgendwo auf dem flachen Land führte – einer Tour, in deren Verlauf man nichts anderes tat, als nicht nur Weine, sondern auch jede Art von herrlichen, aber heiklen Speisen zu kosten? Riccardo versuchte, standhaft zu bleiben, aber sobald es ihm wieder etwas besser ging und Chatryn sich für diese oder jene Flasche oder Speise begeisterte, fing er erneut zu trinken und zu essen und folglich zu leiden an.

Wir könnten unterstellen, dass Fusco seine Diätversuche vor allem deshalb abbrach, weil er, wenn auch nur im Unterbewusstsein, darauf hoffte, sich Chatryn dank dieser Unpässlichkeiten vom Leib zu halten – wenn er denn damit Erfolg gehabt hätte. Die Wirklichkeit sah nämlich anders aus: Selbst wenn er mitten in der Nacht, nachdem er endlich alles ausgeschissen hatte und zu Recht verlegen war wegen der Geräusche, die möglicherweise ins Zimmer hinübergedrungen waren, und wegen des Gestanks, den er im Bad zurückgelassen hatte, ins Zimmer zurückkehrte und ganz leise die Tür öffnete, um Chatryn nicht aufzuwecken, war die, sobald er seinen geschundenen Hintern aufs Bett setzte, längst bereit und stürzte sich mit einem Seufzer erneut auf ihn.

Natürlich hätte er sie zurückweisen können, wie es jeder andere Mann wahrscheinlich getan hätte. Aber er brauchte sie und ihre Liebe und wollte sie nicht kränken. Auch wenn es mittlerweile so weit war, dass sein Schwanz oft nichts mehr von der Sache wissen wollte.

Und das war just der Moment, in dem ihm seine Ehefrau zu Hilfe kam.

Ich weiß, es mag unglaublich, abwegig und absurd klingen – aber gibt es überhaupt etwas Absurderes als Sex? –, jedenfalls funktionierte es haargenau so: Um diese schöne, elegante, zauberhafte, aber *vor allem* verliebte Frau ficken zu können, musste Riccardo Fusco an seine Angetraute denken, die ihn ihrerseits verachtete.

Insbesondere an das letzte Mal, als er sie gevögelt hatte.

Es war in Potenza passiert, kaum zwanzig Tage zuvor, obwohl es ihm jetzt wie eine Ewigkeit vorkam.

Riccardo war noch einmal zurückgekehrt, um neu zu packen. Nach einer auf dem kahlen Stammbaum in Ferrandina verbrachten Woche beabsichtigte er, von Potenza aus wieder zu Dell'Arco zu reisen.

Das Haus war leer. Die Kinder waren am Meer. Wie jeden Tag war er gerührt, ihre Stimmchen am Telefon zu hören. *Papà, wann kommst du wieder, Papà?* – ›Nicht einmal als Leiche komme ich zurück‹, aber eine Träne war ihm doch entschlüpft. Unterdessen war es spät geworden, und so war es ihm ganz natürlich erschienen, sich schlafen zu legen, wenn auch nur auf dem Sofa im Wohnzimmer.

Schließlich war er bei sich zu Hause. Apropos zu Hause – sagen wir, dass er, so wie die Dinge sich entwickelten, dort bleiben konnte, allerdings nur noch für kurze Zeit.

Die Macht der westlichen Frau zu Beginn des dritten Jahrtausends

Um nur eines dazu zu sagen: In Indien, in demselben Land, das Riccardo und Giacinto zusammen mit vielen ihrer Altersgenossen in den Siebzigerjahren infolge der Verbreitung diverser orientalischer Philosophien – und natürlich der Musik und des Joints – als Wiege der Toleranz anzusehen gelernt hatten, toleriert man allerdings auch, dass Hunderte von Frauen von zurückgewiesenen Bewerbern mit Säure verletzt werden, was in Italien Entsetzen auslöst, obwohl dort ebenfalls kein Tag vergeht, an dem nicht eine Frau aus den mehr oder weniger gleichen Gründen übel zugerichtet wird. Genauso wahr ist jedoch auch, dass sich die Frau, sobald sie über Bildung und Geld verfügt, also über die Dinge, die sie als Angehörige der westlichen Mittelschicht ausweisen, als nicht weniger grausam, wenn auch weniger gewalttätig erweist als der Mann.

In der Tat: Wenn eine Frau beschließt, ihren Gatten nicht wegen eines Verschuldens desselben, sondern aus einem x-beliebigen Grund zu verlassen, sagen wir, weil sie sich in einen anderen verliebt oder es einfach satthat, dass er ihr im Weg herumsteht, dann wird, obwohl juristisch gesehen sie für den Vertragsbruch verantwortlich ist – und was ist eine Ehe denn anderes als ein Vertrag? –, dennoch der schuldlose Ehemann bestraft, weil er die Wohnung und die Kinder sowie einen beträchtlichen Teil seines Gehalts ihr überlassen muss, wobei von Letzterem vielleicht sogar noch der neue Partner seiner Exfrau profitiert, während er selbst zu seinen Eltern zurückkehren muss – vorausgesetzt, diese wollen oder können ihn bei sich aufnehmen – oder sonst wie im Elend zu versinken hat. So mancher Obdachlose, der durch die Straßen unserer großen Städte streift, ist ein Unglücklicher, den diese wirtschaftliche Situation überfordert hat.

Zum Glück traf das auf Riccardo nicht zu, der als schwächerer Partner keinen Cent für die Frau würde lockermachen müssen und der als Getrenntlebender nur einige Zeit in der gefürchteten tristen Einzimmerwohnung mit Kochnische auszuharren hätte, bis die alte Bleibe, in der er mit seiner kleinen Familie eine glückliche Zeit verlebt hatte, von ihren gegenwärtigen Bewohnern geräumt würde. Diese Gedanken hatte er mit einem Seufzer abgeschüttelt, dann noch eine halbe Stunde herumgeschmökert und war gerade im Begriff, das Licht auszumachen, als er seine Frau heimkommen hörte.

Früher als üblich sogar. Es war erst zwei Uhr.

Ihre Absätze hallten im Eingang wider. Mit federnden Schritten ging Eleonora in Richtung Schlafzimmer, als sie plötzlich langsamer wurde und stehen blieb. Sie musste das Licht im Wohnzimmer gesehen und begriffen haben, dass er zurückgekehrt war. Erneute Geräusche von Absätzen. In seine Richtung. Er sah Eleonora in der Tür stehen. Sie näherte sich ihm mit einem leisen Lächeln um die Lippen. Ohne ein Wort zu sagen. Jetzt hatte er sie direkt vor sich.

Verdammt, war sie riesig. Groß. Stattlich. Riesig. Ein Koloss von einem Weib. Er betrachtete sie von unten. Breit. Imposant. Arrogant. Despotisch. Falsch – ja, *falsch*. Unmenschlich – ja, eine Rabenmutter, zweifellos. Und lasziv. Eine Nutte. Sagen wir es freiheraus: eine große, eine riesengroße Nutte.

»Fass mich an!«, befahl sie.

Er leistete keinen Widerstand und streckte eine Hand aus nach den beiden Fleischsäulen, die ihre Schenkel waren, ins Dunkle hinein.

Sie zog sich nicht zurück, typisch für Eleonora, die ihn verhöhnen wollte. Vielmehr machte sie eine kleine Bewegung – machte den Schritt breit, wie man sagen könnte. Ein Zeichen der Akzeptanz. Der Zulassung zum Tempel, in ihrem Fall.

Er ließ die Finger über ihre glatte Haut gleiten, über das weiche, sanft gewellte Fleisch bis hinauf zum Rand des … aber was heißt hier Höschen? Sie trug einen Tanga! Einen Tanga mit *Le-o-par-den-mus-ter*, und damit nicht genug! Um die Taille herum hatte der Tanga einen Goldbesatz, wie Riccardo sah, als er ihren Rock hochschob. So ein Flittchen! Und darunter ein richtiger See, wie er fühlte, als er die Finger hineintauchte.

In diesem Moment zog sie ihn an ihre Möse – hielt sie ihm zum Lecken hin, besser gesagt. Nach getanem Werk fingerte er sich nach oben, um ihre Bluse aufzuknöpfen oder sie ihr vielmehr vom Leib zu reißen, wobei dieser Akt nicht nur mit einem Überschuss an Rhetorik einherging, was normalerweise ihn zum Lachen gebracht hätte, sondern auch eine gewisse Verachtung für die Kosten des Kleidungsstücks implizierte, was normalerweise sie zur Weißglut getrieben hätte – aber an dem, was hier ablief, war sowieso nichts »normal«. *Sie hassten sich.* Sie hätten sich an die Gurgel springen können.

Tatsächlich verkrallte sie sich in seinen Haaren und riss ihm über dem Nacken ein ganzes Büschel aus, um seinen Mund von ihren kolossalen Titten fernzuhalten, während er diese zusammenpresste und aus dem Büstenhalter zog, der – Nein! Doch! – tatsächlich ebenfalls leopardengemustert und mit einer Bordüre aus goldenem Samt und ochsenblutfarbener Spitze verziert war: ein grauenhaftes Objekt neobarocker Wollust.

Neobarocke Wollust für ihn, den sie immer noch an den Haaren zog und dem sie nun, um sich äußerste Befriedigung zu verschaffen, diese beiden enormen weichen Lustobjekte ins Gesicht drückte, bis er nach Luft schnappte, auch wenn er sich ein paar Sekunden später aus ihrem Griff befreien konnte und anfing, sie von hinten zu ficken, und ihr schließlich sagte, was er von ihr hielt, nämlich dass sie eine Riesennutte sei – in diesem Augenblick hätte er sich nicht vorstellen können, dass diese Frau gerade die mächtige, die entscheidende Szene aufführte, auf die er zurückgreifen würde, um ihn hochzukriegen, wenn er, wie jetzt, Chatryn Wally Triny zu vögeln versuchte, diese amerikanische Lady mit dem minimalistischen, fast schon an eine Reliquiengruft gemahnenden Intimbereich, das Schamhaar streng zurechtrasiert, und mit einem Herz, das heftig für ihn schlug – das zumindest war es, was er glaubte.

So ging es eigentlich seit Beginn ihrer Tour, die sie durch Frankreich, durch die Weinanbaugebiete von Burgund, Bordeaux und Hermitage, bis nach Italien in die Langhe, nach Franciacorta und ins Valpolicella geführt hatte und an jenem Nachmittag – an dem Riccardo, als er zur Abwechslung einmal wieder auf der Kloschüssel saß, Chatryn durch die Tür grüßen hörte – weiter ins Chianti-Gebiet, genauer gesagt, ausgerechnet auf das Landgut von Yarno Cantini, dem Conte del Canto degli Angeli.

Ein etwas unheimliches Schloss

Seit er von dieser Etappe erfahren hatte, hatte Riccardo erwogen, sie ihr auszureden: ja, aber mit welcher Begründung? Das Weingut der Angelis lag auf der Route, die Chatryn mit Norman Gastell, ihrem Chef, ausgearbeitet hatte, und der Versuch, sie von dem Besuch abzubringen, hätte nur dazu geführt, dass sie Argwohn geschöpft hätte, und das wollte er nun wirklich nicht. Es stimmte zwar, dass er die Verbindung mit Chatryn nur wiederaufgenommen hatte, um Graziantonio gefällig zu sein und seinen Aglianico zu lancieren – etwas, was er immer noch zu tun beabsichtigte, denn Dell'Arco brauchte er für seinen Start in ein neues Leben; doch er würde jetzt, da er entdeckt hatte, was er tatsächlich für Chatryn empfand – und zwar trotz ihrer erotischen Fantasien, die für ihn unerträglich waren und die er sich nur mit ihrer gegenwärtigen Verwirrung erklären konnte –, ihr Verhältnis um nichts auf der Welt gefährden. So beschränkte er sich kurz vor der Ausfahrt, die zu Yarnos Landgut führte, auf das romantische Geständnis, dass er schrecklich gern mit ihr in jene Gegend zurückkehren würde, in der sie zehn Jahre zuvor zusammengewesen waren, und dass er sich gut vorstellen könne, gleich in diese Richtung weiterzufahren.

Sie lächelte ihn an, schob ihm eine Hand in die Haare – das tat sie wirklich mit Vorliebe – und versicherte ihm: »Sei unbesorgt, Liebling … da fahren wir auch noch hin, ganz bestimmt, aber erst habe ich hier eine Aufgabe zu erledigen.«

»Das hättest du auch dort … Ich hab's dir doch erzählt, oder? Jetzt trinkt man auch bei uns hervorragende Weine«, antwortete er in Anspielung auf alte Diskussionen. In der Tat, obwohl sich Riccardo bisher sorgsam davor gehütet hatte, den Carato Federiciano direkt zu erwähnen, hatte er doch zwischen der einen und der anderen Degustation ein paar Bemerkungen über die Qualität fallen lassen, die der Wein mittlerweile selbst in der Basilikata erreicht habe, und sich dabei – ziemlich hinterlistig, muss man sagen – der Erinnerungen bedient, die mit ihrer ersten Begegnung verknüpft waren. » … Zum Beispiel in Barile. Du erinnerst dich doch, oder? Damals, als wir uns die *location* von Pasolinis Film *Das Erste Evangelium – Matthäus* angesehen haben?«

»In diesen Tagen erinnere ich mich an alles, als wäre es erst gestern gewesen«, hatte Chatryn melancholisch geantwortet.

»Dann erinnerst du dich auch an den Aglianico, den wir getrunken haben?«

»Wie ich schon sagte, ich kann mich an alles erinnern. Ja, das war ein guter Wein.«

»Jetzt ist er sogar mehr als gut.«

»Aber schon damals war er … Ja, doch. Ich bin wirklich neugierig, ihn wieder zu kosten und nach all diesen Jahren als ›Profi‹ herauszufinden, welche Gefühle er heute in mir weckt.«

»Außerdem könntest du, sollte er dir gefallen, die Freude an der Entdeckung genießen. Was gibt es hier schon groß zu entdecken? Die Weine aus der Toskana kennt doch jeder; sie sind weltberühmt.«

»Genau aus diesem Grund müssen sie einer strengen Kontrolle unterzogen werden … Aber mach dir keine Sorgen, mein Liebling. Wir werden auch *deinen* Aglianico probieren. Lass mir nur ein wenig Zeit, zumal uns dieses Mal niemand im Wege steht, oder?«

Ja, Riccardo hatte ihr erzählt, wie sich die Dinge zwischen ihm und seiner Frau entwickelt hatten und dass er entschlossen war, sie zu verlassen. Es war das erste Mal, dass er mit jemandem darüber sprach, und das hatte ihn selbst beeindruckt und ein Gefühl zwischen Erleichterung und Leere ausgelöst.

Dann war es also wirklich aus?, fragte er sich, als er in

die Auffahrt zur Staatsstraße einbog, von der aus sie eine halbe Stunde später in der Ferne die tatsächlich etwas düstere Silhouette des Schlosses des Conte del Canto degli Angeli auftauchen sahen.

Eine Wolke hing so reglos darüber, als wäre sie auf der Wetterfahne des höchsten Turmes aufgespießt.

Adelsgemäße Höflichkeit

Yarno empfing sie mit der Zwanglosigkeit, die man Angehörigen der eigenen Kreise vorbehält.

Riccardo begegnete ihm zum ersten Mal persönlich, nachdem er ihn hin und wieder im Fernsehen gesehen und sich letzthin gründlich im Internet über ihn informiert hatte. Der Mann war ihm schon deshalb unsympathisch, weil er hochelegant zu erscheinen vermochte in seiner schlampigen Aufmachung mit dieser zerknitterten Leinenjacke über der grauenhaften zyklamfarbenen Hose, unter der irrwitzige arabische Sandalen mit aufgebogener Spitze hervorlugten, alles nicht unbedingt neuerer Machart. Zum Glück schien Chatryn nicht besonders beeindruckt von ihm zu sein. Im Übrigen waren sich die beiden bereits bei verschiedenen Anlässen begegnet, wie die Amerikanerin Riccardo auf der Reise erzählt hatte und wie ohnehin schnell deutlich geworden wäre, da sie in ihr Gespräch Einzelheiten über Orte und Personen einflochten, die Fusco nicht kannte, sodass er bald, Chatryns gegenteiligen Bemühungen zum Trotz, in die unglückliche Position des unliebsamen Dritten geriet.

Außerdem erlitt Riccardo nach dem Frühstück, das in einem der Pavillons des agrotouristischen Betriebs mit herrlichem Blick auf die sanft ins Tal abfallenden Weinberge serviert wurde, eine seiner üblichen Magen-Darm-Attacken, und Chatryn musste am Nachmittag die Besichtigung des Anwesens mit Yarno allein fortführen.

Die Behauptung, dass sie sich darüber ärgerte, wäre eine Untertreibung gewesen.

True Love

Ja, sie hatte ihn, nachdem sie sich von ihm verabschiedet hatte, in ihrem Zimmer – oder, wie wir gesehen haben, streng genommen im Badezimmer ihres Zimmers – mit einer Wehmut zurückgelassen, die sie fast zum Weinen brachte. Natürlich musste man sich für ihn schämen, und sie schämte sich auch für ihn, aber Tatsache war, dass Chatryn, die aus dem einzigen Grund, ein Kind von Riccardo zu empfangen, nach Paris gekommen war, sich noch im Moment des Wiedersehens erneut in ihn verliebt hatte.

Riccardo hatte sich also über ihre Liebe nicht getäuscht, im Gegenteil. Während sie jetzt in der Stille der Siesta den Weg zum Schlosshof allein zurücklegte, fragte sie sich, wie sie all diese Jahre überhaupt ohne ihn hatte leben können. An Riccardo gefiel ihr alles – was auch immer er tat oder sagte. Der Duft seiner Haut, seine Hände, seine Haare – nach seinen Haaren war sie regelrecht verrückt – und sein Schwanz, der natürlich auch. Selbst der Gedanke, dass sie ihn so, auf der Kloschüssel leidend, hatte zurücklassen müssen, entlockte ihr ein zärtliches Lächeln. »Mein armer Liebling«, seufzte sie, um sofort in sich hineinzulachen, als ihr bewusst wurde, dass sie diese Worte, die ein Gedanke hätten bleiben sollen, wie ein Backfisch vor sich hergesagt hatte. Sie beschleunigte ihre Schritte. Diesen Besuch würde sie so schnell wie möglich hinter sich bringen und dann zu ihrem Liebsten zurückkehren, und als sie Yarno erblickte, der sie pfauengleich, mit stolzgeschwellter Brust erwartete, empfand sie, während jede andere Frau über ein Rendezvous mit einem solchen Mann überglücklich gewesen wäre, nichts als Ekel.

Sobald Yarno sah, dass sie allein war, kam er ihr mit verführerischem Getue entgegen, was sie nur noch weiter fuchste. Mit wem glaubte er eigentlich es zu tun zu haben, dieser Typ? Die geringste Beanstandung, und sein Wein würde aus den *Top 100* rausfliegen, darauf konnte er Gift nehmen. Er würde schon noch begreifen, wer Chatryn Wally Triny war, »der Albtraum der Weinproduzenten«, wie die mondänen New Yorker Zeitungen sie nannten.

Er dagegen wies er ihr nichtsahnend den Weg und nahm sie sogar am Arm. Wenn sie sich nicht reflexhaft mit einer gereizten Geste von ihm losriss, dann nur deshalb, weil sie wusste, dass solche »Berührungen« unter Italienern nicht unbedingt dieselbe Bedeutung hatten wie in Amerika und einfach ein Zeichen der Freundschaft sein konnten, obwohl Yarno Cantini mit diesem seinem Blick sicher *mehr* sein wollte als ein Freund. Dennoch war sie im Begriff, sich ihm zu entwinden, weil sie es zusätzlich aufregte, dass sie eine weitere Avance hätte hinnehmen müssen, um nur ja nicht als die übliche bigotte Yankeefrau zu gelten – das

Allerletzte für eine Italoamerikanerin! –, aber dann löste sich das Problem von selbst.

»Herr Graf, bitte entschuldigen Sie, aber die Person, die Sie erwarten, ist soeben eingetroffen«, sagte ein Typ, wahrscheinlich ein Gutsverwalter, der plötzlich aus irgendeiner Ecke aufgetaucht war.

Yarno sah ihn ungehalten an, wandte sich dann an Chatryn und sagte: »Meine Liebe, ich muss dich verlassen … nur für ein paar Minuten. In der Zwischenzeit kannst du einen Blick in die Schlosskapelle werfen.« Er zeigte auf das Ende der Allee, wo diese zwischen sehr hohen Zypressen zu sehen war. »Außer ein bisschen Abkühlung wirst du dort eine Tafel finden, die angeblich von Giotto stammt … auch wenn das meiner Meinung nach leider nicht zutrifft.« Dann neigte er das Haupt zu einem galanten Handkuss und kehrte auf demselben Weg zurück, in respektvollem Abstand gefolgt von dem Mann aus dem Volke.

Chatryn war wieder allein.

Die Zikaden zirpten ihre unablässig intermittierende Melodie. Am Himmel flogen gelangweilte Ringeltauben vorbei. Ein sanfter Windhauch bewegte ihr gewelltes Haar und die Wipfel der hohen Zypressen, deren finsterer Schatten auf den Weg fiel, in den sie jetzt einbog.

Ein sanfter Zephir

Das Innere des Kirchleins war sogar zu kühl und die Altartafel wirklich so durchschnittlich, wie Yarno angedeutet hatte. Fast fröstelnd trat Chatryn wieder ins Freie und nahm den Feldweg auf der Rückseite, der von zwei Lavendelhecken gesäumt war, über denen sich ganze Schwärme von Skarabäen tummelten. Ihre bläulich-smaragdgrünen Flügel glänzten in der Sonne, und die Luft ringsum war erfüllt von ihrem dumpfen, an den Bass einer abgenutzten Orgel erinnernden Summen. Chatryn betrat den kleinen Friedhof, wo wieder Stille sie umfing. Ja, es war, als würde die Stille sie wie ein Strudel in einen versteckten Winkel hineinziehen, wo sich hinter einem verfallenen Mäuerchen, das mit trockenem Moos und Heckenrosen verziert war, so weit das Auge reichte, diese unvergleichliche Landschaft erstreckte, diese sanften Hügel, die von grünen Weinbergen durchsetzt waren, von gelegentlichen bewaldeten Flächen und langen Reihen breitkroniger Bäume und hochragender Zypressen, von Burgen mit zinnenbewehrten Türmen, dieses ganze Panorama also, das die großen toskanischen Meister so oft als Hintergrund für die Bildnisse ihrer Heiligen, Adligen, Engel und Kondottieri gemalt hatten.

Genau eines dieser Bilder glaubte Chatryn nun vor sich zu haben, als sie das nicht gemalte, sondern aus schneeweißem Marmor gemeißelte Gesicht von Yarno erblickte.

Ja, er war es *wirklich*. Ohne jeden Zweifel.

Einen Moment schien es, als befände sie sich in einem Traum – oder vielleicht in einem Albtraum –, und der dauerte genau so lange, bis sie den in den Grabstein eingemeißelten Namen las: Giovanni Cantini del Canto degli Angeli. Erleichtert seufzte sie auf. Nein, sie hatte nicht den Verstand verloren wie ihre Mutter. Natürlich, wie dumm von ihr! Es war ja klar, dass es sich um einen von Yarnos Vorfahren handeln musste. Dennoch war diese so frappierende, so vollkommene Ähnlichkeit in höchstem Maße verwirrend.

Wie betäubt begann sie, dieses Antlitz zu streicheln – ein wunderschönes Antlitz. Yarnos an sich schon perfekte Gesichtszüge fanden in der Kunst eine weitere Sublimierung: die Nase eines griechischen Gottes, der weiche Mund, der Spitz- und Schnurrbart des Abenteurers, das in fließende Locken gelegte Haar des Helden. Chatryns Finger glitten über den glatten Marmor, der sich trotz der Hitze des sommerlichen Frühnachmittags kühl anfühlte und so starke Gefühle in ihr auslöste, dass sie die Augen schließen musste – und als sich nun wieder ein Zephir erhob und ihr durch Haar und Herz wehte, erstanden vor ihrem Geiste Bilder, die ein ganzes Leben in einem einzigen Moment zusammenfassten, genau wie es angeblich kurz vor dem Tod geschieht. Da war der junge Conte Giovanni, der sich mit einer Art Zwerg mit buschigen Augenbrauen unterhielt. Die Kutsche mit demselben Typen und zwei anderen darin. Eine plötzliche Bewegung. Die Schüsse. Der Schatz in den Beuteln. Der Graf inmitten einer bedrohlichen Menge übler Halunken. Sein Kopf auf eine Pike gespießt. Eine Stimme, die sagte: »*Du bist … die Person … die Zeit … endlich …*«, und in diesem Moment schlug Chatryn die Augen auf und fand sich vor der Büste wieder, die zu ihr sprach: »… ich habe diese Person erwartet … seit Langem … endlich ist sie gekommen … Aber was machst du denn da, schöne Chatryn? Schläfst du am Ende gar?«

Es war Yarno. Er lächelte sie belustigt an, streichelte ihr über die Wange und sagte: »Man sieht, dass du wirklich müde bist, meine Liebe.« Und ohne eine Antwort abzuwarten, setzte er hinzu: »Entschuldige bitte, wenn ich dich vernachlässigt habe, aber jetzt bin ich ganz für dich da«, und hielt ihr mit einer mehr als anspielungsreichen Geste die Hand hin.

Von dem niedrigen Steinsitz, auf dem sie offensichtlich eingenickt war, starrte sie ihn benommen an, und plötzlich erschien ihr Yarno Cantini unwiderstehlich, wie es bisweilen geschieht, wenn man von einer Person geträumt hat, die einem zuvor völlig gleichgültig, wenn nicht gar verhasst war.

Sie streckte ihre Hand aus, und als Yarno sie freudig an sich zog, schmolz sie schon für ihn dahin.

Genau wie Eleonora

Als Riccardo in der Nacht aus dem Schlaf hochfuhr, überlegte er lange, wo er sich befand. Das passiert oft auf Reisen oder wenn man eine außergewöhnliche Zeit durchlebt – und auf ihn traf ja beides zu.

Zunächst vermeinte er, in seinem Bett zu Hause in Potenza zu sein, als wäre es noch die Zeit, in der Eleonora ihn geliebt hatte, und als wäre alles, was geschehen war, nicht geschehen. Er erinnerte sich an das Gefühl der Fremdheit, das ihn beschlichen hatte, wenn er sie nachts ins Bett kommen hörte, während es ihm tagsüber nicht gelang, sie nicht als Teil von sich selbst zu denken. Damals hatte er sich nicht einmal vorstellen können, dass sein Leben ohne sie weitergehen könnte. Doch jetzt war er hier. Allein an diesem unbekannten Ort … ein Himmelbett … das Bett eines Schlosses. *Des* Schlosses. Aber wie das? Und Chatryn? Warum war er allein?

Dann erinnerte er sich plötzlich an alles.

Zur Abwechslung war es ihm nach dem Abendessen wieder einmal schlecht geworden.

»Geh nur, Liebling, ich komme später nach«, hatte Chatryn zu ihm gesagt.

Riccardo schaute auf die Uhr; es war zwei. Und genau wie Eleonora kam auch Chatryn nicht zurück… Aber er war zu müde, um weiter darüber nachzudenken, und schlief sofort wieder ein.

Am Morgen weckte ihn die Sonne, die durch die Vorhänge aus orangefarbenem Leinen schien. Die Farbe vermittelte Fröhlichkeit. Er schaute zu Chatryns Seite hinüber und sah, dass sie neben ihm lag und ihn anlächelte.

»Ich habe Lust auf dich, Liebling«, sagte sie.

Wieder unterwegs

Ein paar Stunden später waren sie wieder unterwegs. Das Wetter war besonders schön, und es war ein Vergnügen, sich im offenen DS die laue Luft übers Gesicht streichen zu lassen und über die kleinen Nebenstraßen durch die italienische Landschaft zu zockeln, auf der Suche nach diesem oder jenem Weingut, einem nicht alltäglichen Restaurant oder einem abgelegenen Landgasthof. Riccardo entging natürlich nicht, dass Chatryn gelegentlich ein bisschen zerstreut war, aber er machte sich keine weiteren Gedanken darüber, da sie ihn weiterhin begehrte wie am ersten Tag –

genauso und noch mehr als zu jener Zeit, die sie zehn Jahre zuvor durchlebt hatten. Und als sie schließlich in der Gegend landeten, wo ihre erste Begegnung stattgefunden hatte, nämlich in der Basilikata, fühlte er sich glücklich und beschwingt und leicht. Während der traurigen Jahre, die auf diese Episode gefolgt waren, hatte Eleonora ihn vergessen lassen, dass man so sein konnte.

Ihre erste Pause legten sie just in Chiaromonte ein. Es gelang ihnen sogar, wieder im alten Pfarrhaus zu übernachten, und Chatryn ließ auf der ramponierten Orgel wieder ihre Broadwaymelodien erklingen. Am folgenden Morgen spazierten sie durch die Wälder wie einst. Alles war so geblieben, wie es gewesen war, nur dass man jetzt noch weniger Leute traf. Trotzdem, irgendetwas stimmte nicht. Als sie die Bauern wiedersahen, deren Stimmen sie stundenlang auf Tonband aufgenommen hatten und die sich jetzt, genau wie der Pächter des Pfarrhauses, kaum an sie erinnerten und sie mit unerwarteter Frostigkeit behandelten, dämmerte ihnen der Grund: Die Zeit war einfach fortgeschritten, und der Versuch, sie zurückzudrehen, war nichts als eine Illusion.

Die Aglianico-Route

So beschlossen sie, sich auf den Spuren des Aglianico zum Monte Vulture zu begeben. Als sie dort anlangten, dachte Riccardo, dass er Chatryn vor Dell'Arcos Betrieb vielleicht noch ein paar andere Kellereien zeigen sollte, damit sie keinen Verdacht schöpfte.

›Wie kannst du nur so falsch sein?‹, fragte er sich und betrachtete diese Frau, die, während er fuhr, neben ihm saß und ihm mit verliebter Miene die Haare zauste. Er müsste ihr die Wahrheit sagen. Aber konnte er ihr eröffnen, dass er sie ohne Graziantonio und seinen Wein wahrscheinlich niemals wiedergesehen hätte? Andererseits war natürlich nicht zu leugnen, dass er auch vor der Begegnung mit Dell'Arco oft an sie gedacht hatte. Er hatte einfach nicht den Mut besessen, das zu tun, was sich dann als goldrichtig erwiesen hatte, zumal er Chatryn jetzt ja aufrichtig liebte. Aber war er sich dessen wirklich sicher? War Chatryn nicht doch nur die Frau, die ihm bei dem Versuch half, Eleonora zu vergessen? Und das nicht einmal mit großem Erfolg, wenn man bedachte, dass sich Eleonoras Bild – das von ihrem Körper und von der Art und Weise, wie sie ihn beim Sex erregte – zu einer regelrechten Obsession ausgewachsen hatte.

Basta, sagte er sich und verbannte diese Gedanken mit einem Schnauben aus seinem Kopf. Der Himmel war blau, die Luft liebkoste ihm das Gesicht, und neben ihm saß eine Frau, die ihn liebte – konnte er riskieren, das alles nur wegen irgendwelcher dummer Gewissensbisse kaputt zu machen? Außerdem war er jetzt, nachdem er so viele verschiedene Weine getrunken hatte, immer mehr davon überzeugt, dass Graziantonios Wein tatsächlich ausgezeichnet war, und wenn Chatryn ihn in ihre *top list* aufnähme – was wäre daran so schlimm? Ohne weiter zu zögern, fuhr er also in Richtung der Storta del Cervo, wie die Gegend hieß, nach der sich Graziantonio Dell'Arcos Landgut nannte.

Graziantonio hatte seit Beginn ihrer Reise nichts mehr von ihm gehört, weil Riccardo aus Angst, Chatryn würde etwas bemerken, sein Handy ausgeschaltet hatte, denn der andere hatte angefangen, ihn in den unpassendsten Momenten anzurufen. Riccardo hatte jedoch seine Nachrichten abgehört, die immer nervöser klangen: »He, und wie geht's?«, »Hast du sie jetzt gefickt, oder was?« »Also, was ist? Hast du sie überzeugt?« »Ruf mich endlich an, du Arschgeige!« Doch anstatt ihn zurückzurufen, hatte es ihm Spaß gemacht, Graziantonio zappeln zu lassen, sodass auf der Storta del Cervo nun niemand über ihr Kommen informiert war, und die Tatsache, dass man sie wie zwei normale Touristen behandelte – mit der natürlichen Grobheit der Lukanier also –, verlieh der Sache einen zusätzlichen Hauch von Spontaneität. Doch nachdem Chatryn den Carato getrunken und sich begeistert gezeigt hatte, konnte Riccardo der Versuchung nicht widerstehen, seinem Freund dies unverzüglich mitzuteilen, und während sie in der Kellerei blieb, um sich die Besonderheiten der Weinherstellung erklären zu lassen, absentierte er sich unter dem Vorwand, sich im Weinberg ein wenig die Beine zu vertreten.

»Wo bist du gelandet, du *strunz*?«, brüllte der andere ins Telefon.

»Was heißt hier gelandet? … Wir starten doch erst, mein Freund«, antwortete Riccardo. »Ich bin in Barile, in deiner Weinkellerei, und zwar mit der Wally Triny! Sie hat soeben *unseren* Wein gekostet und gesagt …« Er machte eine Pause, um ihn noch etwas schmoren zu lassen.

»Ja, und? Was hat sie gesagt? Jetzt red schon, du Mistkerl!«

»*Fabelhaft*, hat sie gesagt! Rätselhaft und archaisch, schnörkellos und geheimnisvoll wie ein alter Zauber, so hat sie ihn charakterisiert. Merkst du, was für eine Poetin das ist?! Und dann hat sie noch ergänzt: Eine der unglaublichsten Sachen, die ich auf dieser Reise getrunken habe… Und ich versichere dir, dass wir so viel getrunken haben, dass ich mir beinahe eine Zirrhose zugezogen habe.«

»Super, super, Super-Riccardo!«, kreischte Dell'Arco wie ein Besessener immer wieder dazwischen.

Riccardo stellte sich vor, dass er einen Freudensprung machte, was tatsächlich der Wahrheit entsprach.

»Dann sind wir also in der *top list*?«, fragte Graziantonio, sobald er wieder Bodenhaftung hatte.

»Ist doch klar, oder?«

»Und über Yarno, was sagt sie da? Hast du mit ihr über ihn gesprochen?«

»Ach, den kannst du vergessen… Wie du dir vorstellen kannst, sind wir auch bei ihm gewesen, und du hast wirklich recht: Er ist ein echtes Arschloch. Mehr kann ich dazu nicht sagen. Schon möglich, dass sie ihn auch aufnimmt, ich weiß es nicht…«

»Kannst du das denn nicht verhindern?«

»Na ja, ich muss erst sehen, wie sich die Sache zwischen uns beiden entwickelt… zwischen mir und Chatryn, meine ich.«

»Aber du hast sie natürlich gefickt…«

»Gefickt? Die will von morgens bis abends nichts anderes… so scharf ist die! Sie saugt mir das Mark aus den

Knochen, unglaublich, und was soll ich dir sagen? Ich weiß nicht, wie lange ich das noch durchhalte… Schön mag sie meinetwegen sein, aber sie nähert sich halt auch schon dem Verfallsdatum«, hörte er seine Stimme hinzufügen.

Das sind so die Dinge, die man unter Männern eben sagt, ohne groß nachzudenken, selbst über Frauen, die einem wirklich etwas bedeuten, wie in diesem Fall. Riccardo Fusco schämte sich sofort, aber jetzt war es nun einmal in der Welt. Und da er schon so schön in Fahrt war, schob er, wie von einer Art Raptus gepackt, hinterher: »Wegen der Sache mit Yarno wollte ich noch sagen, dass ich ihr eine Eifersuchtsszene machen könnte, weil er sich neulich abends an sie herangeschmissen hat… Aber sie, nichts, ehm… Sie will nur mich, und Gott weiß, wie sehr sie mich will.«

»So ist's recht! Großartig. Riccardo der Magier.« Dell'Arco feuerte wieder seine Salven ab.

»Ja, ich glaube, ich sage ihr: ›Liebling, wenn du den großen Riccardo immer noch willst, dann *runter* von der Liste mit diesem Scheißkerl von Yarno…‹ Was das schon für ein idiotischer Name ist: *Yarno*«, lachte Fusco vor sich hin, von seiner eigenen Begeisterung mitgerissen… Und nicht nur von der. Da er schon am Vormittag und praktisch auf nüchternen Magen Aglianico geschlürft hatte, einen Wein, der gewiss nicht zum Aperitif taugt, hatte der gewissermaßen Schützenhilfe geleistet, was keine Entschuldigung sein soll, aber in nüchternem Zustand hätte Riccardo wohl kaum solche Abgründe der Gemeinheit erreicht.

»Ausgezeichnet! Sobald du wieder in Mailand bist, schmeißen wir eine tolle Party, und dann kannst du mit dem Produzenten wegen dem Sendeplatz reden, und auch über das Buchprojekt … Apropos: Wann kommst du eigentlich wieder?«

»Sobald die mich loslässt … Ich hab dir doch gesagt, dass sie wie besessen ist …«, und als er sich umdrehte, sah er einen Rebstock schwanken, als hätte ihn jemand soeben berührt.

Er spürte, wie ihm das Blut bis in die Haarwurzeln schoss und eine Eiseskälte ihm bis in die Zehenspitzen kroch.

Chatryn? War sie das gewesen? Mein Gott, was für eine Riesenblamage, wenn sie es gewesen wäre – die schlimmste seines jetzigen Lebens und auch der anderen, die möglicherweise noch folgen würden.

Eilends beendete er das Gespräch mit dem Tycoon und unternahm einen langen, einen sehr langen Spaziergang, bevor er denselben Weg wieder zurückging. Und als er endlich den Mut fand, in den Hof des Weinguts einzutreten, saß Chatryn, als wäre nichts geschehen, auf der Bank neben dem Tor zum Weinkeller, unter dem feierlichen, aus Kirschbaumholz geschnitzten Tympanon, und las ein Buch. Sobald sie Riccardo erblickte, lächelte sie ihn an, und er fühlte sich gerettet. Er seufzte und fragte: »Na, wo gehen wir zum Mittagessen hin, *my darling*?«

Das Gasthaus des Gerichtsvollziehers

Der Besitzer des Dorfgasthauses empfing sie mit der Höflichkeit eines Gerichtsvollziehers. Chatryn bat um die Weinkarte und ließ sich ein paar Flaschen verschiedener

Kellereien der Storta del Cervo empfehlen. »Um auch zu wissen, was die anderen machen«, erklärte sie Riccardo.

Danach baten sie um ein Zimmer, und sobald sie allein waren, verlangte Chatryn das Übliche. Riccardo, der wirklich ausgelaugt war, konnte sie, mit einem weiteren Gefühl der Erleichterung, zufriedenstellen und genoss dann etwas dösig die postkoitale Entspannung, die in Verbindung mit gutem Essen und guten Getränken – wie auch in diesem Fall – zu den wahren Wonnen des Lebens gehört. Plötzlich klingelte Chatryns Handy.

Norman Gastell ging es schlecht, sehr schlecht, und sie musste unverzüglich nach New York zurückkehren.

»Ist das denn wirklich nötig?«, fragte Riccardo, obwohl er in Wirklichkeit über die Nachricht erleichtert war. Wie gesagt, diese Frau hatte ihn buchstäblich aufgerieben.

»Ich könnte …«

»Außerdem gehen dir auf diese Weise Sizilien und Sardinien durch die Lappen …«, insistierte er und heuchelte Niedergeschlagenheit.

»Es ist schon gut so, Riccardo.« Und dann fügte sie klar und deutlich hinzu: »Zumal wir nicht mehr machen können, als wir gemacht haben. Stimmt doch, Riccardo, oder?«

Er war drauf und dran, sie zu fragen, was sie damit meinte, aber das säuerliche Lächeln, mit dem sie ihren Satz beendet hatte, ließ ihn davon Abstand nehmen.

Aber er würde es noch verstehen. Ein paar Monate noch, und er würde es verstehen.

Ach, *wenn* er es bloß verstanden hätte!

Wenn man sie in ihrem roten Fiat Giardinetta auf der Landstraße durch die Hügellandschaft brausen sah, schienen sie eine jener glücklichen Familien zu sein, die Werbeleute, wenn irgend möglich, in ihre Spots einbauen – und im Grunde waren sie das auch, obwohl im Auto wieder die Mamma fehlte. Riccardo hatte Eleonora endgültig verlassen, und sie hatte ihm die Töchter gern überlassen, damit sie ihr Leben ganz der Kunst weihen konnte – ja, so schwülstig hatte sie sich ausgedrückt. Schließlich und endlich war sie immer noch eine Frau, die »Theater machte«.

Aber seit dem Morgen in der Storta del Cervo, fast ein Jahr zuvor, war das nicht die einzige Neuigkeit.

Sagen wir gleich, dass der herzhafte lukanische Wein namens Aglianico dank Riccardo seinen wohlverdienten Einzug in die Liste der *Top 100 Wines of the Year* gehalten hatte, die der *Wine Spectacle* wie jedes Jahr pünktlich im Dezember veröffentlichte, womit sein unaufhaltsamer Siegeszug um die Welt seinen Ausgang nahm – schade nur, dass es sich nicht um Graziantonio Dell'Arcos Aglianico handelte.

Zum Beweis dafür, dass niemand grausamer sein kann als eine gekränkte Frau, hatte sich Chatryn, die unglücklicherweise das Telefongespräch zwischen Riccardo und Dell'Arco mitgehört hatte, die Genugtuung gegönnt, nicht nur den Wein des lukanischen Tycoons und Freundes des unvorsichtigen Fusco zu ignorieren, sondern darüber hinaus an seiner Stelle nicht nur einen, sondern gleich zwei Aglianico-Sorten auszuwählen – nämlich die beiden Weine, die ihr der Gerichtsvollzieher-Wirt in Barile empfohlen hatte.

Aber damit hatte sie sich nicht begnügt.

Indem sie an den Canto degli Angeli von Yarno Cantini ganze neun Punkte mehr vergab als in der vorigen Liste, hatte Chatryn dafür gesorgt, dass dieser Wein sich unter den heiß begehrten ersten zehn Plätzen der *Top 100* positionieren konnte – auch wenn sie das nicht nur Riccardo zum Trotz getan hatte. Was Riccardo als den größeren Schlag empfand – den Schlag, den er selbst einzustecken hatte –, war, dass Dell'Arco, sobald er sich von seiner Ischämie erholt hatte, nicht nur die Versprechen, die er Fusco gegenüber gemacht hatte, zurücknahm, sondern ihn für immer von der Liste seiner Freunde strich und in einen Zustand hysterischer Fibrillation verfiel, wenn er bloß seinen Namen hörte: »Dieser Scheißkerl … wir hatten es schon geschafft, und da verspielt er alles mit einem einzigen Telefongespräch … dieser Scheißkerl!«

Der so Bezeichnete hatte sich allerdings, um die Wahrheit zu sagen, bald damit abgefunden. Letztendlich hatte er sich diese Katastrophe selbst eingebrockt, und außerdem war jetzt Schluss mit den Illusionen! Er war fast fünfzig, und es war Zeit, endlich Boden unter die Füße zu bekommen und sein Schicksal zu akzeptieren, und sein Schicksal war es offensichtlich, ein Durchschnittsmensch zu bleiben. So kehrte er nach Hause zurück, zu seinen Töchtern, zu seiner Wissenschaft, an die Universität. Ja, man muss sagen, dass ausgerechnet dort eine neue Entwicklung zu verzeichnen war.

Der »Baron«, der ihm so großen Schaden zugefügt hatte, war praktischerweise nicht mehr da – wie Riccardo es ihm viele Male aus tiefstem Herzen gewünscht hatte, war er just unter einem Lastwagen gelandet … so kann's gehen – und da sich in jenem Augenblick, dank einer weiteren glücklichen Fügung, kein anderer fand, der ihn hätte ersetzen können, bat man nun ihn, Riccardo Fusco, dies zu tun. Unter den gegebenen Umständen handelte es sich natürlich nur um eine Vertretung, aber der Dekan der Fakultät hatte ihm deutlich zu verstehen gegeben, dass er beim nächsten Berufungsverfahren den Lehrstuhl bekommen werde. Gestärkt durch diese Aussichten, konnte sich der künftige Professor voller Übermut hinter seinen Essay *Die Reichen – wirklich Reiche und Parvenüs* klemmen. Endlich würde er doch noch von den Erfahrungen mit Dell'Arco profitieren.

Sicher, in der ersten Zeit, als er nach mehreren, stets erfolglosen Versuchen aufgehört hatte, Chatryn zu schreiben oder sie anzurufen, dachte er noch hin und wieder an sie. Nicht weil er sie liebte, nein. Er hatte ein für alle Mal eingesehen, dass ihm die Begegnung mit ihr nur dazu gedient hatte, seine Ehefrau zu vergessen, die inzwischen sogar aus seinen erotischen Phantasien verschwunden war. Sagen wir einfach, dass er Chatryn gegenüber berechtigte Schuldgefühle empfand. Ein paar Monate nach den Ereignissen – sieben Monate danach, um genau zu sein – fiel ihm dann allerdings eine Zeitschrift in die Hände, in der Chatryn Wally Triny nicht nur, im siebten Monat schwanger, in Yarno Cantinis Armen abgebildet war, sondern zudem noch erzählte, dass sie zu dem einzigen Zweck nach Italien gekommen sei, ein Kind zu empfangen – ›Deshalb also hat sie nie genug bekommen‹, sagte sich Riccardo –, und mit der ihr eigenen frivolen Unverblümtheit ferner gestand, dass es reiner Zufall war, wenn sie auf dieser Reise außerdem noch die große Liebe gefunden hatte.

»Wollen Sie damit sagen, dass Sie mit jedem, der Ihnen über den Weg gelaufen ist, ein Kind gezeugt hätten?«, hakte die Interviewerin verblüfft nach.

»Richtig!«, antwortete Chatryn, als wäre es die natürlichste Sache der Welt. »Stellen Sie sich vor, kurz vor meiner Abreise war ich drauf und dran, mich an eine Samenbank zu wenden.«

›So, wie sie mich benutzt hat, war sie offenbar der Meinung, eine gratis arbeitende Außenstelle gefunden zu haben‹, dachte Riccardo Fusco mit wachsender Empörung.

»Und stattdessen«, endete der Artikel, »hat diese anspruchsvolle New Yorkerin mit dem fatalen und leicht zynischen Blick in Italien ihren romantischen Märchenprinzen getroffen, auch wenn es sich in Wirklichkeit ›nur‹ um einen Grafen handelt« – eben Yarno, der sie geschwängert hat, und zwar just in der Zeit, als Riccardo und Chatryn zusammen waren. *Das* sagte die Journalistin natürlich nicht, weil sie es nicht wissen konnte, aber die Rechnung ging allzu leicht auf.

Das also war in der Nacht geschehen, in der Chatryn aus ihrem Bett in Yarnos Schloss verschwunden war!

Tja, aber wie konnte sich Chatryn in Bezug auf den Conte so sicher sein? Es schien klar, dass es sich bei ihrer Version, wonach Yarno der Samenspender war, um eine zurechtfrisierte Wahrheit handelte, denn Riccardo hatte – wir können es bezeugen – alles gegeben, was er zu geben hatte, wie man in seiner Heimat so schön sagt. Was hingegen hätte der Conte Cantini in den paar Stündchen, in denen sich die anspruchsvolle New Yorkerin absentiert hatte, vollbringen können? Von alledem mal abgesehen, wollte es Riccardo auch wirklich nicht in den Kopf, wie eine Frau von Chatryns Charakter ein derart falsches Spiel hatte spielen können.

Sagen wir gleich, dass auch sie es nicht begreifen konnte. Sagen wir zu ihrer weiteren Entschuldigung, dass sie sich, als sie Riccardo wiedersah, tatsächlich aufs Neue in ihn verliebt und ihn sich zum Mann ihres Lebens und zum Vater ihres Kindes gewünscht hatte – zum Vater ihrer Tochter, genauer gesagt, angesichts seiner mehrfach erwiesenen Unfähigkeit, männliche Nachkommen zu zeugen. Das Letzte wiederum, was Chatryn gewollt hätte, war, sich in Yarno Cantini zu verlieben, dem sie außerdem schon Dutzende Male begegnet war, ohne irgendetwas für ihn zu empfinden, ja, den sie vielmehr für einen hohlen, wenn nicht gar hinterhältigen Menschen gehalten hatte.

Und trotzdem war es passiert.

Ein Windhauch

War es nun Zufall, dass es ausgerechnet nach dem Traum passiert war, den Chatryn zu Füßen des Grabmals des Conte Giovanni geträumt hatte? Und welche Bedeutung mochten die Bilder vom Ende des verlotterten Grafen haben, die ihr erschienen waren, ohne dass weder sie noch sonst irgendjemand von dieser schrecklichen Begebenheit etwas wusste? War es nicht möglich, dass der Conte Giovanni mit Hilfe des sanften Zephirs, durch den die Verstorbenen angeblich mit den Lebenden in Kontakt zu treten vermögen, Chatryns Herz verwirrt und sich an seinem Zufallsbekannten Dell'Arco, der ihn seinem grauenhaften Tod ausgeliefert hatte, dadurch rächte, dass es ihm dank Chatryns Verhalten gelungen war, die Pläne von Dell'Arcos Ururenkel zu durchkreuzen? Wenn es wahr ist, dass die Schuld der Väter nicht auf die Söhne zurückfallen darf, so schließt das doch nicht aus, dass sie irgendwann auf die ferneren Nachkommen zurückfällt, denn es ist gewiss ebenso wahr, dass Blut dicker ist als Wasser.

Und war es Zufall, dass nach der berühmten Nacht im Schloss, als Chatryn nicht hatte widerstehen können und mit Yarno unter dem Getöse des Geschirrs, das auf dem Terrakottaboden zu Bruch ging, eine eilige Umarmung vollzogen hatte, und zwar auf demselben Tisch, an dem sie zuvor ein ausgiebiges und raffiniertes Abendessen eingenommen hatten? Ein Zufall, dass sie tapfer mit sich gerungen hatte, um Riccardo wieder lieben zu können, nachdem sie dieses schicksalsträchtige Telefongespräch mitgehört hatte, das er – welche Koinzidenz! – ausgerechnet mit Graziantonio Dell'Arco geführt hatte und ausgerechnet an einem Ort, der Storta del Cervo oder »Fehltritt des Hirschen« hieß? Und wer könnte einem Hirschen mehr gleichen als dieser famose Träger von Hörnern, wie Riccardo einer war – nicht nur von Hörnern, die seine Angetraute ihm aufgesetzt hatte?

Alles nur Zufälle oder doch echte Wunder?

Sicherlich handelt es sich nur um Hypothesen, Hypothesen, die dazu dienen, das Motiv eines ansonsten unerklärlichen Verhaltens zu erklären; Hypothesen, die wir unter anderem insofern aufstellen können, als wir hier im Gegensatz zum wirklichen Leben, von dem wir nur wenige

Facetten kennen, über das gesamte Repertoire dieser Facetten verfügen, als wären wir klatschsüchtige Gottheiten oder, bescheidener, Leser von Romanen – und es handelt sich um eines der faszinierendsten Privilegien, das diese so oft geschmähte schöpferische Gattung ihren Liebhabern gewährt.

Ein seltsamer Stich in der Magengegend

Wie auch immer, nachdem Riccardo dieses Interview gelesen hatte, war er mit sich selbst versöhnt. Im Grunde war er nicht der Einzige, der sich – wie soll man sagen? – wenig korrekt verhalten hatte. Und jetzt war er glücklich.

Vielleicht nicht wirklich glücklich, aber gelassen.

Da war er nun in seinem roten Fiat Giardinetta, mitten in einer Landschaft, über der am blauen Himmel einer der üblichen Falken seine schräge Bahn zog, während er, Riccardo, zusammen mit seinen Töchterchen die üblichen albernen Liedchen aus dem Radio mitträllerte und oben über den Hügeln das übliche kleine Dorf mit seinem schönen Kampanile auftauchte, und wie jedes Mal, wenn er hier unten vorbeifuhr – zweimal im Jahr, am 18. Mai und am 10. Juli, den Geburtstagen der Barra-Kinder –, dachte er an den, der in diesem Dorf wohnte, oder vielmehr dort gewohnt hatte.

Ja, richtig! Giàcenere lebte jetzt in New York, da Graziantonio *ihm*, wie versprochen, tatsächlich seine Ausstellung organisiert hatte. Sie war sogar ein so großer Erfolg gewesen, dass »die malende Entdeckung des Jahres«, als die ihn die Zeitungen apostrophiert hatten, sich soeben eine Wohnung mit Blick auf den Central Park gekauft hatte.

»Ist das die Möglichkeit? Ausgerechnet eine solche Niete«, sagte sich Fusco und musste sich infolge eines Stichs in der Magengegend plötzlich zusammenkrümmen. Woher konnte dieser Schmerz kommen?, fragte er sich und dachte noch einmal an die Fotos, die Giacinto Cenere inmitten einer kleinen Gruppe von Prominenten zeigten.

»Morgen rufe ich Giàcenere auf jeden Fall mal an … er ist ja immer noch mein Freund. Vielleicht macht er mich mit jemandem für mein Buch bekannt, und dann ergibt sich eins aus dem anderen«, dachte er und fuhr geradeaus weiter – soweit die Straße ihm das erlaubte.